本书是2010年教育部人文社会科学研究青年基金项目资助成果

项目批号：10YJC752003

陈爱华 著

传承与创新

科马克·麦卡锡小说旅程叙事研究

Cormac McCarthy

中国社会科学出版社

图书在版编目（CIP）数据

传承与创新：科马克·麦卡锡小说旅程叙事研究 / 陈爱华著 . —北京：
中国社会科学出版社，2015.8
ISBN 978 – 7 – 5161 – 6676 – 5

Ⅰ.①传…　Ⅱ.①陈…　Ⅲ.①麦卡锡，C. – 小说研究　Ⅳ.①I712.074

中国版本图书馆 CIP 数据核字（2015）第 166947 号

出　版　人	赵剑英	
责任编辑	曲弘梅	
特约编辑	薛敏珠	
责任校对	李　莉	
责任印制	戴　宽	

出　　　版	中国社会科学出版社	
社　　　址	北京鼓楼西大街甲 158 号	
邮　　　编	100720	
网　　　址	http：//www. csspw. cn	
发 行 部	010 – 84083685	
门 市 部	010 – 84029450	
经　　　销	新华书店及其他书店	

印刷装订	北京君升印刷有限公司	
版　　　次	2015 年 8 月第 1 版	
印　　　次	2015 年 8 月第 1 次印刷	

开　　　本	710×1000　1/16	
印　　　张	15. 75	
插　　　页	2	
字　　　数	248 千字	
定　　　价	59. 00 元	

凡购买中国社会科学出版社图书，如有质量问题请与本社营销中心联系调换
电话：010 – 84083683

摘　要

　　科马克·麦卡锡（Cormac McCarthy，1933—　）是美国当代文坛久负盛名的小说家，对旅程叙事情有独钟。无论是他前期的南方小说，还是后期的西部小说和后启示录小说，麦卡锡皆以人物"在路上"的旅程作为故事的结构，小说情节的发展、人物的塑造、主题的表达均与人物的旅程息息相关。他还有意安排笔下人物对旅程经历作出富有寓意的评论。采用旅程结构的模式源于作者的深思熟虑，形式与主题得到了完美结合。因此，对麦卡锡小说艺术和主题的分析离不开对其作品旅程叙事的研究。旅程叙事是最古老的讲述故事的方式之一，有着独特的形式和特征。在西方文学史的发展与演变中，文学家们一直在以不同的方式尝试运用某种旅程叙事模式，却很少有作家像麦卡锡那样几乎穷尽了文学史上所有的旅程叙事模式，旅程叙事传统在麦卡锡的创作中得到了充分利用，但他的非凡之处在于其作品根植于传统，并致力于创新。虽然国内外评论界已经关注到麦卡锡小说中显性的旅程结构，但从旅程叙事角度对其创作进行整体观照和深入探讨的著述阙如。麦卡锡小说独特的旅程结构形式以及由此传达的主题信息、旅程叙事之于作品形式与内容的重要意义尚未得到足够重视。鉴于此，本书从麦卡锡小说的旅程叙事这个角度入手，从叙事渊源、模式、要素以及后现代主义特征四个方面展开多维研究，发掘出潜藏在麦卡锡作品中的内在结构和深层意蕴，兼顾形式与内容，以期弥补以往麦卡锡研究中所出现的偏颇与疏漏，为全面、深入理解麦卡锡的小说创作开启另一扇视窗。

　　本书共分为六个部分：

　　绪论部分简要介绍了麦卡锡国内外研究现状、麦卡锡的"在路上"情结、小说中的旅程叙事、本书的研究方法与思路。这一部分主要分析强调了从旅程叙事视角对麦卡锡小说进行整体观照的创新点与重要意义，在此基础上提出了本书的研究重点：麦卡锡小说的旅程叙事从欧美旅程叙事经典中继承了哪些传统特征，令其作品闪耀着传统的光华，又进行了哪些创新；小说中的时间与空间、人物、情节等叙事要素在以旅程为主要结构的叙事中有何典型特征；小说的主题如何借助旅程这一形式来体现；后现代主义思潮对麦卡锡小说中的世界图景产生了怎样的影响，他又是如何通过人物的旅程这一媒介赋予其作品"旧瓶装新酒"的特色。

第一章题为"传统的身影：麦卡锡小说旅程叙事渊源探析"。旅程叙事在西方文学中由来已久，麦卡锡小说的旅程叙事不是无源之水，而是与以往经典旅程叙事作品有着密切的渊源关系，可以追溯至数个源头。麦卡锡是一位饱读经典的作家，他本人也承认其创作受到前辈大师们的诸多惠泽。该章从欧洲文学旅程叙事渊源与美国本土渊源两个方面对在麦卡锡小说中留下了身影的传统旅程叙事模式进行了谱系式考察，梳理了自古希腊以来旅程叙事的演变轨迹与结构模式，概括了旅程叙事的基本艺术特征。对麦卡锡小说旅程叙事渊源的梳理与考察有助于我们将麦卡锡的小说置于西方旅程叙事传统下进行审视与观照，从而更深入、更准确地理解麦卡锡小说的旅程叙事艺术特征。

第二章题为"叙事模式的集大成者：麦卡锡小说旅程叙事的多模式与主题意蕴"。该章分别从"放逐、负罪与救赎之旅""漂泊与追寻之旅"和"殖民冒险之旅"三个方面论述麦卡锡如何创造性地运用丰富的旅程叙事传统，使程式化的叙事模式表现出新的内涵。本章主要采用文本细读、原型批评与互文性等理论相结合的方法论述麦卡锡小说旅程叙事的传承与创新。旅程叙事已经形成的各种主题和叙事模式为麦卡锡小说提供了有用的艺术框架结构和艺术手段。他的小说杂糅了多种旅程叙事的类型元素，其中既有传统模式，也有独辟蹊径的巧妙构思。尽管麦卡锡被评论者贴上乡土作家的标签，他的小说主要被归类为南方小说与西部小说，有着鲜明的地域特色，但正是通过对各类旅程叙事模式的充分利用，麦卡锡消弭了其小说地域性的限制，使他的小说具有了代表人类普遍经验的蕴涵，对人性、存在之本、人类前途和社会发展方向等具有普遍意义的问题进行了深刻探讨与思索，将地域性与人类普遍性的关系有机地结合了起来，从而具有了"更深层次的地域特色"。

第三章题为"叙事类型的典型性：麦卡锡小说旅程叙事要素分析"。本章将麦卡锡小说的时空、人物与情节等叙事要素置于旅程叙事模式下研究，阐述了这些叙事要素在以旅程为主要结构的叙事中所具有的典型的类型特征。在分析小说的时空关系时，主要运用巴赫金的"道路时空体"理论，并结合其他社会空间理论与空间叙事理论，对"道路"这个作为麦卡锡小说人物活动主要故事空间所具有的典型特征以及叙事功能进行多层面、多维度的剖析。针对以往有关麦卡锡小说人物塑造与情节评述中存在的偏颇，笔者将对人物与情节的分析同其赖以存在的旅程结构相结合，分析小说人物同旅程结构共生互存的关系以及旅程情节独特的结构功能和美学意义。

第四章题为"时代的影响：麦卡锡小说旅程叙事的后现代主义特征"。从"世界的'返魅'与复杂性""地图与世界""存在、历史与讲述"三方面来论述麦卡锡小说旅程叙事的后现代主义特征。在小说形式上，麦卡锡并未像同时代的后现代实验小说家那样偏好新奇的写作手法，刻意凸显形式游戏。然而，麦卡锡并非生活在"真空"中的作家，自20世纪60年代盛行于美国的各种后现代主义思潮对他小说中的世界图景有着深刻的影响。本章主要运用混沌理论、符号学理论与后现代历史诗学来分析后现代主义思潮对麦卡锡世界观的影响，以及他是如何赋予其小说旅程叙事新的特色。

"结语"部分是在前文从四个不同角度对麦卡锡旅程叙事进行深入研究的基础上，总结了从旅程叙事视角对麦卡锡小说进行整体观照和研究的重要意义，阐明了麦卡锡小说对旅程叙事的传承与创新。

关键词：科马克·麦卡锡；旅程叙事；传承与创新

Influence and Innovation:
On the Journey Narrative in
Cormac McCarthy's Novels

Cormac McCarthy (1933—) is a famous novelist in the contemporary American letters who shows a special preference for journey narrative. His ten novels in the Southern Gothic, Western, and post-apocalyptic genres all rely on the central structuring principle of the journey which is indispensable to the plot development, characterization and expression of themes. McCarthy even intentionally arranges the characters in his novels to make metaphysical comments on the journey experience. McCarthy's choice of journey narrative is deliberate, which makes the form and subject well united. Journey narrative is one of the ancient ways of narrating stories and has unique forms and characteristics. During the development and evolution of Western literature many writers employ some kinds of journey narrative modes in different ways, but few can utilize them in such conspicuous and overall ways as McCarthy does. He makes the most of the long tradition of journey narrative in his novels, and his greatness lies in updating and refining it. Although the conspicuous structure of journey in McCarthy's novels has caught many critics' attention, it has not received any real critical scrutiny. There are few researches that make a holistic view of his novels from the perspective of journey narrative. The unique journey structures and the vital roles they play in conveying themes and revealing the relationship between form and subject are not given enough value. Consequently, this book intends to make researches on the journey narrative in McCarthy's novels from the four aspects of narrative origins, modes, elements and postmodern features, aiming at exploring the internal structures and profound meanings which underlie in McCarthy's novels, in the hope of rectifying the biased interpretation in the previous studies and opening a new window for understanding McCarthy's novels as an artistic whole.

This book consists of six parts:

The introduction consists of a brief review of English and Chinese scholarship on McCarthy, McCarthy's preference for "on the road", journey narrative in his novels, and the structure of the dissertation. This part stresses the significance of making a holistic view of McCarthy's novels from the perspective of journey narrative. The major issues this book strives to address are put forward: What are the elements McCarthy borrows from the tradition to make his novels traditional and what are the innovations he makes to renew the tradition? What are the unique features of time and space, characters and plots in his novels due to the journey narrative? How are the themes presented via the structure of journey? What impacts does postmodernism impose upon McCarthy's view of the world so as to make the old tradition of journey narrative in his novels new?

The first chapter is entitled "Traditional Influences: The Exploration of the Origins of the Journey Narrative in McCarthy's Novels". Journey narrative has a deep-rooted tradition in Western literature to which McCarthy's novels own much. McCarthy is a well-read writer and he himself acknowledges that he benefits a lot from the literary classics. This chapter briefly outlines the evolutionary history and structural modes of journey narrative originating from European and American literature, and summarizes its basic artistic features. This will help us appreciate the artistic features of journey narratives in McCarthy's novels better by studying them with reference to the tradition of journey narrative.

The second chapter is entitled " The Epitome of Journey Narratives: The Diverse Modes of the Journey Narratives in McCarthy's Novels and Their

Thematic Implications" . This chapter expounds how McCarthy utilizes the rich tradition to make stereotyped narrative modes new from the following aspects: the journey of exile, guilt and salvation; the journey of wandering and quest; the journey of colonization. This chapter employs close reading, archetypal criticism and intertextuality to illustrate the influences of the tradition of journey narrative on McCarthy's novels and the innovations McCarthy makes. The traditional themes and narrative modes of the journey narrative tradition have provided the useful artistic frameworks for McCarthy's novels. He borrows elements from the various modes of journey narrative and endeavors to make them new. McCarthy is often labeled as a regional writer and his novels are classified into Southern and Western novels with the distinct local color, but it is the good utilization of the various journey narrative modes that makes his writings go beyond the limitations of the regionalism, enabling his novels to have the universal meanings and make penetrating analyses of the issues on humanity, being, the future of mankind and the direction of the social development, which well combines the regionalism with universality and endows his writing with a deep local color.

The third chapter is entitled "The Typicalities of the Genre: The Analyses of the Elements of the Journey Narratives in McCarthy's Novels" . This chapter elaborates on the unique features of time and space, characters and plots of his novels with reference to the journey narrative modes. The special features and functions of "the road" in McCarthy's novels are analyzed by employing Bahktin's theory on the chronotope of the road and other theories on social space and spatial narrative. This chapter intends to analyze the characters and plots by taking the central structure of journey into consideration, which parts with the biased interpretation prevalent in the critical discussion on them, and reveals the inseparable relations between the characterization and journey structure, the distinct structuring function and aesthetic significance of the journey plot.

The fourth chapter is entitled "The Influences of the Era: The Postmodern Characteristics of the Journey Narratives in McCarthy's Novels". The postmodern characteristics of the journey narratives in McCarthy's novels are analyzed from the following aspects: the re-enchantment and complexity of the world; the map and the world; being, history and telling. As for forms, McCarthy is not keen on experimental writing styles as his contemporaries are, but he is not exempt from the influences of the postmodernism prevalent since the 1960s. This chapter adopts chaos theory, semiotic theories and postmodern historical poetics to illustrate the influences the postmodernism exerts on McCarthy's perception of the world and how he makes the journey narratives in his novels new.

The conclusion makes a summary of the significance of interpreting McCarthy's novels from the perspective of journey narrative and McCarthy's prowess in making full use of the tradition of journey narrative.

Key words: Cormac McCarthy; Journey Narrative; Influence and Innovation

目　录

绪　论

第一节　科马克·麦卡锡的研究现状

一　科马克·麦卡锡："沉默的文坛巨人"

科马克·麦卡锡（Cormac McCarthy，1933—　）这位因其同名小说改编的电影《老无所依》（*No Country for Old Men*）而为中国读者逐渐熟知的作家，是美国当代文坛久负盛名的小说家，诺贝尔文学奖热门人选。自 1965 年出版第一部长篇小说《看果园的人》（*The Orchard Keeper*）以来，40 余年间，麦卡锡笔耕不辍。他绝非多产作家，迄今只创作了 10 部小说、2 部戏剧、4 部电影剧本和 2 篇短篇小说，然而其中多部被认为是可与中世纪以来的文坛巨擘如莎士比亚、麦尔维尔、陀思妥耶夫斯基、福克纳、海明威等人的杰作比肩的当代经典[①]。麦卡锡本人所获得的美誉有许多，如"美国当世四大一流小说家之一"[②]"作家们的作家"[③]"福克

①　Steven Frye, *Understanding Cormac McCarthy*, Columbia：The University of South Carolina Press，2009，p. 1.

②　Harold Bloom, "Introduction," in Harold Bloom（ed）*Harold Bloom's Modern Critical Views：Cormac McCarthy*, New York：Infobase Publishing，2009，p. 1. 哈罗德·布鲁姆将麦卡锡与托马斯·品钦、唐·德里罗和菲利普·罗斯一起列为美国当世四大一流小说家。

③　Madison Smart Bell, "A Writer's View of Cormac McCarthy," in Rich Wallach（ed）*Myth, Legend, Dust：Critical Responses to Cormac McCarthy*, Manchester：Manchester University Press，2000，p. 2. 关于"writers' writer"一词，国内有多种译法，如"作家们的作家""供作家写作的作家""作家中的作家"等。贝尔（Madison Smart Bell）在其文章中采用该词意在说明麦卡锡在广为普通读者所熟悉之前，已拥有一大批作家拥趸，他的作品影响了这些作家，故笔者采用"作家们的作家"这一译法。

纳与海明威唯一合法的继承人"① "塞林格之后最著名的文坛隐者"② 等。这些美誉实至名归，从不同侧面概括了麦卡锡的艺术成就与独特个性。截至目前，他获得过美国所有重要的文学奖项如"普利策小说奖""鹅毛笔奖""美国国家图书奖"和"国家书评奖"等，以及英国的"布莱克纪念奖"。2009 年，麦卡锡荣膺美国笔会（PEN）颁发的终身成就奖——第二届笔会/索尔·贝娄奖，此奖充分表达了评论界对他多年文学创作成就的颂扬与肯定。贝娄本人对麦卡锡也是赞赏有加。1981 年麦卡锡获得麦克阿瑟基金"英才"奖金时，贝娄便是该奖评委会成员，他称赞麦卡锡"运用语言绝对自如，文字振奋人心，寓意关乎人类存亡"③。拉尔夫·埃里森称赞麦卡锡是一位"不得不读、不得不佩服，说实话，又不得不嫉妒的作家"④。这些荣誉奠定了麦卡锡在美国当代文坛的重要地位。

麦卡锡的创作成就主要体现在小说方面，总共十部，可大致分为南方哥特小说、西部小说和后启示录小说三类。他的小说创作道路分为前后两个时期：20 世纪 60 年代至 70 年代；80 年代至今。20 世纪 60 年代至 70 年代末，他发表了四部南方题材小说：《看果园的人》（*The Orchard Keeper*，1965）、《外部黑暗》（*Outer Dark*，1968）、《上帝之子》（*Child of God*，1973）和《沙特里》（*Suttree*，1979）。20 世纪 80 年代以后的作品主要有西部小说《血色子午线》（*Blood Meridian or The Evening Redness in the West*，1985）、《骏马》（*All the Pretty Horses*，1992）、《穿越》（*The Crossing*，1994）、《平原上的城市》（*Cities of the Plain*，1998）、《老无所依》（*No Country for Old Men*，2005）以

---

① Walter Kim, "No Country for Old Men: Texas Noir", *New York Times Book Review*, 24 July 2005. 2 March 2009. < http://www.nytimes.com/2005/07/24/books/review/24KIRNL.html >.

② Cormac McCarthy, Interview, "Cormac McCarthy's Apocalypse," by David Kushner, *Rolling Stone*, 27 December 2007. 2 March 2009. < http://www.members.authorsguild.net/dkushner/work3.htm >.

③ Cormac McCarthy, Interview, "Cormac McCarthy's Venomous Fiction," by Richard B. Woodward, *The New York Times Magazine*, 19 April 1992. 2 March 2009. < http://www.nytimes.com/1992/04/19/magazine/cormac-mccarthy-s-venomous-fiction.html >.

④ 参见罗小云《美国西部小说》，安徽教育出版社 2009 年版，第 162 页。

及后启示录小说《路》（*The Road*，2006）①。麦卡锡本人也被同时誉为南方文学与西部文学的代表人物。

麦卡锡极少抛头露面或接受公开采访，更不用说亲自参加颁奖典礼。到目前为止，他只接受过五次采访，拒绝参加任何商业书展，拒绝到大学教写作。他特立独行，自称是一位能够摆脱浩瀚花环与奖杯而正常呼吸的作家。尽管麦卡锡对他的私人生活细节守口如瓶，但有关他的经历却不像其他隐遁作家那样充满传闻与谣言，因为在广为普通读者所熟悉之前，"他曾如此成功有效地避免抛头露面，以致他并未因此而出名"②。所以，对诸多不相信"作者之死"的评论者与读者而言，有关他生平的简单资料和他在五次采访中透露出的零星信息就显得弥足珍贵。

麦卡锡1933年出生于美国罗得岛州一个显赫的天主教律师家庭，属爱尔兰后裔，排行老三，有三个姐妹和两个兄弟。四岁时他们一家搬到田纳西州的诺克斯维尔市。麦卡锡在那里生活了很长时间，完成了从小学到大学的教育，田纳西州成了他南方小说的主要故事背景地，其作品的风格在某种程度上和南方文学代表人物福克纳、奥康纳有着密切的关联。由于父亲是爱尔兰后裔，上大学之前他一直在天主教学校上学。这或许是麦卡锡作品中经常弥漫着浓厚的宗教色彩的原因之一。1951年麦卡锡考入田纳西州立大学。1953年他离开学校参加美国空军，在部队驻地阿拉斯加服役四年，并主持了一个广播节目。这四年为他后来的写作奠定了重要的基石，对他的文学生涯起到了关键性的影响。服役前，麦卡锡业余爱好广泛，但写作与阅读却不在其中。服役期间，为了满足广泛的兴趣和打发兵营单调的生活，他开始大量阅读文学与哲学等方面的书籍。1957年退伍后重返校园，学习物理学与工程学。在校期间，他在学校文学刊物《凤凰》（*Phoenix*）上发表了《唤醒苏珊》（"Wake for Susan"，1959）与《溺水事

---

①　台湾译者毛雅芬将此部小说的书名译为《长路》，内地译者杨博的译本为《路》，本书采取后者的译法。

②　Madison Smartt Bell, "The Man Who Understood Horses", *New York Times Book Review*, Vol. 97, No. 20, 17 May, 1992, p. 9.

件》（"A Drowning Incident"，1960）两篇短篇小说，并两度获得校园创作奖——英格拉姆·梅里尔奖（Ingram-Merrill）。麦卡锡发现了自己的文学才能，决定当职业作家，放弃了物理与工程专业的学习。

　　1961年，麦卡锡与大学同学李·霍利曼结婚，育有一子。麦卡锡没有获得学位再次离开学校，举家迁移至芝加哥。据说他在那里当了一名汽车修理工，并着手创作他的首部长篇小说《看果园的人》。不久麦卡锡与霍利曼离婚，他又回到了田纳西州，随后浪迹美国南方诸多城市，其中包括北卡罗莱纳州与新奥尔良。兰登书屋（Random House）于1965年出版了《看果园的人》，编辑是曾操刀过福克纳作品的艾伯特·艾斯肯（Albert Erskine）。这部小说荣获当年福克纳基金会的"最佳新人奖"，麦卡锡在小说中表现出的文学天赋也得到了评论界的认可。同年，在这部小说付梓之前，他获得了美国艺术文学院颁发的游学奖金。在此后的二十年里，麦卡锡没有从事任何其他工作来养家，而是靠诸多文学奖金的资助过着梭罗式的简单生活。这令他得以潜心创作，心无旁骛。1965年麦卡锡在文学奖金的资助下乘船出游，到英国探访他的祖籍爱尔兰，邂逅了在游船当歌手兼舞者的安妮·戴丽丝（Anne DeLisle），他们于1966年在英国结婚。同年，他获得洛克菲勒基金会三年的基金资助（1966—1968），游历了英国南部地区、法国、瑞士、意大利与西班牙。他在西班牙的伊比沙岛安了家，完成了小说《外部黑暗》的修改任务。1967年他与妻子回到美国，住在田纳西州的罗克福德。1968年兰登书屋出版了这部小说。1969年麦卡锡因创意写作获得古根海姆奖金。他与妻子安妮迁至田纳西州路易斯维尔，购买了一谷仓。麦卡锡亲手修造房子，甚至自干工活。他根据真实事件创作了小说《上帝之子》，于1973年出版。和此前的《外部黑暗》一样，《上帝之子》的故事设置在田纳西州的塞维尔县。1974—1975年，麦卡锡尝试电影剧本创作。美国著名导演兼制片人理查德·皮尔斯（Richard Pearce）邀请他将剧本《园丁的儿子》改为电影剧本，于是他到南卡罗来纳州对电影中涉及的历史事件进行了长时间的调研，这部电影在1977年上映。1976年，麦卡锡与安妮分开，搬至得克萨斯州的厄尔巴索县。1979年他的第四部小说

《沙特里》最终出版。这是一部大部头小说，他断断续续写了将近二十年。在麦卡锡创作的这个阶段，评论者们将他的创作归类于以福克纳、弗兰纳里·奥康纳为代表的南方哥特传统。

　　20世纪80年代以后，麦卡锡转向美国西部边疆创作题材。1981年麦卡锡获得麦克阿瑟基金"英才"奖，是最早获得该奖金的文人之一。靠此笔奖金支撑简单生活，他完成了反映一群美国雇佣兵屠杀印第安人的小说《血色子午线》，展现了令读者不忍卒读的血腥与暴力。该书1985年出版，成为麦卡锡小说创作生涯的重要转折点。小说根据史实改编，麦卡锡为此做了大量的研究工作。为了让小说更为真实生动，他甚至学习了西班牙语，还亲自游历了故事中涉及的许多地点，以便更好地对史料进行研究。哈罗德·布鲁姆称赞这部小说为20世纪最伟大的小说之一，对其赞誉有加："我敢说没有任何健在的美国小说家，哪怕是品钦，能给我们带来一本像《血色子午线》这样有分量且令人难忘的作品。虽然我欣赏唐·德里罗的《地下世界》、菲利普·罗斯的《被缚的朱克曼》、《萨巴斯剧院》以及《美国牧歌》，还有品钦的《万有引力之虹》和《梅森与迪克逊》。"[1] 在2006年《纽约时报书评》所评选出的"过去25年出版的美国最佳小说"中，麦卡锡的《血色子午线》名列第三。《骏马》作为"边境三部曲"的第一部于1992年出版后引起强烈反响，成为《纽约时报》当年的上榜畅销书，六个月内售出十九万册，并荣膺当年的"国家图书奖"和"评论界图书奖"。在此之前，麦卡锡虽然获奖无数，但其作品却不畅销。1994年"边境三部曲"之二《穿越》出版，再度成为美国文坛盛事。1998年，"边境三部曲"最后一部《平原上的城市》问世，水平比之前两部有所下降，但仍然是一部杰作。"边境三部曲"每一部的出版都是美国文坛盛事，扭转了之前麦卡锡作品总是叫好不叫座的尴尬境地。"边境三部曲"被哈罗德·布鲁姆称赞为"终极西部小说，将不会被超越"[2]。2005年的《老无所依》使得麦卡锡的声名达到顶

---

①　Harold Bloom，"Introduction"，in Harold Bloom（ed）*Harold Bloom's Modern Critical Views*：*Cormac McCarthy*，New York：Infobase Publishing，2009，p. 1.

②　Ibid..

峰，根据这部小说改编的同名电影力夺奥斯卡最佳影片、最佳导演、最佳改编剧本和最佳男配角四项重量级奖项。

《路》可谓麦卡锡创作的另一座珠穆朗玛峰，与另外两座高峰《血色子午线》和"边境三部曲"并峙而立。自 2006 年出版以来，该小说不但由美国《华盛顿邮报》、《洛杉矶时报》、《时代》杂志等数十家媒体推荐为"年度好书"，入围"国家书评人奖"，更摘下普利策桂冠。美国最负盛名的脱口秀女王奥普拉·G. 温弗里（Oprah G. Winfrey）在她的读书节目上向全国推荐此书，出版商因此赶印九十五万册平装本。2008 年《路》被法国《读书》杂志评为最佳外国作品。英国《卫报》专栏作家、知名环保人士乔治·蒙贝特将麦卡锡列入"拯救地球五十人"名单，认为《路》对环保的影响力，可谓无人能出其右。2008 年 6 月，美国《娱乐周刊》为庆祝出刊 1000 期，推出了一份"新经典"榜单，科马克·麦卡锡的《路》战胜了 J. K. 罗琳的《哈利·波特与火焰杯》，获选为图书榜的头名，众口称誉。评论界对麦卡锡其他小说可谓褒贬不一，毁誉参半，但对《路》这部小说却是出奇地一致赞扬，认为该书是读者书架上一本不可或缺的重量级小说，是一部影响未来一百年的不朽杰作。

迄今为止，麦卡锡总共只接受了五次采访。1992 年，麦卡锡的"边境三部曲"发轫之作《骏马》热销，诸多媒体希望采访他，但均未果。麦卡锡在其经纪人对他做了较长的思想工作后破例同意接受《纽约时报》记者理查德·B. 伍德沃德（Richard B. Woodward）的独家专访，条件是这次采访后他将多年不再接受任何采访。麦卡锡首次公开谈论他的写作习惯与个人生活等。2005 年伍德沃德再次采访了他，与第一次采访时隔十三年之久。专访文章"科马克·麦卡锡热衷跨学科探讨"（"Cormac McCarthy: Cormac McCarthy Would Rather Hang Out with Physicists than with Writers", 2005）作为名人访谈发表在美国著名文化生活类时尚杂志《名利场》（Vanity Fair）。在其作品《老无所依》被科恩兄弟改编为电影并于 2006 年荣获多项奥斯卡奖后，麦卡锡与科恩兄弟于 2007 年相聚一家酒店聊天谈论电影，《时代》周刊的记者列弗·格罗斯曼（Lev Grossman）被允许在一旁记录谈话内容，根据笔录结集成文章"当一位最低调的作者与两位最具奇才的电影制作兄弟相遇时会发生什么?"("What Happened When a Very Private Writer Met Two Very Idiosyncratic Filmmaking Brothers?"),发表在《时代》周刊。2007 年麦卡锡同意接受生平第一个电视采访,2007 年 5月的"奥普拉秀"(The Oprah Winfrey Show)。采访在美国圣塔菲研究所的图书馆里进行,主要谈论了他的写作和生活。同年 12 月,美国专栏作家戴维·库什纳(David Kushner)采访了麦卡锡,文章"科马克·麦卡锡的启示录"("Cormac McCarthy's Apocalypse")发表在《滚石》(Rolling Stone)杂志。

二 科马克·麦卡锡研究述评

1. 国外研究综述

美国对麦卡锡作品的研究是以维里恩·M. 贝尔(Vereen M. Bell)1988 年出版的专著《科马克·麦卡锡的成就》(The Achievement of Cormac McCarthy)为开端,此后越来越多的研究者为其吸引,纷纷加入其研究行列,并形成了一支稳定的研究队伍,其中不乏福克纳、海明威研究方面的专家。美国麦卡锡研究专家于 1995 年正式成立了麦卡锡研究协会(The Cormac McCarthy Society),旨在进一步促进麦卡锡作品的学术研究和提高大众欣赏水平,为麦卡锡研究者和热心读者的聚会交流提供便利。该协会不仅每年秋季在得克萨斯州举行麦卡锡研究会议,还定期在欧洲举行麦卡锡国际研讨会,大大促进了麦卡锡研究的繁荣和发展。麦卡锡研究逐渐形成规模,并不断向纵深层面发展,研究成果已显现出系统化和规模化特征。据不完全统计,麦卡锡研究专著有 30 多部,博士论文 30 余篇,硕士论文 42 余篇,期刊论文 100 余篇①。现拟从研究的热点与批评的角度进行梳理:

麦卡锡素以描写"血淋淋事件"著称,诸如乱伦、凶杀乃至人体剥皮。在他的作品中,暴力无处不在,许多血腥场景令人触目惊心,

---

① 由于条件所限,笔者只能统计到国外麦卡锡研究的英文著作,故用其他语言出版的著作不在此列。

如《外部黑暗》中的弑婴、《血色子午线》中的剥头皮、《老无所依》中冷血杀手的残暴杀戮以及《路》中食人族蚕食同类等情节，使得麦卡锡的小说堪称文学史上描述野蛮行径的集大成者。鉴于此，关于他的作品有无价值核心和道德关怀就成了美国评论界争论的焦点，形成了以维里恩·M.贝尔与埃德温·T.阿诺德（Edwin. T. Arnold）为代表的对立阵营。贝尔认为麦卡锡作品暴力泛滥，过于血腥与极端，缺乏道德价值取向，是一种虚无主义的体现[1]；阿诺德则反驳了这种观点，在其编著的论文集《麦卡锡研究视角》（Perspectives on Cormac McCarthy，1993）中指出，麦卡锡作品中的暴力描述不同于世俗小说中的暴力渲染，并非只给人以感官刺激，而是以暴力为媒介对人性进行探索，作品中展示的暴力并非可有可无，而是具有深刻的主题意义。阿诺德声称，麦卡锡作品含有大量道德寓意，充满建构道德秩序和宗教信仰的信念[2]。L. R. 库珀（L. R. Cooper）的博士学位论文"科马克·麦卡锡的男主角们：麦卡锡小说叙事视角与伦理道德"（"Cormac McCarthy's Heroes：Narrative Perspective and Morality in McCarthy's Novels"，2008）则从麦卡锡小说叙述视角的变化与其要表达的伦理思想的紧密关系阐述了麦卡锡小说的道德追求，否定了一些评论者所指出的道德缺失。

从生态批评的角度分析麦卡锡作品中人与自然的关系也是研究的热点，如江宁康教授所言，"C. 麦卡锡正是善于抒写荒野和人性的纯真之美，所以近年来的生态批评往往对 C. 麦卡锡的作品流连不已"[3]。这方面的研究有两部代表性著作，分别是 W. R. 桑伯恩三世（W. R. Sanborn，Ⅲ）的《麦卡锡小说中的动物》（Animals in the Fic-

---

① Vereen M. Bell, *The Achievement of Cormac McCarthy*, Baton Rouge：Louisiana State University Press, 1988, p. 5.

② Edwin T. Arnold, "Naming, Knowing and Nothingness：McCarthy's Moral Parables," in Edwin T. Arnold et al. （eds) *Perspectives on Cormac McCarthy*, Jackson：University Press of Mississippi, 1993, p. 44.

③ 江宁康：《当代小说的叙事美学与经典建构——论 C. 麦卡锡小说的审美特征及银幕再现》，《当代外国文学》2010 年第 2 期，第 119 页。

tion of Cormac McCarthy，2006）和 G. 吉尔曼（G. Guillemin）的《麦卡锡的田园视域》（*The Pastoral Vision of Cormac McCarthy*，2004）。桑伯恩三世通过分析麦卡锡作品中人物对待动物的态度和处置方式揭示了麦卡锡的生态思想，自然界的各种动物有其自身存在的重要意义，人与自然本应和谐共处。可有的人为了满足征服大自然的无尽欲望，违反动物本性对其捕获、驯化，对那些不能控制的动物如狼则干脆进行杀戮，人类这种以自我为中心、排除异己的沙文主义思想自然受到麦卡锡无情的谴责。吉尔曼则详细论述了麦卡锡自然观的三个变化阶段：从《看果园的人》的传统田园主义到《上帝之子》的荒原回归，从《黑暗》的反田园主义到《血色子午线》的消极生物中心论，最后到"边境三部曲"的生态田园主义，指出麦卡锡的作品是以生态田园美学为创作总原则。研究麦卡锡生态思想的期刊文章代表作有 D. 菲利普斯（D. Philips）的"《血色子午线》中的历史与丑陋的事实"（"History and the Ugly Facts of *Blood Meridian*"）与 K. W. 贝里（K. W. Berry）的"科马克·麦卡锡小说中的阿巴拉契亚地貌"（"The Lay of the Land in Cormac McCarthy's Appalachia"）。

　　有批评家从女性主义视角出发，对麦卡锡作品中女性的"显性"与"隐性"缺席提出了质疑。他们指出麦卡锡的作品是男人的故事，女性要么不在场，要么仅充当陪衬角色，这表明了麦卡锡的世界观存在严重问题。另外一些批评家则对此持反对意见，J. 坎特（J. Cant）承认麦卡锡的作品中没有女主角的事实，但认为，这是与他对美国文化进行批评的创作主旨紧密相连的。麦卡锡在作品中常将女人与"水"联系在一起，寓示着生活要素的"丰饶"。由于他笔下的美国是贫瘠的荒原，没有女性所象征的丰饶，因此，女性角色的缺席与作者要表达的主题一致①。费希尔－沃思（Fisher-Wirth）从克里斯蒂瓦的《恐怖的权力：论卑贱》（*Powers of Horror: An Essay on Abjection*）中的"卑贱"理论出发，对麦卡锡小说《外部黑暗》进行分析，指出

---

① J. Cant, *Cormac McCarthy and the Myth of American Exceptionalism*, New York：Routledge, 2008, p. 16.

尽管小说中没有全面刻画的女性角色，但他仍不失为一位运用象征主义手法描述女性的杰出作家，因为在其他小说家笔下可能成为色情描写对象的女性，在麦卡锡笔下却是柔情与美的象征①。

也许是受文学前辈的影响，麦卡锡的作品有时让人产生如遇故人的感觉。有评论者赞誉他是海明威、福克纳等经典作家的当代传人；也有人批评麦卡锡作品是美国小说史上的最大赝品，是靠模仿陀思妥耶夫斯基、康拉德、海明威、福克纳等伟大作家的文本拼凑而成；还有评论者通过分析他作品中的父子关系，根据弗洛伊德的理论阐述麦卡锡在创作中面对文学巨擘的影响所经历的焦虑与创新。麦卡锡本人对自己受前辈的影响也没有讳莫如深，在他少有的一次接受采访时说："最丑陋的事实莫过于书孕育于其他的书。一部小说的生命取决于业已出版的小说。"② 尽管如此，毕竟持赞誉观点的学者居多，他们认为麦卡锡的作品在继承前辈大师艺术成就的同时又有了超越，有着自己独特的风格。如哈罗德·布鲁姆就对麦卡锡十分赞赏，称他为20世纪最伟大的小说家，主编出版了《科马克·麦卡锡评论集》（*Modern Critical Views：Cormac McCarthy*，2009），认为《血色子午线》是能够比肩麦尔维尔《白鲸》的超级巨著③，并在自己的著作《西方正典》书末将之列为有潜力成为正典的作品之一④。

麦卡锡作品对美国神话的批判和西部神话的解构已引起评论界共鸣，英国著名学者 J. 坎特的《科马克·麦卡锡与美国例外论神话》（*Cormac McCarthy and the Myth of American Exceptionalism*，2008）分析

---

① Ann Fisher-Wirth, "Abjection and 'the Feminine' in *Outer Dark*," in James D. Lilley (ed) *Cormac McCarthy：New Direction*, Albuquerque：Univ. of New Mexico Press, 2007, pp. 126 – 127.

② Cormac McCarthy, Interview, "Cormac McCarthy's Venomous Fiction," by Richard B Woodward, *The New York Times Magazine*, 19 April 1992. 2 March 2009. < http：//www. nytimes. com/1992/04/19/ magazine/ cormac – mccarthy – s – venomous – fiction. html >.

③ Harold Bloom, "Introduction," in Harold Bloom (ed) *Harold Bloom's Modern Critical Views：Cormac McCarthy*, New York：Infobase Publishing, 2009, p. 1.

④ ［美］哈罗德·布鲁姆：《西方正典》，江宁康译，译林出版社 2005 年版，第459 页。

了麦卡锡作品对美国文化与政治神话的批判，以及他对美国神话的重构。M. M. 拉斯科（M. M. Lasco）的博士学位论文"反帝国写作：麦卡锡、厄德里奇、韦尔奇和麦克默特里"（"Writing Against the Empire：McCarthy，Erdrich，Welch and McMurtry"，2002）从后殖民主义理论视角分析了以麦卡锡为代表的四位作家对帝国主义思想的鞭笞，他们在作品中指责美国帝国主义的动机与行径，还批判了以往描述美国西部神话的历史与文学叙事，这些作家通过戏拟的手法对以往有关美国西部神话的文学与历史叙事进行了修正。

2. 国内麦卡锡译介与研究现状

国内最早介绍麦卡锡其人其作的中文资料主要散见于翻译本与原版引进的美国文学史以及介绍外国文学的著作中。1985 年，中国文联出版公司出版了由丹尼尔·霍夫曼（Daniel Hoffman）主编的《美国当代文学》，该书在南方小说部分对这位作家进行了两页篇幅的介绍①。由于标志着麦卡锡创作从南方小说转型至西部小说的代表作《血色子午线》1985 年才发表，霍夫曼将麦卡锡列为南方小说家也是再自然不过的事情了。外语教学与研究出版社 2006 年原版引进了 K. 米拉德（K. Millard）的专著《当代美国小说：1970 年以来的美国小说介绍》。这部专著在第三章"美国西部"对麦卡锡的西部小说《血色子午线》进行了详细评介②。在译林出版社出版、江宁康翻译的《西方正典》中，哈罗德·布鲁姆在书末将麦卡锡的《血色子午线》《沙特里》与《上帝之子》列为有潜力成为正典的作品③；由沈睿翻译的简妮·格里森·怀特撰写的《一生必读经典》中，麦卡锡的《血色子午线》榜上有名，作者对这部小说的内容、主题、人物、语言等

---

① ［美］丹尼尔·霍夫曼主编：《美国当代文学》，《世界文学》编辑部译，中国文联出版公司 1985 年版，第 260—261 页。

② ［美］K. 米拉德：《当代美国小说：1970 年以来的美国小说介绍》，外语教学与研究出版社 2006 年版，第 80—88 页。

③ ［美］哈罗德·布鲁姆：《西方正典》，江宁康译，译林出版社 2005 年版，第 459 页。

方面进行了长达五页的介绍①；由郭继德等编译的《当代美国文学词典》对麦卡锡及其南方小说进行了简单介绍②。由中国专家和学者编著的美国文学史及美国文学作品选读类书籍中，有三部专著对麦卡锡的小说进行了较详细的介绍与论述：江宁康的《美国当代文学与美利坚民族认同》详细论述了"边境三部曲"中所体现的边疆精神传统以及对美国传统身份认同的重构③；李扬的《美国南方文学后现代时期的嬗变》论述了麦卡锡南方小说《沙特里》对美国历史的猛烈颠覆④；罗小云的《美国西部小说》则分析了"边境三部曲"的生态思想⑤。在其他著作中，麦卡锡其人其作既未出现在南方作家之列，也未在西部小说之类。可见，他在国内的命运与同被哈罗德·布鲁姆列为美国当代"小说之王"的其他三位作家托马斯·品钦、唐·德里罗和菲利普·罗斯有着天壤之别。

同国内美国文学史及美国文学作品选读对麦卡锡介绍的滞后相比，报纸杂志的介绍却显得相对及时。《中华读书报》《文学报》《外国文学动态》《世界文化》与《译林》对麦卡锡后期小说及其获奖情况都进行了及时的介绍与评论。然而，国内文学报纸杂志对麦卡锡作品的介绍主要集中在他的西部小说和后启示录小说，却鲜有对他早期南方小说的介绍与评论。就翻译而言，大陆中国已翻译出版麦卡锡的六部小说，台湾翻译出版其作品两部。上海译文出版社 2002 年推出由尚玉明领衔翻译的"边境三部曲"——《骏马》《穿越》和《平原上的城市》，但国内文学界对这三部曾在美国文坛引起轰动和巨大反响的小说却反应平平。直到 2006 年，在《老无所依》被科恩兄弟改编为电影荣获多项奥斯卡奖之后，中国读者才逐渐知晓这位已经七十

---

① ［澳］简妮·格里森·怀特：《一生必读经典》，沈睿译，新世界出版社 2009 年版，第 283—288 页。

② 郭继德等编译：《当代美国文学词典》，江苏人民出版社 1987 年版，第 175 页。

③ 江宁康：《美国当代文学与美利坚民族认同》，南京大学出版社 2008 年版，第 190—199 页。

④ 李扬：《美国南方文学后现代时期的嬗变》，山东大学出版社 2006 年版，第 45—50 页。

⑤ 罗小云：《美国西部文学》，安徽教育出版社 2009 年版，第 152—162 页。

多岁的老作家。《电影文学》《电影评介》等电影评论方面的期刊上刊出有关这部电影的文章多达 70 余篇。麦卡锡小说中文版也陆续出版：台湾麦田出版社于 2008 年出版了由毛雅芬翻译的《长路》（*The Road*），2009 年重庆出版社也出版了这部小说的中译本，书名为《路》；重庆出版社于 2010 年出版了由冯伟翻译的《血色子午线》；上海译文出版社于 2012 年出版了由曹元勇翻译的《老无所依》。这些中译本的出版在一定程度上推动了近几年来国内麦卡锡小说研究的热潮。

　　从中国学术期刊网（CNKI）上所能查询到的文章来看，截至目前，直接评述麦卡锡作品的期刊文章共 45 余篇，硕士学位论文已多达 36 篇，博士学位论文 5 篇。从论文年代的分布来看，国内麦卡锡研究严重滞后于欧美国家，南京理工大学彭饮冰 2007 年撰写的硕士毕业论文《从社会化角度对科马克·麦卡锡小说〈骏马〉中主人公成长与命运的分析》标志着国内麦卡锡研究的真正开端。从时间跨度上看，2007—2009 年为研究初期，论文共 9 篇。2010 年以后随着麦卡锡小说中文版的陆续出版，越来越多的研究者开始关注其作品，掀起了麦卡锡研究的热潮，分别在 2012 年和 2013 年猛增至 20 篇和 24 篇。从研究的作品分布来看，《路》27 篇，《边疆三部曲》21 篇，《血色子午线》10 篇，小说《老无所依》1 篇，《上帝之子》1 篇，戏剧创作介绍 1 篇，其余为涉及多部小说的整体研究。

　　国内麦卡锡研究的视角主要集中在以下几个方面：（1）生态思想。与国外研究类似，麦卡锡小说"边境三部曲"和《路》中所蕴含的生态思想也是国内研究的热点，这方面的论文已多达 17 篇。（2）对美国帝国主义意识形态的批判。这个视角的研究主要集中在《血色子午线》，如张健然的《科马克·麦卡锡〈血色子午线〉中越战政治意蕴论析》、高明玉的《记忆与虚构——科马克·麦卡锡〈血色子午线〉中的历史叙事》和陈榕的《〈血色子午线〉中的哥特式边疆与男性空间》等。张健然的博士学位论文《科马克·麦卡锡西部小说中的边疆意识形态研究》（2014）则以麦卡锡的三部西部小说《血色子午线》《骏马》《平原上的城市》为研究对象，分析了边疆意识的再现以及它与麦卡锡反帝国主义书写之间的关系。（3）伦理思想。
《路》所蕴含的伦理思想是国内研究者关注的焦点，这方面的论文已
有 9 篇，其中硕士学位论文 4 篇，期刊论文 5 篇。河北师范大学苗春
雨硕士的《人类重生之路——科马克·麦卡锡〈路〉的文学伦理学解
读》（2014）、南京大学梁欣琢硕士的《文学伦理学批评视角下科马
克·麦卡锡〈路〉中的道德自我重塑》（2012）与兰州大学裴钰硕士
的《列维纳斯"他者的伦理学"视角下的〈路〉》（2012），运用伦
理学理论对《路》所蕴含的伦理思想以及这部小说中的人性主题进行
了分析论述。李维屏的文章《冲突·磨合·超越：论麦卡锡〈路〉中
的父子伦理关系建构》和方凡的文章《绝望与希望：麦卡锡小说
〈路〉中的末日世界》是其中的杰作，视角新颖，论述充满洞见，体
现了中国学者解析该作品的独特视角。前者从父子关系的角度来分析
作品对人性和伦理的关注和表征，后者综合运用当代西方世界的末日
论、詹姆逊的"当下意识"和德里达的"本源性友爱观"等理论深
入论述了作品的伦理思想。（4）存在主义思想。国内已有 7 篇论文从
萨特存在主义的视角分析麦卡锡西部小说和后启示录小说《路》中的
存在主义思想，其中硕士学位论文就多达 4 篇，它们是曲阜师范大学
肖冠华硕士的《科马克·麦卡锡西部小说中的存在意识》（2011）、
河北师范大学何利娟硕士的《科马克·麦卡锡〈路〉的存在主义式解
读》（2012）、四川外国语大学沈礼英硕士《绝望：〈血色子午线〉的
存在意识》（2013）、河北师范大学王海东硕士的《萨特存在主义视角
下的〈穿越〉》（2013）。（5）宗教意识。由于麦卡锡小说充满宗教意
象和宗教语言，不少文章从宗教的视角审视麦卡锡的创作，挖掘其小
说的内在结构和深层意蕴，分析作者如何借宗教隐喻对美国的社会问
题进行反思，希冀精神信仰和人性中善的回归。

　　3. 国内外研究存在的问题以及研究空间

　　麦卡锡研究是以维里恩·M. 贝尔于 1988 年出版的专著《科马
克·麦卡锡的成就》为标志，并由此拉开序幕。20 世纪 80 年代是
美国"文化批评"风头正劲时，有学者指出，"20 世纪 80 年代开
始的美国'文化战争'也使文学批评界冲突的各方都不同程度地卷

人进来。实际上，在 20 世纪 60 年代开始的、长达三十余年的文化
反叛过程中，美国文学批评经历过一系列新潮迭起的局面，重视文
学文本的审美价值和语言特性的传统批评方法一度被边缘化"①。纵
览麦卡锡研究的著作与论文，不难发现批评家醉心于对麦卡锡小说
的文化与意识形态等方面的外部研究，而对他作品的内部研究却很
少关注。研究视角主要集中在生态、美国例外论、暴力、空间、西
部神话的解构等。伯纳德·A. 萧彭（Bernard A. Schopen）早在 1995
年就对这种现象进行了预测，"随着《骏马》获得'美国国家图书
奖'，《穿越》高居畅销书榜首，麦卡锡有望在学术界大受欢迎，也
许还会成为经典作家。我们能预测，出于贴标签式阅读和挖掘意识
形态的迫切需要，他的小说将被'严刑拷问'，直到能坦白交代出
它们是文化方面的文献"②。诚如萧彭所言，国外麦卡锡研究中确实
存在着将文学作品视作一种社会、文化与历史学的文献资料，忽视
文学文本的形式分析、审美内涵与价值论维度的问题。在麦卡锡研
究中将其作品作为某种理念的图解和传声筒、任意肢解和抽取文本
材料的做法已成为当前麦卡锡研究中存在的主要问题，有两种状况
表现较为突出。其一，不顾小说人物存在的具体语境和小说的类型
特征，而将之剥离出来，以前辈大师的人物刻画手法作为标准来评
判，尤以麦卡锡笔下人物缺乏内心活动而广遭诟病；其二，为了某
种理论随意抽取人物来阐释。例如，有些评论者为了论证麦卡锡的
创作经历了前辈大师影响的焦虑和创新，将他多部小说中的父子关
系描写从具体的故事中抽出来论述，有过度阐释之嫌，反之，评论
者若能从互文视角对麦卡锡作品与前辈大师作品进行比较研究则应
更有说服力，并能增强对麦卡锡作品深层次的理解；还有评论者从
女性主义批评的角度出发，以麦卡锡小说中没有塑造性格丰满的女
性角色为由，指责他有性别歧视倾向。看来尽管国外的麦卡锡研究

---

① 江宁康：《文学经典的传承与创新——评哈罗德·布鲁姆的〈西方正典〉与美国
新审美批评》，《文艺研究》2007 年第 5 期，第 132 页。

② Bernard A. Schopen, "'They Rode on': Blood Meridian and the Art of Narrative," *Western American Literature*, Vol. 30, No. 2, Summer 1995, p. 179.

成果斐然，但很少从形式入手切入小说的主题研究。不难看出，内容与形式的结合是麦卡锡小说评论中相对薄弱的环节，有很大的研究空间。

麦卡锡小说研究在中国近几年才真正开始，虽然论文数量逐年增多，出现了不少优秀之作，在一定程度上丰富了国内外麦卡锡小说的研究，但也存在着一些显而易见的问题。首先，国内对麦卡锡的关注和研究滞后于欧美，研究较多重复了国外研究主题，与前人研究的"对话性"不够，难免有拾人牙慧之嫌。同时，许多研究主题趋同，重复研究、盲目跟从的现象严重。其次，对麦卡锡作品的研究严重失衡，研究的作品绝大多数均为已经有中译本的六部小说，麦卡锡的前期作品，特别是南方小说如《外部黑暗》《看果园的人》《沙特里》等均鲜有人涉猎；从研究的范围来看，在所研究的六部作品中，重点研究对象是"边境三部曲"和后启示录小说《路》。再次，长期关注麦卡锡并发表系列论文的作者不多。目前国内尚无麦卡锡研究专著出版，这与麦卡锡的文坛地位极不相称。最后，国内研究较少从形式如叙事策略等来切入主题分析，主要从文化、社会和历史语境等角度展开。不过，江宁康教授的《当代小说的叙事美学与经典建构——论 C. 麦卡锡小说的审美特征及银幕再现》从叙事美学的视角对麦卡锡的小说做了富有新意的探索，给国内麦卡锡研究带来了新的惊喜，因为对麦卡锡作品文学性研究的忽视也是国外研究亟待解决的问题。显然，国内麦卡锡研究的广度和深度均有待拓展和加深。

第二节　科马克·麦卡锡的"在路上"
情结与小说中的旅程叙事

一　科马克·麦卡锡的"在路上"情结

麦卡锡的小说主要描写"人在旅途"的故事，对家庭生活着墨很少。旅程是小说的重要母题，正如丹尼斯·多诺霍（Denis Donoghue）所指出："他不擅长讲述罗密欧与朱丽叶式的爱情故事，或任何涉及风俗、礼仪与法规的社区文化方面的生活。从这方面来说，他更像卡夫卡与贝克特，而非福克纳。"① 这或多或少与他本人的"在路上"情结与流浪的人生态度有关。尽管麦卡锡出生富裕家庭，在上层社会长大，父亲是当地颇有名望的律师，但他对上流社会的人与事却毫无兴趣，其笔下多是来自底层社会的人物。他本人钟情"在路上"的生活状态，是一位自我流放者，大部分时间居无定所，主要通过旅行为写小说积累素材。为了潜心创作，麦卡锡没有从事其他工作，因此没有固定生活来源，赤贫是他生活的主基调，他要么住在破旧的房子里，要么住在汽车旅馆里。麦卡锡可谓是当代极为少见的、一直而且仅仅靠写作为生的作家之一。他本人对物质生活的要求极其简单，常年吃最简单的食物，过着梭罗式的甚至是苦行僧式的生活。对麦卡锡而言，"食物与鞋子是他生活中最重要的两样必需品"②。由于麦卡锡从不描写自己没去过的地方，大部分日子都在路上度过，在篝火旁观察和写作，鞋子当然就成了他生活中的必需品了。麦卡锡曾游历了欧洲各国与美国西南部各州，路上生活已成为麦卡锡的一种写作姿态。

1952 年，也就是麦卡锡上大学后的第二年，他离开学校"流浪了一年"③，期间他换了不少工作。尽管家境富裕，但他对穷人的生活状况却很感兴趣。《沙特里》中所描写的流浪汉就曾是他以前生活中的伙伴。自 1965 年因《看果园的人》荣获福克纳基金会的"最佳新人奖"与美国艺术文学院颁发的游学奖金，麦卡锡就没有从事任何其他工作来养家，而是靠诸多文学奖金的资助过着梭罗式的简单生活以便潜心创作，此后也一直没有停下漂泊游历的脚步。1965 年麦卡锡就在

---

① Denis Donoghue, "Dream Work," in Deborah A. Schmitt (ed) *Contemporary Literary Criticism*, Vol. 101, Detroit: Gale Research, 1997, p. 182.

② Cormac McCarthy, Interview, "Cormac McCarthy's Venomous Fiction," by Richard B Woodward, *The New York Times Magazine*, 19 April 1992. 2 March 2009. < http: // www. nytimes. com/1992/04/19/magazine/ cormac - mccarthy - s - venomous - fiction. html >.

③ Jerry Leath Mills, "Cormac McCarthy (1933—)," in Joseph M. Flora and Robert Bain (eds) *Contemporary Fiction Writers of the South: A Bio-Biographical Sourcebook*, Westport: Greenwood Press, 1993, p. 287.

奖金的资助下乘船出游，游历了英国南部地区、法国、瑞士、意大利与西班牙。他在西班牙的伊比沙岛安顿下来，完成了小说《外部黑暗》的修改任务。1967年他与第二任妻子安妮·戴丽丝回到美国，住在田纳西州的罗克福德。1969年麦卡锡因创意写作获得古根海姆奖金。他与妻子安妮迁至田纳西州路易斯维尔，在那里购买了一谷仓。麦卡锡亲手修造房子，甚至自干工活。他对固定的工作从不感兴趣，这似乎都曾令他的两任前妻恼怒过。安妮回忆他们曾在一个挤奶厂住了将近八年的生活时说："我们过着捉襟见肘的日子。我们每天只能在湖里洗澡。有人愿意花2000美元请他去大学谈论他的作品，但他觉得要说的全写在书里了，根本不去，之后我们又吃了一个星期的豆子。"① 美国《老爷》（*Esquire*）杂志则猜测他住在一口钻井的铁塔上。1981年麦卡锡获得麦克阿瑟基金"英才"奖金时，当时他就住在田纳西州诺克斯维尔的一个汽车旅馆里。1982年他在美国得克萨斯州最西端的边境城市埃尔帕索的购物中心买了年久失修的小石屋。他对采访他的记者理查德·B.伍德沃德说："我不能邀请你进去坐坐。几年前开始的翻修工作因资金短缺而难以为继。几乎不能住人。"②

　　"在路上"已成为麦卡锡的生活方式，他是一位主动的流浪者。在接受伍德沃德采访时，麦卡锡说他享受无家可归的状态③。古希腊作家朗吉努斯（Longinus）认为，一个作家若不能鄙弃财富、荣誉、名声、权势等浮华之物，他就不可能有伟大的灵魂，也就写不出伟大的作品④。麦卡锡超脱的生活态度让他放弃了常人不能放下的"物质之窠"。麦卡锡与美国著名戏剧导演道格拉斯·韦杰（Douglas Wager）交谈时说，他竭力保持一种简单的生活方式以保证他能全身心投入艺

---

① Cormac McCarthy, Interview, "Cormac McCarthy's Venomous Fiction" by Richard B Woodward, *The New York Times Magazine*, 19 April 1992. 2 March 2009. < http：//www. ny-times. com/1992/04/19/magazine/cormac – mccarthy – s – venomous – fiction. html >.

② Ibid. .

③ Ibid. .

④ ［希］朗吉努斯：《论崇高》，载章安祺编订《缪灵珠美学译文集》（第一卷），中国人民出版社1998年版，第82页。

术创作，从来不让自己拥有物质财富。他打工不是为了财富，而是为了积累生活经验①。也正因为如此，麦卡锡才能拥有大量的时间采风、阅读、思考与创作，才能佳作迭出。

麦卡锡是一位博览群书的作家，但由于居无定所，即便是暂时安顿下来，破旧的房屋也不能很好地保存他拥有的大量书籍，于是他将7000本左右的藏书都装在密闭仓里。另外，由于常年在路上，住汽车旅馆，他不得随身携带高瓦数的电灯泡以保证有良好的照明让他能够阅读和写作。麦卡锡在打字机上写作，用的是一台老式便携式打字机，他所有的小说都是在打字机上敲出来的。由于麦卡锡内心深处只想当一个纯粹的作家，他是当代美国作家群中一个非常独异的个体，淡泊名利、超然物外，有漂泊流浪情结。例如，小说《路》的灵感就来源于麦卡锡与他年幼的儿子在得克萨斯州荒原上的一次旅行。"夜晚，他低头看着熟睡的儿子，然后向旅馆窗外望去，听着火车经过的孤独的声音。他不禁思索五十年或一百年后这个小镇将会是什么样子。于是他动笔开始写下这个故事。"② 奥普拉·G. 温弗里采访他时不禁感叹他是"一位非常独特的作家""一位与众不同的人"③。的确，在这个物欲横流、浮躁喧嚣的消费主义时代，麦卡锡以他斯巴达式和隐士般的生活以及对艺术的执着追求在美国文学界树立了一道独特的风景。

显然，麦卡锡对旅程叙事的青睐除了受文学传统的影响外，还与他本人独特的生活经历与体验有着内在的关联。麦卡锡本人"在路上"的情结影响了其小说主人公的状态，他们无一例外是在远方流浪或者回归故土的路上，没有找到一处可称为家的地方。旅程是他小说

---

① Quoted in R. Wallach, ed. *Myth*, *Legend*, *Dust*: *Critical Response to Cormac McCarthy*, Manchester: Manchester University Press, 2000, p. 145.

② Kenneth Lincoln, *Cormac McCarthy*: *American Canticles*, New York: Palgrave Macmillan, 2009, pp. 163 – 164.

③ Cormac McCarthy, Interview, "Oprah's Exclusive Interview with Cormac McCarthy," by *Oprah Winfrey*, *Oprah's Book Club*, 5 June 2007. 20 March 2009. < http://www.oprah.com/obc – classic/obc – main. jhtml >.

的重要母题。从审美的角度来看，"结构是作家处理情节的某种心理情绪"①，正是源于这种情结，麦卡锡有意识地让其小说主人公处于"在路上"的状态，以人物的旅程建构故事，借以表达深刻主题，形成了独具特色又富于文化内涵的旅程叙事。

二 科马克·麦卡锡小说中的旅程叙事

　　纵览麦卡锡的十部长篇小说，尽管它们外表纷繁多样、题材各异，我们却不难发现一个几乎没有例外的共性，即每部小说都是以人物"在路上"的旅程为中心结构。主人公的行走构成了小说的本体结构。无论是他前期的南方小说，还是后期的西部小说和后启示录小说，都呈现出大致相似的故事轮廓——讲述的都是人在旅途的故事。旅程叙事是隐藏在麦卡锡所有小说故事中的普遍的基本叙事结构。他用一种"在路上"的结构模式，探索人与自然、人与社会和人际之间的关系，对善与恶、生与死等诸多问题进行了哲理性思考与探索。由于篇幅所限，本书选取麦卡锡小说中不同类型的代表作来论述：南方小说《外部黑暗》与《沙特里》；西部小说《血色子午线》、"边境三部曲"与《老无所依》；后启示录小说《路》。《沙特里》的主人公为了摆脱婚姻、财产的束缚，逃向河边，开始自我放逐之旅。《外部黑暗》的女主角出发寻找她与其兄长乱伦而生的儿子，而她的兄长也随之寻找她，这个双重寻找的旅程是故事的核心结构。《血色子午线》的背景设置在 19 世纪中期美国西部得克萨斯州同墨西哥的边界，一位十四岁的男孩在离家出走后遇到了曾在历史上真实存在过的在边界地区奸淫掳掠无所不为的一帮暴徒，从此踏上充满暴力的旅程。《骏马》讲述了 20 世纪中叶，美国得克萨斯州的两个牛仔少年不甘于工业的侵袭以及家乡牧场的丧失，纵马天涯、南下墨西哥，追求新田园生活的一系列甘苦交杂的旅程的故事。《穿越》的故事如题目所示，主人公比利·帕勒姆在四年当中连续三次骑马穿越美墨边境，为追求生活理想和维护生命的尊严而历经磨难。《老无所依》的人物摩斯，

---

①　黎皓智：《俄罗斯小说文体论》，百花洲文艺出版社 2000 年版，第 78—79 页。

一个本来诚实正直的男人，偶然在得克萨斯州的边界地带捡到了一个装有 240 万美元现金的箱子，因为过于轻率地处理引起了一系列的追杀，从此踏上逃亡的不归路。小说以摩斯的逃亡之旅为线索来展开情节，主要人物一直在路上，他们分别在路上追击、逃亡、杀戮，甚至死在路上。《路》讲述了一对父子在核战争之后的地球末日，在满目疮痍中向着大海踽踽前行的艰难求生旅程。由此可见，麦卡锡对旅程叙事钟情已久，小说皆采用"在路上""在途中"的旅程结构形式，旅程是小说的骨架，也是故事的细胞和情节元素。麦卡锡小说中情节的发展、人物的塑造、主题的表达与人物的旅程息息相关。小说中的丰富主题，如善与恶的博弈、生与死、战争的残暴、环境的恶化等，都浓缩在小说人物的旅程中。麦卡锡作品对人类生存状态的深邃思考和人文关怀，皆以人物的旅程为媒介。倘若麦卡锡的小说中只有少数几部以旅程为主线，那不足为奇，如果所有的小说皆如此，这无疑是值得我们关注的问题。

麦卡锡还有意安排人物对旅程作出许多哲理性评论。例如，在《外部黑暗》的结尾，麦卡锡安排主人公霍姆与一位盲人相遇。这位盲人对他说："我每天与他们擦肩而过。人们在这个世界上像狗一样四处流浪，他们仿佛无家可归。但我知道我以前见过你。"①《血色子午线》中，叙述者对被政府雇佣来屠杀印第安人的"格兰顿帮"进行了评论："半夜，这几队人马在平原上分开，每队沿着其他队人马来时走过的路返回，他们就像所有旅行者一样不停地追随别人已走过的路。就像所有的旅行者一样，其前程必然是在别人已走过的旅程上所走的无尽的折返路。"② 在《骏马》结尾处，约翰·格雷迪单人独骑从那些分布得零散稀疏的印第安人居住的草棚中穿行时，作者写道："他们站在那儿，眼看着他过去，直到他消失在远处的地平线上，仅仅因为他只不过是个匆匆过客而已，或者说仅仅因为他必定会在远方

---

① Cormac McCarthy, *Outer Dark*, New York: Vintage Books, 1993, p. 240.

② Cormac McCarthy, *Blood Meridian or The Evening Redness in the West*, London: Picador, 1990, p. 121.

消失。"①《穿越》中，一位印第安人对比利说，虽然他是个孤儿，但他也应当停止漫游，在这世界上找到一个安身之处。因为这种漫游会使他养成一种癖好，而这种癖好会使他远离人群，最终也离开了自己。他说，只有心里有世界，才能了解这个世界；看起来是人活在世界上，实际上是世界活在人心里②。比利在随后的旅程又遇到一位老者，这位老者关于旅程的看法寓意深刻："你看它们多么相像。这肉体只不过是个象征，然而它透出了真理。最终每个人的道路也都是其他人的路。没有什么分离的旅程，因为在旅程上的人都不是分离的。所有的人都是一样的，因为也没有另外的故事可讲述。"③ 在《平原上的城市》的结尾处，当比利遇到一位流浪汉，这位流浪汉向比利讲述他所梦见的内容，"他明白了一个人的一生不过是短暂的一瞬间，而时间的长河则无穷无尽。因而，对每一个人来说，无论他此刻是多大年纪，无论他有过多长的经历，他永远都是处在人生旅程的中途"④。《老无所依》中的恶魔杀手对受害者说："你明白吗？当我走进你的生活时，你的生命历程就意味着结束。生命有开始、中间与结束三个阶段。此刻就是你生命的尽头。"⑤《路》中濒临死亡的父亲对儿子说："我不能陪你了，你得自己走下去。也许继续走下去会遭遇艰辛，但我们一向很幸运，所以你定能交上好运。走下去你就懂了。走吧。没事的。"⑥ 显而易见，旅程是麦卡锡小说形式、结构与意义的媒介。

　　另外，小说中表示人物空间位移的句子比比皆是。《外部黑暗》中，仅描述库拉·霍姆"继续前行"（went on）的句子就多达 24 句；

---

　　① ［美］科马克·麦卡锡：《骏马》，尚玉明、魏铁汉译，上海译文出版社 2001 年版，第 302 页。

　　② ［美］科马克·麦卡锡：《穿越》，尚玉明译，上海译文出版社 2002 年版，第 129 页。

　　③ 同上书，第 151 页。

　　④ ［美］科马克·麦卡锡：《平原上的城市》，李笃译，上海译文出版社 2002 年版，第 276 页。

　　⑤ Cormac McCarthy, *No Country for Old Men*, London：Picador, 2005, p. 260.

　　⑥ Cormac McCarthy, *The Road*, New York：Vintage Books, 2006, p. 278.

《血色子午线》中，含"骑马前行"（rode）的句子共 282 个，其中，
"骑马继续前行"（rode on）58 个，"骑马出发"（rode out）44 个，
"骑马穿过"（rode through）28 个，"继续前行"（moved on）26 个，
"穿过"（passed through）10 个，"流浪"（wandered）7 个；《穿越》
中含"穿过某地"（crossed）的句子多达 51 个，"骑马继续前行"
（rode on）52 个；《老无所依》中含"开车前行"（drove）的句子共
44 个；《路》中含父子"徒步行走"（walked）的句子 82 个，"继续
前行"（went on）32 个，"出发"（set out）23 个①。这些描述人物空
间位移的句子不仅反映出人物运动的轨迹，还是衔接故事巧合情节的
媒介。由此可见，麦卡锡小说主人公的运动历程是情节的焦点与结构
的主干。这些细节尽显麦卡锡的独特用心。

　　小说故事情节的结尾也往往与"路"有联系，主人公们的旅程没
有终点，故事总以他们"在路上"结尾。《外部黑暗》的故事以男主
角在路上遇到一位盲人结尾，"他不知道盲人将去往哪里，也不知道
道路将伸向何方"②；《沙特里》的结尾是沙特里在高速公路旁等待搭
便车，最后终于有一辆车停下，载着他飞驰在高速公路上，路两旁的
景色在他眼前一闪而过；在《骏马》的结尾，"约翰·格雷迪骑在马
上继续前行，他和马在身后投下长长的影子前后相连，穿行在这片荒
漠中，仿佛是一具有生命的幽灵，与远方朦胧的大地汇在一起。他和
马奔驰而过，径直朝着那不可知的未来世界奔去"③；《血色子午线》
的尾声以流浪者们"又继续前行"④ 结束；《老无所依》故事结尾处，
老警长的梦中场景也发生在路上，他梦到在一个凄冷的雪夜，他骑马
穿过山上小径，然后他父亲骑马超过了他，手里拿着一把牛角火炬，
好像要在凄冷的夜里到某处去生火，而他知道无论何时他到达那里，

---

①　根据麦卡锡英文原版小说的 PDF 搜索而得出的数据。

②　Cormac McCarthy, *Outer Dark*, New York：Vintage Books, 1993, p. 242.

③　［美］科马克·麦卡锡：《骏马》，尚玉明、魏铁汉译，上海译文出版社 2001 年版，
第 302 页。

④　Cormac McCarthy, *Blood Meridian or The Evening Redness in the West*, London：Picador,
1990, p. 337.

他父亲都会在那儿等他；《路》以小男孩在父亲去世后大胆朝大路走去并遇到好人的情景结尾。

不难看出，旅程结构的采用源于作者明显的深思熟虑，形式与主题得到了完美结合。因此，对麦卡锡小说艺术和主题的分析离不开对其作品旅程叙事的研究。众所周知，旅程叙事（journey narra-tive or road narrative）在世界文学史上可谓源远流长，这方面的经典可列出长长的清单：《圣经》、荷马的《奥德赛》、但丁的《神曲》、斯宾塞的《仙后》、笛福的《鲁滨逊漂流记》、菲尔丁的《汤姆·琼斯》、拉伯雷的《巨人传》、塞万提斯的《堂吉诃德》、麦尔维尔的《白鲸》、马克·吐温的《哈克贝里·芬历险记》、凯鲁亚克的《在路上》、索尔·贝娄的《奥吉·玛琪历险记》等。这样的名单可以一直列下去，几乎包括所有产生过重大影响的作家的作品。作为一种经久不衰的叙事类型，有众多值得关注和研究的方面。国内外许多著名学者或强调其重要性，或分析其叙事特征。我国学者张隆溪指出，许多重要的叙事文学往往都以旅程作为基本的结构性比喻，在形式上都表现为一个具体的旅程①。张世君教授通过对西方小说的旅程模式与中国小说的庭园模式的对比，概括出了旅程模式的主要特征："旅程模式强调的空间是户外，小说的故事情节总是发生在陆路或水路上，路成了衔接故事情节的媒介，主人公处于漂泊冒险的旅途中，从一地迁徙到另一地，一个环境到另一个环境。作者记录主人公旅途的经历，由此形成人物的人生之旅和叙述的旅程模式……"②苏联著名文艺理论家巴赫金在《小说的时间形式和时空体形式》一文中提出了"道路时空体"的概念，并强调了道路在旅程叙事作品中起着重要的情节作品，所列作品涉及古希腊的日常漫游小说、中世纪骑士小说、16世纪西班牙骗子小说、16世纪与17

---

① 张隆溪：《沧海月明珠有泪：跨文化阅读的启示》，《文景》2005年第11期，第3页。

② 张世君：《中西小说庭园模式与旅程模式比较》，《外国文学研究》1992年第2期，第73页。

世纪之交的流浪汉小说以及 18 世纪的成长教育小说等①。加拿大著名学者诺思洛普·弗莱（Northrop Frye）在其名作《批评的解剖》中写道："在所有虚构小说中，奇妙的旅程是一种永不枯竭的写作程式……"② 美国著名文学理论家雷纳·韦勒克（Rene Wellek）与奥斯汀·沃伦（Austin Warren）在他们合著的《文学原理》中也指出，"最古老和最普遍的情节之一就是旅程的情节，有的发生在陆路上，有的发生在水路上"③。美国叙事学家罗伯特·斯科尔斯（Robert Scholes）、詹姆斯·费伦（James Phelan）与罗伯特·凯洛格（Robert Kellogg）在他们三人合著的叙事学经典之作《叙事的性质》中，对旅程叙事的特征进行了专门论述，视旅程叙事为"道路"叙事（a road narrative）④。约瑟夫·坎贝尔在《千面英雄》中归纳了全世界各地不同民族、不同宗教的无数神话中普遍存在的旅程原型模式，即召唤——起程——历险——归返的模式⑤，将自古以来的英雄历险故事的叙事手法进行了总结，形成了系统化的理论。米兰·昆德拉在《小说的艺术》中也多次提及欧洲旅程模式的小说。罗纳德·普利莫（Ronald Primeau）在其专著《道路传奇：美国公路文学》（*Romance of the Road：The Literature of the American Highway*，1996）中强调，"道路是旅程叙事的主要场景，起着重要的情节作用。空间在旅程叙事中不仅仅是故事发生的背景，人物经过的场所，更是人物与地点相互作用的典型叙事空间"⑥。尽管旅程叙事是一个极为宽泛、包容量极大的概

---

① ［俄］巴赫金：《小说的时间形式和时空体形式》，载钱中文主编《巴赫金全集》（第三卷），白春仁、晓河译，河北教育出版社 1998 年版，第 444—447 页。

② Northrop Frye, *Anatomy of Criticism*, New Jersey：Princeton University Press，1957，p. 57.

③ ［美］韦勒克、沃伦：《文学原理》，刘象愚译，三联书店 1986 年版，第 243 页。

④ Robert Scholes, James Phelan and Robert Kellogg, *The Nature of Narrative*, London：Oxford University Press，2006，p. 228.

⑤ ［美］约瑟夫·坎贝尔：《千面英雄》，张承谟译，上海文艺出版社 2000 年版，第 46—255 页。

⑥ Ronald Primeau, *Romance of the Road：The Literature of the American Highway*, Bowling Green，OH：Bowling Green State University Popular Press，1996，p. 3.

念，但在一些基本的核心要素上，专家学者们达成了共识。根据以上专家学者们的论述，我们不难扼要地概括出"旅程叙事"的主要特征：作品主要人物处在连续不断的出行过程中，以主人公的具体旅程为故事结构法则和叙事框架，无论是梦幻的还是真实的旅程，不论是在海上还是陆地上；以主人公在路上的空间历险经历以及人物内心的转变来推动情节发展；以主人公的出行为标志产生的空间位移在旅程叙事中具有重要的作用，是不可忽视的元素。

在美国，以旅程为叙事母题的作品最蔚为壮观，旅程叙事在美国文学中的彰显已经成为文学界的一种共识。美国教授贾尼丝·P. 斯托特（Janis P. Stout）于 1983 年出版了研究旅程叙事的专著《美国文学中的旅程叙事》（*The Journey Narrative in American Literature*），他按出行的方向、动机等对旅程叙事的模式进行了归纳，总结出探险与逃逸、家园的寻找、归返、追寻、迷失与流浪五种主要模式，并以美国文学中的旅程叙事经典作品为例进行论述。在这部专著中，斯托特没有提到麦卡锡。其中的原因很明显，麦卡锡研究热在美国也不过是近二十年的事，以维里恩·M. 贝尔（Vereen M. Bell）于 1988 年出版的专著《科马克·麦卡锡的成就》为标志。

戴维·洛奇（David Lodge）曾指出，"叙事学的各种成分一再地提醒我们，其目的并不在于阐释文本，而在于披露一个结构系统，这个系统使文本得以生成，而且使读者有能力发现其意义"[①]。可见研究麦卡锡小说旅程叙事模式对于把握作品的意义无疑相当重要。目前国内外麦卡锡研究专著与论文对其小说中明显的旅程结构有可贵的，但却是零星的附带提及，例如，美国麦卡锡研究专家埃德温·T. 阿诺德（Edwin. T. Arnold）就曾指出"麦卡锡的小说构成了一个持续不断的旅程"[②]；高尔·摩尔·莫里森（Gall Moore Morrison）认为麦卡锡的小

---

① David Lodge, "Analysis and Interpretation of the Realist Text," in Philip Rice and Patricia Waugh (eds) *Modern Literary Theory: A Reader*, London: E. Arnold, 1996, p. 25.

② Edwin T. Arnold, "Blood and Grace: The Fiction of Cormac McCarthy," in Deborah A. Schmitt (ed) *Contemporary Literary Criticism*, Vol. 101, Detroit: Gale Research, 1997, p. 201.

说以旅程为中心结构原则①；国内学者裴亚莉也提到"麦卡锡的大部分小说都在描写人物在空间中的行走……以人物空间历险为故事结构法则"②。但从全球图书馆馆藏目录 WorldCat、学位论文全文库 PQDD 以及 AMAZON. COM 网上图书书目中进行高级检索而获得的结果来看，迄今为止还没有系统、全面考察与深入研究麦卡锡旅程叙事的专著问世，也没有相关专题论文，旅程叙事之于麦卡锡小说的重要意义还远远没有得到足够的揭示和阐明。然而，对麦卡锡小说旅程叙事的研究，无论是对其小说形式的认识，还是内容的分析，都具有十分重要的意义，是理解麦卡锡小说创作的关键。这也是笔者要从旅程叙事的角度来理解麦卡锡小说的缘由所在，希望从此角度对麦卡锡小说进行深入探讨，以弥补以往研究中存在的不足，为全面理解麦卡锡小说开启另一扇视窗。在同时代作家摈弃小说的传统叙事形式、追求形式上的标新立异的后现代主义风潮中，麦卡锡却对传统的旅程叙事情有独钟。那么，麦卡锡小说的旅程叙事从欧美旅程叙事经典中继承了哪些传统特征，才使其作品闪耀出传统的光华；又进行了哪些创新，让这棵"古树"开出"新花"，"老枝"发出"嫩芽"？小说中的时间与空间、人物、情节等叙事要素在以旅程为主要结构的叙事中有何典型特征？小说的主题如何借助旅程这一重要形式来体现？后现代主义思潮对麦卡锡小说旅程叙事产生了怎样的影响，他又是如何通过人物的旅程这一媒介赋予其作品"旧瓶装新酒"的特色？这些问题是本书要关注的重点。笔者希望，从旅程叙事的视角对麦卡锡小说的整体观照与研究能裨补阙漏，提供一把开启麦卡锡小说纷繁复杂文本迷宫大门的钥匙，找到一条走出迷宫的阿里阿德涅之线。

---

① Gall Moore Morrison, "All the Pretty Horses: John Grady Cole's Expulsion from Paradise," in Edwin T. Arnold and Dianne C. Luce (eds) *Perspectives on Cormac McCarthy*, Jackson: University Press of Mississippi, 1993, p. 174.

② 裴亚莉：《美国西部影像与文字——论科马克·麦卡锡的小说和电影的关系》，《外国文学评论》2010 年第 3 期，第 230 页。

第三节　本书的研究意义、思路与方法

　　无论是前期的南方小说，还是后期的西部小说和后启示录小说，麦卡锡皆以人物的旅程作为故事的结构，由此可见麦卡锡对旅程叙事的钟爱。旅程叙事是最古老的讲述故事的方式之一，有着独特的模式和特征。许多作家在这种情节模式的影响下，创作出了一系列欧美文学中的旅程叙事经典小说。这种叙事方式在麦卡锡的创作中得到了充分利用，但麦卡锡的不同凡响之处在于，他的作品根植于传统并致力于创新。

　　本书绪论首先介绍麦卡锡生平与创作，及其在文坛上的地位。然后，对国内外麦卡锡研究进行梳理，并在分析前人研究存在的问题之基础上提出本书的研究内容、思路和方法。对麦卡锡小说旅程叙事进行渊源追溯，然后分析他作品中的叙事模式、具体叙事要素的特征以及主题的表现，从中可看出麦卡锡小说旅程叙事与传统模式有着明显而深刻的传承关系。任何作家的经典创作都只能在已有的成熟经验基础上进行新的创造，麦卡锡也不例外。从麦卡锡小说与美国经典旅程叙事小说的互文性研究可进一步分析麦卡锡小说旅程叙事对传统模式的继承与创新，而麦卡锡小说旅程叙事的后现代主义特征更能说明麦卡锡小说旅程叙事的"陌生化"。正是这些创新使麦卡锡小说的旅程叙事超越前辈大师的创作模式，建立起自己的创作特色，并形成新的经典。

　　尽管国外麦卡锡研究成果颇为丰赡，各种新论著层出迭见，但尚未对麦卡锡旅程叙事这块园地进行全面深入的开掘。旅程犹如小说的脊柱，而事件如一节节的椎骨，它们串联着支撑整个文本。对麦卡锡小说的人物、时空、情节和主题等的研究若脱离这个中心结构，无异于缘木求鱼，因为它们之间是骨肉相连的关系。本书首次将麦卡锡小说的人物、时空、情节和主题等置于旅程叙事模式下研究，其结果也是富有新意的。另外，从旅程叙事角度研究麦卡锡小说，可将小说的外部研究和内部研究有效地结合起来，避免为了某种理论随意肢解文本，将小说中互相依存的元素从故事中剥离出来。麦卡锡小说的旅程结构与其主题是共生互构的关系。在具体作品分析上，笔者还采用互文性理论，将麦卡锡的作品置于与其他作品的对话关系中，这也是目前麦卡锡研究少有的。

本书研究的重点是麦卡锡小说的旅程叙事，以小说的旅程结构为基础，对旅程叙事的诸多方面进行分析。具体论述主要集中在以下几点：麦卡锡小说中的人物、时空、情节等叙事要素在以旅程为主要结构的叙事中有何特点；小说的主题如何通过人物的旅程来展现；麦卡锡小说的旅程叙事从欧美旅程叙事经典继承了哪些传统特征，又在哪些方面进行了创新。

在方法论上，本书主要采用历时与共时相结合的分析模式。一是采用历时的方法，以文本细读为基础，对麦卡锡小说的旅程叙事进行分析研究；二是采用共时的方法，将麦卡锡小说的旅程叙事置于西方旅程叙事传统的大背景下审视，彰显麦卡锡小说旅程叙事的传承与创新。在批评理论的采用上，本书综合运用各种批评理论，如叙事理论、原型批评、互文性、空间理论、符号学理论、混沌理论和后现代主义历史诗学等理论来分析作品。总的来说，本书将从麦卡锡小说的旅程叙事入手，采取多视角、多维度、多途径的阐释策略，将麦卡锡小说的叙事形式与主题内容的研究结合起来，论述麦卡锡小说旅程叙事中显而易见的传统性与隐秘的后现代主义特征，以及他对旅程叙事这种传统叙事形式的传承与创新。本书将以作品为核心，以麦卡锡小说的旅程结构为主线，从宏观到微观，从不同角度，在不同层次上展开论述。

第一章

传统的身影：麦卡锡小说
旅程叙事渊源探析

　　旅程叙事在西方文学中由来已久，犹如一棵连续生长的大树，已枝繁叶茂，是一种生命力强大、久盛不衰的叙事方式。旅程母题这粒种子在不同时期的社会历史土壤上结出了不同的果实。众所周知，任何作家的创作要获得历史的意义，都只能置身于一定的文学发展谱系内。显然，麦卡锡小说的旅程叙事不是无源之水、无本之木，而是与以往经典旅程叙事作品有着密切的渊源关系，可以追溯至数个源头。麦卡锡是一位饱读经典的作家，他本人也承认其创作受到前辈大师们的诸多惠泽。这位很少接受采访和谈论自己创作思想的作家，却在一次采访中说："最丑陋的事实是书孕育于其他的书。一部小说的生命依赖于业已写成的小说。"[①] 这与诺思洛普·弗莱（Northrop Fyre）的观点"小说只能从别的小说中产生"[②] 如出一辙。在美国评论界，麦卡锡的这番话被理解为哈罗德·布鲁姆的"影响的焦虑"，即面对父辈式经典大师之影响的焦虑。为了证明这种焦虑，许多评论者将麦卡锡不同时期小说中的父子关系描写从具体文本中剥离，来论述麦卡锡在文学创作中所经历的焦虑与创新。这种视角的确不乏新意，但有过度阐释之嫌。其实，麦卡锡所说的"丑陋"事实是许多作家不愿承认的，正如蒂费纳·萨莫瓦在他的《互文性研究》所说："人们之所以

---

① Cormac McCarthy, Interview, "Cormac McCarthy's Venomous Fiction," by Richard B Woodward, *The New York Times Magazine*, 19 April 1992. 2 March 2009. < http：//www. ny-times. com/ 1992/04/19/magazine/cormac - mccarthy - venomous - fiction. html >.

② ［加］弗莱：《作为原型的象征》，载叶舒宪选编《神话——原型批评》，陕西师范大学出版社 1989 年版，第 151 页。

常常不太喜欢互文性，那是因为透过互文性人们看到了一个令人生畏的庞然大物。"① 尽管麦卡锡未用"互文"二字，但他的观点却与众多的文艺理论家的互文性观念有惊人的相似之处。麦卡锡正是 T. S. 艾略特在其名篇《传统与个人才能》所论及的"传统性的"作家，即在写作时不但"有他自己那一代的背景，而且还要感到从荷马以来欧洲整个的文学及其本国整个的文学有一个同时的存在，组成一个同时的局面……就是这个意识使一个作家成为传统性的。同时也就是这个意识使一个作家最敏锐地意识到自己在时间中的地位，自己和当代的关系"②。麦卡锡小说旅程叙事与欧美文学传统的关系，是麦卡锡研究中常被忽视的一个问题，这种忽视导致了一些评论者对麦卡锡小说的一种简单化的解读。麦卡锡作品的旅程叙事植根于深厚的欧美旅程叙事文学传统。不了解麦卡锡的创作与欧美文学旅程叙事传统的关系，我们就很难把握麦卡锡小说的特征。

因此，要分析麦卡锡小说对旅程叙事传统的传承与创新，我们不得不暂时放下对其作品的具体分析，首先对在麦卡锡小说中留下了痕迹的旅程叙事传统作一简要的梳理与考察。这将有助于我们将麦卡锡的小说置于西方旅程叙事传统下进行审视与观照，从而更加深入、更加准确地理解麦卡锡小说的旅程叙事艺术特征，而这些特征迄今为止在研究麦卡锡的著述中似乎尚未得以一一揭示。尽管欧美旅程叙事文学作品的写作风格和体裁不同，有的甚至大相径庭，但整合在一起却形成一个源远流长的叙事传统——旅程叙事，有一些共同的特点。随着时间的推移，各种旅程叙事作品形成了一些固定的主题结构模式、叙事程式、情节结构等艺术特征。对这些经典旅程叙事文学中常规叙事艺术的了解，有助于我们分析麦卡锡在创作中遵循了这些旅程叙事传统中的哪些常规手法，又在哪些方面进行了创新。

---

① ［法］蒂费纳·萨莫瓦：《互文性研究》，邵炜译，天津人民出版社 2003 年版，第 134 页。

② ［英］艾略特：《艾略特诗学文集》，王恩衷译，国际文化出版公司 1989 年版，第 2 页。

第一节　欧洲文学旅程叙事渊源

欧洲文学旅程叙事的历史可谓源远流长，可以追溯至荷马史诗、《圣经》、骑士传奇、西班牙流浪汉小说与德国的成长小说五大传统。这些传统形成了基本的旅程叙事模式，在后来旅程叙事文学的发展中，它们各自催生了旅程叙事模式的枝繁叶茂。无论是在基本主题、人物原型、情节结构，还是在叙事模式等方面，它们都对麦卡锡小说的旅程叙事产生了广泛而深远的影响，留下了不可磨灭的印记。

一　史诗与英雄漂泊、殖民冒险旅程模式

1. 漂泊归家之旅：《奥德赛》

旅程叙事文学的渊源被公认肇始于荷马的《奥德赛》，这部旅程叙事文学滥觞之作已成为旅程叙事文学传统的基石。《奥德赛》以奥德修斯从特洛伊返回故里为情节主线，以他的儿子忒勒马科斯千里迢迢寻找父亲，妻子十年守节、一心一意等待丈夫回到伊塔卡岛为情节副线，主要描述了奥德修斯所经历的一个充满考验与艰难险阻的冒险历程。荷马关于奥德修斯漫长漂泊的故事紧紧扣住长途旅行中颠沛流离的主线，以至于现在连它的标题"奥德赛"已等同于"长时间的游荡，充满冒险的旅途"。奥德修斯式的旅程化"漂泊"也成为欧美小说情节结构的一种惯用模式。作为西方文学旅程叙事模式之滥觞，《奥德赛》对后世无数作家的影响广泛而深远，情节与人物不断地被沿用与改写。无数作家在这种情节模式的影响下，创作出了一系列旅程小说，其中最著名的例子就是麦尔维尔的《白鲸》与乔伊斯的《尤利西斯》。前者被众多评论者称为史诗般的传奇作品，譬如，杰克·所罗曼（Jack Solomon）认为"麦尔维尔在《白鲸》中以海上征程的形式表现了奥德修斯式的漂泊主题"[①]；

---

① Jack Solomon, "Huckleberry Finn and the Tradition of The Odyssey," *South Atlantic Bulletin*, Vol. 33, No. 2, 1968, p. 11.

后者是对《奥德赛》的嘲讽性模拟，在人物、情节和结构上与其相对应，是《奥德赛》的现代都市版本。总之，《奥德赛》在后世作家的艺术世界里的投影随处可见。

歌德在《文艺谈话录》中对《奥德赛》的结构评论道："运用一位有名的英雄人物的故事时只把它作为一根线索，在这上面他爱串上什么就串上什么。"① 这种"一线串珠"的游历结构也是后来众多旅程叙事作品采用的模式。《奥德赛》以主人公奥德修斯的英雄冒险经历为线索组织事件、结构作品，依照冒险——出征——探索——回归的模式将种种人物、事件与场景连接，使之成为一个整体。利兰·莱肯（Leland Ryken）对以《奥德赛》为代表的荷马史诗的情节、结构、人物与主题做了概括：

> 一般而言，一部史诗都有一个统一全篇的核心人物。史诗的情节往往围绕着一个核心的英雄事迹。这个英雄事迹几乎总是在打赢一次战役或者建立一个王国这类似的翻版。史诗中采用寻求模式也十分普遍。由于史诗规模宏大，史诗情节往往比较松散。我们不可能记住整个故事。与短篇故事不一样，史诗中的各个独立事件很难形成一个完整的因果链条。然而，尽管史诗故事细节松散，但是所有的事件都离不开史诗的英雄人物、英雄事迹和（通常是）朝向一个目标的寻求诸如此类的总体框架。②

史诗规模宏大，具有恢宏的时空叙事背景；英雄人物的冒险足迹将缺乏因果关系的事件连接起来，以追寻主题为故事深层结构；采用典型事件和冒险行动来塑造人物形象。这些旅程叙事特征在后世文学中得到了传承，如麦尔维尔的《白鲸》就是其中的代表。

在《奥德赛》的原型叙述中，"奥德赛"之旅的隐喻意义还具有

---

① ［德］歌德：《歌德谈话录》，爱克曼辑录，朱光潜译，人民文学出版社1982年版，第227页。

② ［美］利兰·莱肯：《圣经文学导论》，黄宗英译，北京大学出版社2007年版，第129页。

心理和性别的特征。奥德修斯的妻子保护家产不被可能的篡夺者侵占，而他四处游荡。在发现和扩张的年代，男人行遍世界，而女人却待在家中。"男人的移动与女人的定居"的文化模式对后来旅程叙事作品中的主人公性别也产生了影响，即旅程叙事作品的主角，大多数是男性。

2. 殖民冒险之旅：《埃涅阿斯纪》

《埃涅阿斯纪》是一部罗马帝国的"史记"，由古罗马诗人维吉尔应罗马帝国开国君主奥古斯都的要求撰写而成。据说这位诗人在弥留之际似乎对自己屈于权威的政治宣传之作颇有悔悟，留下了将史诗手稿焚毁的遗言。然而，君主奥古斯都在诗人死后下令出版了《埃涅阿斯纪》。这部史诗取材于古罗马神话传说，分为两部分，第一部分主要讲述特洛伊英雄埃涅阿斯在故国特洛伊城被希腊联军攻破后，带领幸存者们离开故土，在海上漂泊七个春秋寻找新王国之地的艰难之旅；第二部分叙述了埃涅阿斯带领的特洛伊人在意大利与原住民拉丁姆人的冲突以及最终取得胜利，建立罗马帝国的故事。《奥德赛》与《埃涅阿斯纪》虽然同样讲述了英雄们海上漂泊求生的艰难旅程，但却开创了旅程叙事模式的两种不同模式，前者为归家之旅模式，后者为殖民扩张的远征之旅模式。

虽然《埃涅阿斯纪》的主题一直被评论者认为是对民族英雄主义的颂扬，但相比于《奥德赛》，其充满了扩张意识，与奥德修斯历经艰难险阻的归家之旅不同。加拿大著名学者谢大卫（David Lyle Jeffrey）对这部史诗的主题进行了颇有新意的阐释：

> 书中对旅途中所有具有典型希腊特征的考验，包括对第二层次的毁灭性情爱（如狄多），都有所描述，但其教育主题不是希腊传统所宣扬的对荣誉的追求，那需要自我约束和认识，而是一种更强烈的帝国命定论扩张论。主人公非但没有回到等待他的妻子的身边，反而在旅途完成时到达了离家最远的地方，终结于新土地上结成的新婚姻——异族间的通婚（没有"罗曼司"），并宣告新的城市目标："罗马人牢记着、管理着并统治着这个世界！"

我们看到，罗马史诗强调的是"只要目的正当，就可以不择手段"一类的观念。新城市罗马建立了，成为了"胜利者"的文明。①

诚如其所言，埃涅阿斯筚路蓝缕初创罗马的故事是在以神的名义下进行的殖民扩张之旅。史诗借用神话传说歌颂罗马国家，歌颂奥古斯都统治的历史必然性。神意成了帝国命定论扩张论的正当理由。这部史诗是君主奥古斯都让其御用文人维吉尔为他的帝国统治高唱的赞歌，是帝国话语权力的胜利，体现了文学家与统治者的同谋关系。

显然，维吉尔的《埃涅阿斯纪》中的旅程模式奠定了西方旅程叙事的一个重要叙事模式，即依照冒险——出征——殖民的模式来结构作品。埃涅阿斯的远征之旅或多或少打上了殖民主义、帝国主义印记。这种殖民扩张的旅程模式在后世的文学中得到了传承和发展。

二　《圣经》与放逐、朝圣、救赎旅程模式

在西方文学中绵延至今的旅程叙事，其宗教渊源当属圣经叙事传统。犹太学者埃里克·奥尔巴赫（Erich Auerbach）在其文学评论专著《摹仿论：西方文学中所描绘的现实》（*Mimesis*：*Representation of Reality in Western Literature*，1953）中指出，《圣经》是同《奥德赛》比肩的伟大史诗，是世界文学宝库中的一颗璀璨明珠②。圣经的叙事艺术是许多学者研究的重点，国外学者罗伯特·阿尔特（Robert Alter）的《圣经叙事的艺术》（*The Art of Biblical Narrative*，1981）、迈尔·斯腾伯格（Meir Sternberg）的《圣经叙事诗学：意识形态文学与解读的戏剧性》（*The Poetics of Biblical Narrative*：*Ideological Literature and the Drama of Reading*，1985）以及西蒙·巴埃弗拉特（Shimon Bar-Efrat）的《圣经的叙事艺术》（*Narrattive Art in the Bible*，1989）

---

① ［加］谢大卫：《圣书的子民：基督教的特质和文本传统》，李毅译，中国人民文学出版社 2005 年版，第 X 页。

② Erich Auerbach, *Mimesis*：*Representation of Reality in Western Literature*，trans. Willard R. Trask，Princeton：Princeton University Press，1953，pp. 3 – 23.

被公认为是圣经叙事批评的典范之作。国内学者梁工与刘意青也对圣经的叙事艺术进行了深入研究。

《圣经》中的伊甸园神话和《出埃及记》记述的就是人类的出行旅程。在《圣经》全书中，人生是一次朝圣或者一次旅行。美国学者利兰·莱肯（Leland Ryken）在其专著《圣经文学导论》（*Words of Delight and Words of Life*）中指出旅程主题（journey motif）是圣经原型情节主题之一，"让故事人物从一个地方走向另一个地方，并在经历各种艰难险阻的同时经历着人生的成长过程"①，是统一《出埃及记》整个故事的另一个因素②。《圣经》中的旅程叙事开启了文学作品中朝圣与救赎的主题，旅程是一种磨难与救赎，是信仰之旅。《圣经》故事的深层结构就是典型的旅程模式，亚当和夏娃被逐出伊甸园，开始人类漫长而苦难的漂泊之旅。《圣经》的旅程叙事的典型模式是"游历者完全离开和超越原来的文明，目的在于寻找或建立另外一个文明。在这个旅程中，原来的文明在若干重要的方面被抛在后头，人从这一文明中迁移出来，以寻求某种精神上的解放"③。因此，《圣经》中人物的旅程本质上是一种精神救赎的朝圣，这也使得《圣经》的旅程主题在语言、结构和叙事模式上都独具特色，具有文学原典性意义，在西方后世文学中得到传承和嬗变。

西蒙·巴埃弗拉特指出，"圣经叙事中满是迁移和运动"④。诚如巴埃弗拉特所言，《圣经》中的主人公处在接连不断的旅行或迁徙过程中，叙事框架由人物的旅途经历构建。同荷马史诗一样，《圣经》故事展现在读者眼前的也是一个具有广阔时空的世界，人物的旅途经历也向读者展现了一幅幅壮阔的画卷。我国学者梁工也对《圣经》中情节、人物、旅行和空间背景相互依存的关系做了精辟的论述："情

---

① ［美］利兰·莱肯：《圣经文学导论》，黄宗英译，北京大学出版社 2007 年版，第 39 页。

② 同上书，第 119 页。

③ ［加］谢大卫：《圣书的子民：基督教的特质和文本传统》，李毅译，中国人民文学出版社 2005 年版，第 IX 页。

④ ［以］西蒙·巴埃弗拉特：《圣经的叙事艺术》，李锋译，上海华东师范大学出版社 2007 年版，第 217 页。

节演变和人物塑造是同一过程中的两个侧面，这一过程的外部形态是主人公的旅行经历，该行程中的每一站都示以一个独特的地名，每个地名都是带有特定意蕴的空间符码；这些符码由人物的行程串联起来，构成一部纪事性作品的空间背景。"①《圣经》的叙事采取第三人称全知视角，叙事者"在很多方面就像上帝，创造世界、塑造人物、审视人物的内心活动"②。

　　《圣经》放逐、朝圣与救赎的旅程主题对后世文学在叙述模式、思想内涵等诸多方面都有着深刻而全面的影响，尽管在传承过程中遭遇演绎与嬗变，但仍未脱离其基本的思维模式。例如，但丁的《神曲》、乔叟的《坎特伯雷故事》、约翰·班扬的《天路历程》就是其中的代表。但丁的《神曲》采用梦幻的形式讲述了他本人游历地狱、炼狱与天堂三界的旅程故事。但丁在"人生旅程的中途"，即三十五岁时，迷失于一个黑暗的森林。他竭力寻找走出困境的道路，但忽然遇到三只分别象征淫欲、强暴、贪婪的豹、狮、狼迎面扑来，但丁高声呼救。罗马诗人维吉尔在此刻出现，他受阿贝特丽切的嘱托前来帮助但丁走出迷途，并引导他游历了地狱和炼狱，后来他在阿贝特丽切的引导下游历了天堂九重天，在九重天之上的天府但丁最终见了上帝一面。但丁的三界幻游之旅象征着人类通过探求真理而获得救赎的道路。同时，但丁将幻想与写实相结合，"运用了第一人称手法和插曲式结构形式，以自己的足迹作为串缀众多情节的主线，将一幅幅广阔的生活画面展现在读者面前"③，表达了自己的政治、道德、宗教与哲学观点。乔叟的《坎特伯雷故事》"将朝圣旅途作为叙事框架，把香客们独立成篇的故事组成有机的艺术整体；但更重要的是，正如《圣经》展示人类失去伊甸园后回归上帝的艰苦曲折的漫漫旅途一样，乔叟的香客们从伦敦到坎特伯雷的朝圣历程也象征着人类寻找失去的家

---

　　① 梁工：《圣经叙事艺术研究》，商务印书馆 2006 年版，第 252 页。
　　② ［以］西蒙·巴埃弗拉特：《圣经的叙事艺术》，李锋译，上海华东师范大学出版社 2007 年版，第 5 页。
　　③ 李志斌：《漂泊与流浪：欧美流浪汉小说研究》，中国社会科学出版社 2008 年版，第 51 页。

园的精神之旅"①。班扬的《天路历程》以梦幻文学和寓言的形式叙
述了主人公基督徒一路经历种种诱惑与磨难，从"毁灭城"出发，沿
途经历"绝望潭""名利场"之类的障碍与羁绊，走向"天国之城"
的艰难朝圣之旅。基督徒争取救赎的历程被誉为英国文学中史诗般的
旅程。《天路历程》与《圣经》的主要情节相对应，从基督徒的朝圣
之旅我们可以看到《圣经》中以色列人寻找救赎的艰辛历程。班扬通
过基督徒的旅程对当时英国的社会现实生活进行了相当广泛的批评性
描述。

三　骑士传奇与追寻旅程模式

骑士传奇是欧洲中世纪风行一时的文学类型，肇始于 12 世纪中
叶的法国北部，并迅速影响到英国、德国、西班牙等欧洲国家。它以
诗歌或散文的形式描写贵族骑士的冒险活动与浪漫爱情，是对英雄史
诗模式的借用。《罗兰之歌》是法国中世纪著名的骑士文学代表作，
集中反映了中世纪优秀骑士的精神风貌。英国无名氏的《高文爵士和
绿衣骑士》与托马斯·马洛礼爵士（Sir Thomas Malory）的《亚瑟王
之死》是英国中世纪最优秀的骑士传奇。骑士文学开创了后世文学中
经久不衰的追寻主题。

《亚瑟王之死》是对英国从 12 世纪至 15 世纪发展起来的各种零
乱的亚瑟王传奇故事进行整合而成。以亚瑟王的生死与业绩为轴心，
马洛礼将不同的传奇故事有机结合成一个传奇整体。"圣杯传奇"是
其中一个重要的部分，叙述骑士们为寻求圣杯而经历的种种奇迹、冒
险。圣杯相传是耶稣在最后的晚餐上使用，并在他殉难时盛纳他的血
的酒杯。圣血因此赋予了圣杯神圣的性质，具有神奇魔力，能治百
病，能将荒原变成良田，可显示种种奇迹。骑士追寻圣杯的冒险经历
实际上就是人类寻找知识和真理的出行。寻找圣杯是后世文学作品中
频繁出现的隐喻。

---

① 肖明翰：《〈坎特伯雷故事〉的朝圣旅程与基督教传统》，《外国文学》2004 年第 6
期，第 93 页。

骑士传奇艺术上的独特之处体现在以骑士的游侠冒险为主线，并将其他的人与事连缀起来的艺术结构。为了追求荣誉、功业与爱情，骑士们通常都要经历餐风饮露、艰辛跋涉，战胜种种艰难险阻。骑士传奇的主人公们具有崇高的理想和精湛的武功。他们惩暴安良，见义勇为，具有鲜明的个人英雄主义倾向。骑士传奇的旅程叙事具有无所不包的广阔背景，它以独特的叙事特征丰富并影响了旅程叙事文学的发展。杰拉德·吉列斯比在论及骑士传奇的影响时说：

> 典雅的传奇乃是一笔巨大的文学遗产，这笔遗产是文艺复兴时期所不能忽视的。传奇中大量的历史和神话典故，以及各种主题和模式，典雅的为严肃的、"现代的"（当时）论述社会和政治的作品提供了有用的艺术框架，因而作家们开始把文艺复兴时期关于教育、文化和历史等各方面的思想放到中世纪传奇的框架之中。中世纪传奇的宝库还提供了一种艺术手段，即作家们可以虚构一个对象，随后以严肃的或喜剧性的手法含蓄地批评他们自己的时代。①

爱德蒙·斯宾塞（Edmund Spenser）的《仙后》和塞万提斯的《堂吉诃德》就是后世文学对骑士传奇加以借鉴与利用的经典作品代表。斯宾塞借用了骑士传奇的故事框架与主题，他"从中世纪传奇，特别是亚瑟王传奇中选定了一套记事集锦，他能借以构织成一连串寓言性的冒险故事"②。塞万提斯的《堂吉诃德》以堂吉诃德和桑丘主仆二人的三次游侠冒险经历为基本叙事框架，对骑士文学进行了戏仿与创造性的利用，从而造就了这部集滑稽和崇高于一体的伟大小说的光辉。塞万提斯还在《堂吉诃德》中借神甫之口对骑士故事进行了评价："它们提供了广阔无边的场所，让才情出众的头脑大显身手，无拘无

---

① ［美］杰拉德·吉列斯比：《欧洲小说的演化》，胡家峦、冯国忠译，生活·读书·新知三联书店 1987 年版，第 10 页。

② ［英］I. 埃文斯：《英国文学简史》，蔡文显译，人民文学出版社 1984 年版，第 33 页。

束地飞笔疾书。"①

四　西班牙流浪汉小说与流浪冒险旅程模式

流浪汉小说是 16 世纪最早在西班牙出现的一种小说类型，脱胎于骑士传奇。骑士传奇中的高贵骑士变成了流浪汉小说中来自社会底层的小偷、强盗或流浪汉，但其内容仍旧是描写主人公的冒险经历。学者阿美里科·卡斯特罗在分析流浪汉小说成因时就曾指出，"流浪汉是反英雄。流浪汉小说显然是一种反英雄冲动，随着骑士小说和史诗神话的终结而产生"②。1554 年在西班牙出版的小说《小癞子》开创了"流浪汉体"的小说体裁，成为流浪汉小说的鼻祖，奠定该类型小说的基本叙事方式。这部小说通过主人公的流浪展现出 16 世纪西班牙社会的各种生活场景。《小癞子》出版后很快被译为各种欧洲文字，得到广泛传播，并影响了各国的文学创作。例如英国 18 世纪出现的重要文类——海上冒险小说，就深受其影响，《鲁滨逊漂流记》《格列佛游记》与《金银岛》等都是著名例子。

学术界对流浪汉小说有"严格意义上的"和"近似于"流浪汉小说的作品之分，前者指"那些具有流浪汉小说的总体特征的作品"，后者指"那些只继承了流浪汉小说的部分艺术形式或深受其影响的小说"③，如笛福的《鲁滨逊漂流记》、索尔·贝娄的《奥吉·玛琪历险记》等。杰拉德·吉列斯比对流浪汉小说的定义就属于严格意义上的，"第一批重要的流浪汉小说的主要特点是流浪汉自己以城市下层人物的身份直接用第一人称说话"④。严格意义上的流浪汉小说的艺术特征可概括为以下几点：第一，以来自社会底层的小人物为主人公；

---

① ［西］塞万提斯：《堂吉诃德》，董燕生译，长江文艺出版社 1995 年版，第 359 页。

② 参见陈众议、王留栓《西班牙文学简史》，上海外语教育出版社 2006 年版，第79 页。

③ 李志斌：《漂泊与追寻：欧美流浪汉小说研究》，中国社会科学出版社 2008 年版，第 57—58 页。

④ ［美］杰拉德·吉列斯比：《欧洲小说的演化》，胡家峦、冯国忠译，生活·读书·新知三联书店 1987 年版，第 48 页。

第二，以第一人称的口吻回忆或以自传的方式叙述自己的生活故事；第三，以主人公的经历串联故事的结构方式；第四，以展示现实生活、揭示人生百态为己任的创作目的。现在很多被文学批评者冠以"流浪汉小说"的作品，如果严格界定，只能说包含了流浪汉小说的一些基本元素，具有流浪汉小说的某些特点。

纳博科夫曾对流浪汉小说作过精彩概述，他说，这是"一个地老天荒的故事形式，主人公往往是一个滑头的人，一个流浪汉，一个江湖骗子，或者任何一个多少有些古怪滑稽的人。主人公追寻一个或多或少是反社会或者非社会的目标，不停地换工作，不断地搞笑，丰富多彩、松松垮垮的情节，喜剧性因素实际上胜过了任何抒情性的或悲剧性的内容"①。诚如所言，流浪冒险的旅程叙事图式是西方文学史上的一个经典套路，在欧美众多作家的作品中，我们屡见不鲜。罗伯特·斯科尔斯在《叙事的性质》中指出，尽管流浪汉小说的这种松松垮垮、插曲式情节是小说所采用的情节中最原始的形式，但直到现在仍保持着活力并不断发展。②

五　德国成长小说与成长之旅模式

关于成长小说的起源，大多数学者认同巴赫金的判定："到了十八世纪，维兰德、维采尔、布兰肯堡，以及后来的歌德和浪漫主义作家，同考验小说相对立，宣布了一种新的思想主题——'成长小说'，其中还包括'教育小说'。"③ 成长小说脱胎于西班牙的流浪汉小说，是 18 世纪兴起于德国的一种小说类型，兴盛于 19 世纪前期，为旅程叙事的发展注入了新的血液。西班牙的流浪汉小说在 17 世纪被翻译介绍到了德国，许多德国成长小说正是在其影响下萌芽。例如，德国

---

① ［美］弗拉基米尔·纳博科夫：《〈堂吉诃德〉讲稿》，金绍禹译，上海三联书店2007 年版，第15—16 页。此处据原文略作改动。

② Robert Scholes, et al. *The Nature of Narrative*, London：Oxford University Press, 2006, p. 209.

③ ［俄］巴赫金：《长篇小说的话语》，载钱中文主编《巴赫金全集》（第三卷），白春仁、晓河译，河北教育出版社 1998 年版，第 182 页。

作家格里美尔斯豪森（Grimmelshausen）的《痴儿西木传》（*The Adventurous Simplicissimus*，1669）就是在这样的文学背景下产生的。它继承了流浪汉小说的结构，以人物的流浪足迹为结构线索，但在内容上又含有成长小说的创作特点。歌德的《威廉·迈斯特的学习时代》被公认为这种小说类型的经典范例。

成长小说中有一种故事表现模式，即主人公带着希望踏入旅程，在旅程中体味惊喜与痛苦，并明确使命。换言之，他们在旅程中经历各种考验、完成思想变化与性格塑造，旅程中所经历的事件不仅是试金石，而且还是学校。人物的内心活动是作家关心的重点。他们在物质空间与内心世界的双重旅行中经历成长。

尽管自 18 世纪以后，欧美旅程叙事文学作品层出不穷、佳作屡现，但往往表现为相当有限且不断重复的程式，其结构模式都可追溯至荷马史诗中英雄的漂泊远征之旅、《圣经》中信徒的朝圣之旅、骑士传奇中骑士游侠的追寻圣杯之旅、西班牙流浪汉小说中流浪汉的流浪冒险之旅以及德国成长小说的成长之旅这五种基本旅程模式。这些旅程模式都在后世不同国度的文学中抽枝开花，茁壮成长，得到传承和嬗变，对西方小说的旅程叙事模式产生了深远的影响。

第二节　美国本土渊源

美国为发轫于欧洲的旅程叙事提供了令其枝叶繁茂的适宜的土壤与气候，以"旅程"为母题的文学经典可列出长长的清单，择其要者就有：麦尔维尔的《白鲸》、马克·吐温的《哈克贝里·芬历险记》、斯坦贝克的《愤怒的葡萄》、塞林格的《麦田里的守望者》、凯鲁亚克的《在路上》、索尔·贝娄的《奥吉·玛琪历险记》等。旅程叙事是美国作家特别钟爱的一种叙事模式，利用这一叙事框架，他们有力地揭示了美国这一移民国家在生存与发展过程中所经历的物质与精神追求的历程。美国旅程叙事文学的兴盛有着深厚的历史文化根基，并形成了独具美国特色的旅程模式与主题。麦卡锡小说的旅程叙事不仅与荷马以来欧洲整个的旅程叙事文学经典有着不可割裂的亲缘关系，还与渊源于本民族特殊历史与社会发展的旅程叙事密不可分，渗透了他所属的本民族的集体文化意识。

一　本土历史渊源："五月花"航程与西进运动

美国历史上的两次重大迁徙对其本土作家的文学创作产生了深远的影响，许多作品都以人物的旅程作为故事的主线。

首先，对于美国作家来说，旅程叙事更有其历史的原型——"五月花"航程。任何一个民族在其生存与发展的历史长河中都会自然而然地形成一种民族集体意识或集体无意识，并在历史的演进中不断积淀下来。1620年"五月花"号轮船载着以英国清教徒为主的移民，在海上颠簸两个多月后，到达了北美大陆。这些清教徒把自己视为"上帝的选民"，将北美大陆看作他们的耶路撒冷，他们要在美国建立令人仰望的"山巅之城"，肩负有拯救全世界的特殊"使命"。美国先民清教徒自欧洲远渡重洋而迁徙新大陆北美这一历史事实，表明了美国民族最早的经历——逃避宗教迫害与追寻自由。美国17世纪著名清教徒牧师英克里斯·马瑟（Increase Mather）对早期清教徒的漂泊经历作出了这样的宗教修辞性叙述："就像以色列人跨过红海，穿越荒野，然后才能进入迦南地一样，我们也必须跨过咆哮的红海，穿越苦难的荒野，才能抵达天堂般的迦南。"[①] 刘意青教授也指出："美国开国的历史特别具有与《圣经·旧约》里以色列人经历的可比性。我们都知道美国最早的殖民者大多来自欧洲和英国的受宗教迫害的清教徒，他们曾把移民美洲的大迁徙比作摩西和以色列人在上帝指引和庇护下逃离埃及到达应许地的壮举。"[②] 同时，从殖民地时期开始，清教徒的"使命观"也成为美国向西扩展疆域的借口。另外，横亘近百年之久的西进运动对美国民族文化心理的影响也是至关重要的，持续不断的西进拓荒在一定程度上造成了美国社会、经济、人口的流动，也是美国民族心理中

---

① 参见刘立辉、吴毅《荒野、先知与十字路口——艾略特〈情歌〉的新英格兰叙事图景》，《外国文学研究》2010年第2期，第71页。

② 刘意青：《〈圣经〉的文学阐释》，北京大学出版社2004年版，第14—15页。

"出逃""流浪""追寻"等旅程情结的重要由来。

因此，在美国作家笔下，对工业化和商业化的文明社会不满的人物经常出逃，他们逃往荒山野林，逃往想象中的乐园与净土，寻找心中的新迦南。在继承传统欧洲文学中的旅程叙事模式的基础上，美国文学旅程叙事形成了独具特色的叙事模式，比如《瓦尔登湖》《麦田里的守望者》《哈克贝里·芬历险记》与《奥吉·玛琪历险记》等就是其中的经典。

二　本土文学渊源：西部冒险小说与公路叙事

美国西部小说是一种孕育于美国本土的通俗小说类型，与美国西部拓疆历史密不可分。西部小说的模式被公认肇始于库珀的"皮袜子故事"丛书，该丛书的五部小说，均不同程度地强调了暴力，描写了英雄、恶棍以及他们之间的打斗、追杀、俘获和折磨，这些通俗要素通过以查尔斯·韦伯（Charles Webber，1819—1856）为代表的西部作家的运用和发挥而成为西部冒险小说的模式①。随后西部冒险小说发展为廉价小说与西部牛仔小说。西部风光、西部牛仔、印第安人和白人之间的冲突是西部冒险小说不可或缺的三大要素。西部冒险小说的人物和情节"基本表现为西部区域的单个或数个男主人公，克服与暴力有关的重重障碍和危险，完成某种具有道德意义的重要使命"②。

然而，在西进运动中，白人对印第安人进行血腥种族屠杀的暴行以及对墨西哥土地的侵吞却是不可否认的事实。面对此种事实，美国的一些政客文人却以"天定命运论"来为之辩护，将西部土地扩张说成是上帝赋予美国人的使命，认为其侵略行为是合理的。正如谢大卫所言："美国本身就是实实在在的应许之地，是现实中的天国，其物质的富饶就是证明。美国人像他们的祖先一样，必然向西寻求'新的

① 黄禄善：《当代美国通俗文学》，载王守仁主撰《新编美国文学史》（第四卷），上海外语教育出版社 2002 年版，第 510—514 页。

② 同上书，第 512 页。

疆域'；推动他们前行的往往是物质利益和命定扩张论的信念。"① 因此，向西之旅不仅是追寻"美国梦"的旅程，同时也是殖民扩张之旅。对此，萨义德有过评论："例如，我们会想到清教徒的'派向荒野'和后来的在库珀、马克·吐温、梅尔维尔及其他一些人对美国向西扩张的关注。这种扩张同时伴随着对土著美国人生活的殖民和破坏的过程……与欧洲类似的帝国主义主题出现了。"②

公路叙事是欧洲经典旅程叙事在美国特殊的社会文化土壤中孕育出的另一种独具美国特色的旅程叙事。在美国这个被封为"装在汽车轮子上的国家"，汽车是其文化中的一个重要符号，代表着美国社会的流动性与高速性。第二次世界大战后，美国大规模修建高速公路，汽车制造业迅猛发展，一种以汽车和公路为典型叙事元素的公路叙事应运而生。公路故事是旅程叙事这粒种子在美国"二战"后独特的历史文化土壤上结出的独特果实。公路故事成为重要的叙事类型，出现了大量的公路小说、电影与电视③。杰克·凯鲁亚克的小说《在路上》（*On the Road*，1957）是公路小说的先声，记录了寻找自由和自我的叛逆年轻人在路上对社会传统文化进行强烈反抗的旅程。

同时，研究美国公路叙事的专著也如雨后春笋般出现。克里斯·拉基（Kris Lackey）在他的著作《以道路为框架：美国公路叙事》（*RoadFrames*：*The American Highway Narrative*，1999）中，对公路与汽车旅行在美国作品中所起的作用进行了概述，其中，作者对美国非裔作家公路叙事的现实主义传统与白人作家公路叙事的浪漫主义传统的对照是最富有新意和启示的部分。罗纳德·普利莫（Ronald Primeau）的《道路传奇：美国公路文学》（*Romance of the Road*：*the Literature of the American Highway*，1996）论述了英国流浪汉小说如亨利·

---

① ［加］谢大卫：《圣书的子民：基督教的特质和文本传统》，李毅译，中国人民大学出版社2005年版，第 XI 页。

② ［美］爱德华·W. 萨义德：《文化与帝国主义》，李琨译，生活·读书·新知三联书店2003年版，第85页。

③ Katie Mills, *The Road Story and the Rebel*：*Moving through Film*，*Fiction*，*and Television*，Carbondale：Southern Illinois University，2006，pp. 1 - 16.

菲尔丁的《汤姆·琼斯》与丹尼尔·笛福的《摩尔·弗兰德斯》对美国公路文学的影响，指出公路文学实为"新流浪汉叙事"类型。大卫·拉德曼（David Laderman）的《流动的景观：公路电影探究》（*Driving Visions*：*Exploring the Road Movie*，2002）、斯蒂文·科汉（Steven Cohan）等编辑的《公路电影研究》（*The Road Movie Book*，1997）则对美国公路电影的发展阶段和叙事特征进行了分析。根据这些研究专著，美国公路故事有以下几个基本的叙事特征：公路故事的基本结构是"在路上"；公路以及沿路的加油站、汽车旅馆、超市等是故事的典型叙事场景；主人公以开车或行走的方式在公路上不停流浪或逃亡，其命运和情节的展开往往和公路息息相关；出逃、流浪或追寻是其重要主题。

第三节　旅程叙事的艺术特征

纵观上述谱系中的欧美旅程叙事作品，我们不难发现，尽管旅程叙事这棵古树在不同时期长出了新枝，以《奥德赛》为开端的旅程叙事也经历了两千多年的演化史，但它们却有着千丝万缕的血缘关系、相同的艺术血脉、历历可辨的遗传因子。稳定的"基因"使它们具有相同的形式和内涵样貌。正如 E. M. 福斯特在其专著《小说面面观》中所言，"历史不断发展，艺术则恒定不变"①，因此，我们可以跨越时空的限制，将旅程叙事模式概括为以下几个基本艺术特征：

其一，旅程叙事突出的外在形态特征是以人物"在路上"的旅程作为故事的基本构架，主人公的行走构成了小说的本体结构。通过人物旅程经历和所见所闻来安排场景和不同的人物事件，即由主要行为角色串联若干故事，从而形成"一线串珠"的联缀式结构模式。主人公的旅程既是情节发展的内在线索，也展示出事件依存的外部空间。同时，作品在人物的旅程线索之上，还不时旁逸出一些相对独立的故

① ［英］E. M. 福斯特：《小说面面观》，冯涛译，人民文学出版社 2009 年版，第19 页。

事，使叙述可以摆脱线性结构主轴的藩篱。

其二，旅程叙事的一个显著特点是叙事空间广阔，在艺术上表现为故事情节随着主人公的游走而展开叙事，享有极其广阔的表现时空，具有独特的审美意义。主人公在其旅途中会偶遇路上的行人和生于斯长于斯的居民。因此，旅途上行行色色的人物和事件使故事拥有了开阔的视野和密集的内容。在这样的故事框架中，作者可以挥洒自如地对宗教、历史、命运、爱情、存在、人生等进行广泛的哲理性评论。

其三，旅程叙事作品的主角大多数是男性，女性主人公相对较少。主人公的旅程通常是结伴而行或单枪独马。人物的性格发展一般分为两种。一种是人物的性格随着故事情节的发展很少发生变化，因为这类人物在作品中的意义在很大程度上是完成某种功能，即作者通过这类人物的足迹将一些缺乏因果关系的事件连接在一起，使故事情节形成一个艺术整体。另一种是人物性格随着情节的发展而发生变化，在旅程中经历各种考验、完成思想变化与性格塑造，在与别人和自我心灵的交流中经历了物质空间与内心世界的双重旅行，是一次自我发现的成长之旅。

其四，旅程叙事作品多采用第一人称叙事形式，如《神曲》《小癞子》《天路历程》《鲁滨逊漂流记》《白鲸》《哈克贝里·芬历险记》《麦田里的守望者》《在路上》《雨王亨德森》《奥吉·玛琪历险记》等。第一人称叙事的功能"一方面自然可以使读者获得一种其他人称叙述难以取得的真实感和可信感，同时还可借此方法，让读者直接进入人物的内心世界，触摸人物心灵的震颤和悸动，同人物形成情感的共鸣，收到独特的审美效果"①。少数旅程叙事作品采用第三人称叙事，如《奥德赛》《圣经》《堂吉诃德》等。

其五，传统旅程叙事作品大多不怎么注重人物的心理描写，主要以事系人，重在写人的外在行动，即人在旅途中的系列活动。这个特

---

① 亢西民：《欧洲小说源流刍论》，《山西师大学报（社会科学版）》2008年第4期，第62页。

点是从西方古希腊文学的荷马史诗就开始的传统。因此，多数传统旅程叙事作品对人物内心活动鲜有直接、详细的大篇幅描述。

其六，旅程永远都是充满隐喻和象征的一个元素。具有象征意义的内在追寻之旅在叙事中往往外化为历经多重时间和空间的旅程模式，形成了漂泊、追寻、成长、朝圣、流浪、殖民扩张等丰富的旅程主题模式。

尽管旅程叙事这种独特的艺术形式永远处于一种动态的发展过程，受到历史环境的制约，具有历史的具体性，但也是一种不断被因袭的独特叙事艺术，有其相对的稳定性和内在的发展逻辑。因此，以上这些稳定的艺术手段形成了旅程叙事模式固定的叙事成规。可以说，无论麦卡锡有多么大的独创性，都无法摆脱旅程叙事文学传统对他的影响，他的创作不得不受到这些已有的叙事经验的影响与制约。将麦卡锡的小说置于旅程叙事文学传统中进行考察，许多有争议的问题便可得到较为合理的解释。

第二章

叙事模式的集大成者：麦卡锡小说旅程叙事的多模式与主题意蕴

　　虽然在西方文学史的发展与演变中，文学家们一直在以不同的方式运用某种旅程叙事模式，然而，很少有作家像麦卡锡那样对旅程叙事模式情有独钟。他的小说创作几乎穷尽文学史上所有的旅程叙事模式：《外部黑暗》中亚当夏娃式的负罪流浪之旅，《老无所依》中上帝退隐与撒旦复活之旅，《路》中艰难求生与朝圣救赎之旅，《沙特里》与"边境三部曲"中的追寻、漂泊与成长之旅，《血色子午线》中的殖民冒险之旅。麦卡锡还将史诗、圣经、骑士文学、流浪汉小说、游历冒险小说、成长小说、美国西部小说与公路小说等多种涵盖旅程叙事的文学类型综合运用到其创作之中，充分利用它们所提供的旅程模式作为表现当代社会的艺术手段，大大丰富了作品的内涵和形式。同时，在麦卡锡的创作中处处可见旅程叙事作家前辈的身影。阅读麦卡锡的作品，我们能够明显地感觉到与之息息相关的旅程叙事传统链的存在。显然，麦卡锡深谙并大大受惠于该文学传统。可以说，麦卡锡的小说是他阅读经典旅程叙事文学的结晶，是各种旅程叙事类型的集大成。

　　然而，麦卡锡在其小说中综合运用多种旅程模式的独特匠心却并未受到评论者的关注，小说的深刻含义被遮蔽，甚至存在一些误读，导致了对麦卡锡创作成就的评价狭隘化、简单化等一些问题。对麦卡锡小说旅程叙事多模式的分析将有助于我们重新审视麦卡锡的创作，发现"暴力"之外更丰富的内容，发掘出潜藏在作品中的内在结构和深层意蕴。可以说，不了解麦卡锡小说的旅程叙事的多模式如同丢弃了能揭开麦卡锡创作之谜的一把更合适的钥匙，关闭了一扇可以看到别样风景的视窗，如此，也就很难发掘出潜藏在作品深处的深层结构，全面把握和解析其作品的深刻内涵。那么，麦卡锡小说的旅程叙事究竟从欧美旅程叙事经典中继承了哪些传统特征，方使其作品闪耀出传统的光华？又进行了哪些创新呢？

第一节　放逐、负罪与救赎之旅：《外部黑暗》《老无所依》与《路》

麦卡锡被公认为是一位有着浓郁宗教情结的作家，其作品有着鲜明的"原罪"与"救赎"意识。麦卡锡对《圣经》的熟稔与其家庭宗教环境和气氛对他的影响和熏陶密不可分。他出生于一个爱尔兰血统的富裕家庭，父母都是虔诚的天主教徒，上大学之前他一直在天主教学校上学。根据基督教伦理，人是上帝的子民，因为触犯原罪而被下放人间以等待弥赛亚来临的救赎，故人生之旅实际是一次救赎之旅。基督教相信，只有经过如此的人生"旅程"，人的灵魂才能得到救赎，最终升入天堂。在《外部黑暗》《老无所依》与《路》这三部小说中，麦卡锡正是借用《圣经》中放逐、负罪、流浪与朝圣救赎旅程模式作为框架结构和隐喻媒介来透视人性中的善与恶，对原罪、救赎与存在等问题进行深刻探索。但迄今为止，很少有评论者对这三部小说中人物旅程的隐喻性话语和叙事结构进行深入细致的分析。

一　亚当夏娃式的负罪流浪之旅：《外部黑暗》

《外部黑暗》讲述的是发生在兄妹之间的故事。男主角库拉·霍姆趁妹妹林茜产后昏迷时，将他们乱伦的罪证——刚出生的男婴丢弃在林中，又在林中附近弄了个假装掩埋婴儿的土堆，然后对妹妹谎称婴儿出生不久后就夭折了。心存疑虑的林茜让库拉带她去看埋孩子的地方，她想给孩子坟头放上一些花。到了那里，她刨开土堆，却未看到孩子的尸骨，真相败露。面对妹妹的极度愤怒与伤心欲绝，库拉仓皇逃离。随后，小说的故事由四条旅程交织展开：抱走丢弃在林中孩子的修补匠开始了流浪之旅；林茜则踏上了寻找修补匠的旅程；库拉追寻林茜；三人组成的歹徒团伙追杀凡是与库拉讲过话的人。最后，故事以残酷的方式结尾：修补匠带着婴儿来到库拉以前丢弃孩子的林中空地；歹徒团伙突然出现，吊死修补匠，并将婴儿蚕食；随之赶到的库拉目睹了整个令人发指的过程；林茜流浪至此，只发现了修补匠的手推车——车上的工具已生锈。她待在那里，期冀修补匠返回，不过后来她意识到了空地火堆中剩下的被烧焦的残骸就是孩子的尸骨。

　　从表面上看，这部小说是一部典型的南方哥特式和流浪汉式小说。帕特里克·格鲁特韦尔（Patrick Gruttwell）称它是"一部非常、非常阴森恐怖的哥特小说"[①]。诚如格鲁特韦尔所言，《外部黑暗》弥漫着恐怖、黑暗与神秘的哥特式气氛，其中的一些场景恐怖得令人窒息。库拉目睹三个神秘歹徒蚕食其孩子的场景是麦卡锡所描写过的最骇人听闻的场景之一。"霍姆突然看到刀片在火光下发出耀眼光芒，如同夜色下猫的斜长而恶毒的眼睛。带着邪恶的微笑，刀插入孩子的喉咙，他瘫坐在地上。孩子没有发出任何声音。他的一只眼睛像一颗润湿的小石子反射出光芒。黑色的血液不断涌出，顺着它裸露的肚子流淌。"[②] 歹徒将被弑的婴儿递给他的同伙，同伙吸食着孩子的鲜血并最终将其蚕食。麦卡锡对暴力的直接呈现一直是不少评论者诟病的对象，当然也是导致误读的原因。不过，我们还是要问，难道《外部黑暗》的指归仅是一个充满暴力的南方哥特故事吗？

　　《外部黑暗》故事发生的具体地点并不明确，读者只能从小说中的俚语、景物描写推测出是在美国南方阿巴拉契山脉的山区。作者也没有指明故事发生的具体历史时期，时间只有白天、黑夜和早晚之分。故事发生的具体地点和历史时间的阙如让这部小说成为一部寓言式的哥特故事。麦卡锡将亚当夏娃神话原型"移植"于作品中，赋予新的形式和内涵。乱伦的兄妹如《旧约·创世记》伊甸园神话中的亚

---

① Patrick Cruttwell, "Plumbless Recrements," *Washington Post Book World*, 24 November 1968, p. 18.

② Cormac McCarthy, *Outer Dark*, New York: Vintage Books, 1993, p. 236. 以下来自该小说的引文均出自这个版本，只在文中加注页码，不再单独注释。

当与夏娃，背负着原罪的十字架踏上流浪之旅。亚当与夏娃系兄妹相配，显然亦犯下了乱伦之罪。自亚当、夏娃在伊甸园违背上帝意愿偷食禁果被逐出乐园后，人类便无一幸免，注定要背负与生俱来的罪孽。《旧约·创世记》第三章13节至24节记载了上帝对亚当和夏娃的惩罚与放逐。耶和华神对女人说："我必多多加增你怀胎的苦楚，你生产儿女必多受苦楚。"又对亚当说："你既听从妻子的话，吃了我所吩咐你不可吃的那树上的果子，地必为你的缘故受咒诅。你必须终身劳苦，才能从地里得吃的。地必给你长出荆棘和蒺藜来，你也要吃田间的蔬菜。你必汗流满面才得糊口，直到你归了土，因为你是从土而出的。"（《旧约·创世记》，3：16—17）上帝将他们赶出伊甸园。人类因原罪失去伊甸园，踏上流浪的追寻之路，最后会返回伊甸园，获得救赎。林茜与库拉也被放逐，离开了家园，流落到野蛮荒地。小说开篇详细描写了林茜分娩时遭受的剧烈疼痛与难产过程。例如，"她的身体剧烈抽搐，她忍不住尖叫起来"（14）。生完小孩后，她昏睡了过去。在随后寻找孩子的旅程中，她也饱受了六个月的涨奶之痛，最后不得不求助于医生。库拉在其流浪旅程中不得不做苦力活才能果腹，并受到所遇之人的诘责。小说中还有一个值得我们注意的细节，即作者在文中多用"她"与"他"来称呼林茜与库拉，很少提到他们的名字。这个细节体现了作者的独具匠心，意在让他们的故事具有代表人类普遍经验的蕴涵。

小说的书名取自《圣经》，因而仅从标题来看，《外部黑暗》也与《圣经》存在着某种关联和对照，弥漫着极为浓厚的宗教意识与色彩。在《新约·马太福音》中，"外部黑暗"是一个被三次提及的地方："惟有本国的子民，竟被赶到外边黑暗里去，在那里必要哀哭切齿了"（《新约·马太福音》，8：12）；"王进来观看宾客，见那里有一个没有穿礼服的，就对他说：'朋友，你到这里来怎么不穿礼服呢？那人无言可答应。于是王对使唤的人说：'捆起他的手脚来，把他丢在外边的黑暗里，在那里必要哀哭切齿了。'因为被召的人多，选上的人少"（同上，22：13）；"把这无用的仆人丢在外面黑暗里，在那里必要哀哭切齿了"（同上，25：30）。故"外部黑暗"是"放逐"未被上帝救赎的子民的地方。小说开头库拉做了一个奇怪的梦，梦见一位先知站在广场，向聚集在那里的人群布道。太阳的光芒正在一点一点地减弱，马上就要发生日食。在日食之前所有这些人都将获得救赎。当人们祈求着获得先知的赐福保佑时，库拉急忙挤到先知面前，举手问道："我能获得救赎吗？"先知回答道："我认为你有可能获得救赎。"（5）先知的话音刚落，天一下变得漆黑。人群并未陷入慌乱，而是耐心等待太阳重现。然而，他们等了很久，太阳并未重现，天气变得越来越冷，人群恐惧慌乱起来，一些人开始哭喊，一些人变得绝望。库拉害怕至极，因为人们开始责怪他，向他愤怒地咆哮着。他赶紧藏起来，可黑暗中人们仍知道他在哪里。这个梦提示出了小说必须正视的问题——他能获得救赎吗？其实梦本身已预示了库拉将是那个被丢在外部黑暗里哀哭切齿的人。因为他对自己所犯的罪孽毫无悔改之意，相反却极力隐瞒，并残忍地将其罪孽的产物——男婴丢弃在林中来掩盖罪恶，而他妹妹却能以母爱和坦诚直面罪孽。故事开始时，"乱伦"的关系就如霍桑《红字》中的通奸罪一样已经结束。作家的着眼点不在男女之情，而是揭示人在犯戒后如何面对罪行，因而可以认为这部小说在很大程度上是一部道德寓言。

　　小说中兄妹各自的旅程情节呈双线发展，并形成了鲜明对照，起到了建构小说意义的重要作用。面对罪行，林茜的态度是正视与承认，因此能被他人同情、接纳，从而融入社会，而库拉的态度却是掩盖隐瞒，因此受人指责蔑视，被排除在社会之外，成为被弃于外部黑暗的人。作为偷吃禁果的罪人原型，林茜的淳朴善良与勇于赎罪的态度获得了路人的同情和帮助，其兄弟则不然，最终在无边的黑暗中流浪。库拉与林茜的故事是对亚当和夏娃故事的重构。麦卡锡对罪人原型的运用表现了他对人类罪与恶的深刻探析，体现了基督教伦理对其创作的影响。尽管林茜也像哥哥库拉在黑暗中流浪，但她却总与"光"联系在一起，而她哥哥则不然。"光"与"黑暗"是《圣经》中频繁出现的重要的意象，"黑暗"代表罪恶，而"光"则象征善与德。例如，耶稣对众人说："我是世界的光。跟从我的，就不在黑暗里走，必要得着生命的光。"（《新约·约翰福音》，8：12）林茜经过一整天的赶路后，到了晚上已是体力不支，又饥又渴。突然，她在黑暗中看到了光亮，她循着光亮的方向来到那户门廊上挂着灯笼的人家，主人热情招待了她。在她随后寻找孩子的旅途中，人们总是同情她，向她伸出援助之手。当她走进一家杂货铺向店主打听修补匠的消息时，店主给她水喝，并热情提供帮助。作者这样描述店主对她的印象："她转过身来，只见月光透过模糊的玻璃窗倾洒在她身上。"（76）此时月光赋予林茜善的形象。林茜的出现常伴随着光明的意象。她在路上还曾遇到一位老妇。这位老妇请她用嚼烟，但她拒绝了老妇的好意。于是老妇问她出行的目的是什么，她说她在寻找她的孩子。老妇人说："我马上去拿灯笼。"（116）"灯笼"之于林茜旅程具有重要的主题意义，"灯笼"在黑暗中发出的光亮象征着堕落世界中的希望与温暖之微光。林茜只身一人千里迢迢寻找孩子，她以自己的坦诚与淳朴善良赢得了路人的同情与帮助。作者将林茜同光联系在一起，从而赋予了她的旅程以救赎的意义。林茜寻找孩子的旅程无不令人想起福克纳的《八月之光》中莉娜·格罗夫只身一人、千里迢迢寻找孩子的父亲的旅程。

库拉残忍地将幼婴丢弃在林中以隐瞒罪行实乃"罪中之罪"，因此在其流浪旅途中从未受到他人的同情，而是遭受诘责，并总与"黑暗"联系在一起。他所走的道路总是笼罩在黑暗之中，例如，"他沿着那块地走进了一片阴暗的树林，道路弯弯曲曲，阴冷灰暗"。他在旅途中也遇到一位老者请他用嚼烟，他如妹妹一样拒绝了老者的好意。老人问他出行的目的是什么，他说他在寻找他的妹妹。库拉离开时感谢老人给他水喝，老人说："我不会拒绝给撒旦水喝。"（127）撒旦是一切堕落之人性恶的象征，老人的话外之意道出了库拉所犯的罪行。让库拉在夜晚目睹三个神秘歹徒蚕食其孩子的场景出自作者的有意安排，是对他丢弃幼婴以隐瞒罪行的"恶"的审判。孩子刚生下来，妹妹询问孩子的情况，他却说孩子很瘦弱，很难活下来。妹妹当然不信，因为孩子响亮的哭声告诉了她孩子本来很健康。显然，库拉是为后来撒谎说孩子死了找借口。麦卡锡对弑婴的细节的渲染并非只想给人以感官刺激，实则是为了凸显库拉内心的黑暗，对人性的残忍与丑恶进行批判，具有重要的主题意义。这一部分还有一个非常重要但却被以往评论者忽视的细节，即麦卡锡称三位神秘歹徒组成了"陪审团"（jury），其中一位留着络腮胡的杀手指责库拉乱伦，对孩子冷漠无情。当库拉看到孩子的一个眼珠被挖掉，问那是怎么回事，其中的一个杀手回答道："有些人虽有两个眼睛，但形同瞎子。"（232）"陪审团"一词在小说中寓意深刻，三位杀手以极其残酷的方式对库拉的弃婴罪进行了审判，审判的地点正是库拉曾经抛弃孩子的林中空地，四条旅程结构所涉及的人物最终也都在此地交集。此外，值得注意的是，三位杀手的旅程在故事中是以斜体字的形式出现。显然，作者以此形式将其与兄妹以及修补匠的旅程分开，令其具有重要的主题意义。三位杀手弑婴完毕后神秘消失，库拉继续流浪。故事以他最后走到一片沼泽地结束，"傍晚，道路将他带到一片沼泽地。出现他面前的是幽暗的荒地，光秃秃的树摆出好似痛苦的形态，它们仿佛是受诅咒之地的人影"，他不禁纳闷"为何道路将他带到这个地方"（242）。外部黑暗实则是库拉内心黑暗的显现与投射。麦卡锡通过对库拉所走道路的描述探析了人性深处的黑暗。

《外部黑暗》的故事背景高度抽象，人物带有明显的"寓言"性质，作品的意蕴更具普遍性、共适性。麦卡锡正是借用《圣经》中亚当与夏娃的负罪旅程结构模式，并在哥特式和流浪汉式外衣下对善与恶的宗教主题进行了深刻探讨，从而深化了作品的主题。

二　上帝退隐与撒旦复活之旅：《老无所依》

如果说《外部黑暗》中亚当夏娃式的兄妹因乱伦被上帝赶出人世的伊甸园，踏上了负罪的旅程，那么《老无所依》则描述了上帝缺席、邪恶无所不在的堕落世界，是一部通俗类型外衣下涵盖圣经主题的小说。麦卡锡将西部犯罪小说中的逃亡与追杀同《圣经》中的"原罪"观结合在一起，运用《出埃及记》的结构对日益堕落的人性与世界进行了本体论与认识论的哲学思考。从表面看，《老无所依》是一部西部犯罪小说，因在故事层面它并没有偏离或超越此类小说的典型特征：汽车、公路、枪战、苍茫荒凉的西部景观、牛仔装扮的硬朗壮汉、金钱的角逐、警匪之间的博弈等。实际上作者只是"借壳生蛋"，

其所要表达的内涵却包裹在西部犯罪故事这个流行外衣之内。麦卡锡
将惊悚的追杀故事镶嵌在治安官贝尔的独白中，并以《外部黑暗》中
使用的手法——斜体字加以区别，令故事从通俗消遣提升到严肃的艺
术形式，充满了与现实相结合的非凡想象力，摆脱了西部犯罪故事程
式化模式的藩篱。鉴于此，我们不难理解为什么在小说最初出版时评
论界有两种截然不同的看法。如詹姆斯·伍德（James Wood）在其发
表于《纽约客》杂志上的书评中称为"一部不足挂齿的惊悚片"，令
麦卡锡当时本来就不怎么牢靠的文学地位岌岌可危①；而威廉·J. 科
布（William J. Cobb）则称赞它是"一部必读、且会令人印象深刻的
小说"②。笔者认为轻易地将这部小说归类为惊悚小说表明评论者只看
到小说故事的一个表象层面，却忽视了麦卡锡的深层用心。其实，
《老无所依》无论在内容上，还是在形式上都迥异于一般西部犯罪故
事的追求。

　　《老无所依》以老治安官埃德·汤姆·贝尔缓慢而悠长的独白开
始。贝尔出身治安官世家，参加过第二次世界大战。在其独白中，他
怀念过去可以不带枪出警的日子，缅怀先辈们的光辉岁月，感叹当下
美国社会犯罪活动的猖獗，哀叹人性的危机与年轻人的堕落。贝尔对
美国社会的未来忧心忡忡，却又无能为力，最后只好决定提前退休。
开篇他向读者讲述了押送一名 19 岁的少年犯赴美国亚拉巴马州北部
城市亨茨维尔的毒气室执行死刑的故事。这名少年犯杀死了他 14 岁
的女友，报纸上说他是冲动杀人。但他对贝尔说杀死女友并非冲动，
自称打他记事那天起，就一直在盘算如何杀人。这名年轻人对自己的
罪行没有丝毫悔意，扬言如果被放出去，会继续杀人。老治安官对这
个少年犯的言行很不理解，认为这起犯罪事件难以用常理去推断。

　　穿插于贝尔内心独白中的追杀故事发生在美国与墨西哥边境一处
荒凉小镇，这里毒品与暴力肆虐。时间是 1982 年夏天。越战退伍老

---

① James Wood, "Red Planet: The Sanguinary Sublime of Cormac McCarthy," *The New York-er*, 25 July, 2005, p. 88.

② William J. Cobb, "No Country for Old Men," *The Houston Chronicle*, 17 July 2005, p. 17.

兵卢埃林·摩斯某天在荒野打猎时发现了装有 240 万美元的皮箱，这是黑帮毒贩交易火并后在现场留下的，由于四周人迹罕见，于是他决定将现金占为己有，以此摆脱困窘的生活。这个决定成了他噩梦的开始。摩斯带着巨款回到家，已是下午三点。深夜醒来，摩斯良心发现，决定去给火并现场濒临死亡的司机送水，当他再次回到交易现场，哪知有一伙人早已守候在那里，摩斯仓皇而逃，从此，摩斯踏上了九死一生的逃亡之旅。毒枭安东·齐格和墨西哥黑帮依据装在皮箱的跟踪器追杀摩斯，治安官贝尔也开始对这一事件进行调查，试图追捕齐格，并保护摩斯的安全。贝尔找到摩斯的妻子克莱拉·琼，让她劝丈夫回头。齐格打电话给摩斯，威胁要杀掉他的妻子。摩斯则约妻子到墨西哥沙漠旅馆，打算让她带着钱离开，自己和齐格来个最后了断。出于替丈夫的安全考虑，琼还是打电话通知了贝尔。贝尔赶到沙漠旅馆，目睹了摩斯被一群墨西哥黑帮枪杀。摩斯葬礼之后，齐格来到小镇，杀掉了摩斯的妻子琼。杀人后，齐格走出琼的寓所，开车离去，在十字路口被闯红灯的卡车撞倒。两个男孩骑车经过时，齐格买下其中一个男孩的衬衫，简单包扎被撞断的胳膊，匆匆步行离去。贝尔因没有抓到齐格、未能完成保护任务而黯然辞职。

　　这部小说共 8 章，叙事结构奇特，每章以贝尔的第一人称独白开始，以斜体形式与追杀故事分开。两个叙述层面的语言风格迥异，前者具有浓郁的福克纳式美国南方文学的神韵，后者是海明威式的简约有力的叙述风格。这两个相互交织的叙述层面使小说在诸多方面达到了较高的深度，同时也增加了理解的难度，还令这部小说难以简单归类。哪个叙述层面是中心？这两个文风迥异的叙述又是如何发生关联？治安官贝尔的独白真的如一些评论者所言是多余的吗？这些都是真正想要读懂这部小说的深层意蕴必须正视的问题。对此，评论界有不同的声音。譬如《纽约时报书评》将之视为"一部经典的得克萨斯州黑色犯罪小说。女人们悲伤，男人们博弈"①；角谷道子（Michiko

----

① "100 Notable Books of the Year," *The New York Book Review*, 4 December 2005. 20 August 2011. < http: //www. nytimes. com/. . . /books/review/20061203 notable – books. html >.

Kakutani）认为贝尔的独白"乏味""冗长"，是"对生命与命运、西方文明的没落的矫情思考……令悬念四伏的主要故事不堪重负"①；L. R. 库珀（L. R. Cooper）根据普罗普《故事形态学》中的叙事理论，从功能的角度来探究故事的基本结构，认为该故事的结构与流行于美墨边境的民间故事的形态结构类同②。当然，这些评论有的流于疏浅，有的则从不同角度丰富了《老无所依》的研究文献。通过细读文本，我们不难发现，麦卡锡的宗教情结其实隐藏在小说惊悚犯罪故事的外衣下。麦卡锡借用了《圣经》中的《出埃及记》结构对当代美国的社会问题进行讽喻，对人性善恶进行深刻剖析。若从此视角观照这个故事，有助于我们理解小说中治安官贝尔的内心独白与涉及摩斯、齐格与贝尔的逃亡与追逐故事这两个看似不相关联的叙述层面的紧密关系和作者的创作旨意。

将主角摩斯（Moss）的名字寓意与故事联系起来，不难发现该故事借用了摩西出埃及的故事结构来反映美国越战后社会的堕落与丑恶的猖獗。众所周知，摩西（Moses）是摩斯的教名。故事开篇处，越战退伍老兵摩斯也如摩西在米甸旷野那样出现于荒野中，具有讽刺意义的是，摩斯并未见到在火烧的荆棘中向摩西显现的神，而是毒品交易时黑帮火拼后的现场——几具横尸、被子弹打得像筛子一样的三辆福特烈马汽车、毒品及装满赃款的皮箱。曾经与美国神话联系在一起、本应充满神启的西部荒野，如今却成了毒品交易的现场。摩斯抵挡不住诱惑，打开了装有巨款的皮箱——"潘多拉"魔盒，一切灾难与罪恶全部跑了出来，唯一缺少的是"爱与希望"，而冷血杀手齐格就像是从潘多拉魔盒跑出来的魔鬼。摩斯想用这笔钱来让家人摆脱生活的困窘，与摩西跨红海、穿沙漠、过旷野以率领受奴役的犹太人逃

---

① Michiko Kakutani, "On the Loose in Badlands: Killer with a Cattle Gun," *The New York Times Book Review*, 18 July 2005. 20 August 2011. < http: //www. nytimes. com/2005/0718/ books/18kaku. html >.

② Lydia R. Cooper, " 'He's a Psychopathic Killer, but So What?': Folklore and Morality in Cormac McCarthy's No Country for Old Men," *Papers on Language & Literature*, Vol. 45, No. 1, Winter 2009, pp. 37 – 59.

出古埃及到达流着奶与蜜的福地迦南一样，然而，摩斯穿过西部荒野、沙漠和美墨边境，历经生死考验，最终带给家人的并不是幸福自由之旅，而是死亡之旅——岳母死于非命，妻子被杀。迫切希望摆脱生活困境的摩斯带领家人演绎了一出现代版的"出埃及"悲剧。

　　当摩斯返回毒品交易火并现场给奄奄一息的司机送水时，遭到了早已埋伏在那里的黑帮追杀。他冒险赶回家，让妻子琼立即收拾东西回岳母家以躲避杀身之祸，自己携款逃亡。这一情节与摩西在前往埃及的路上让妻子西坡拉回米甸岳父家，以免她看到那降临在埃及人身上的灾难相似。出埃及遭遇困难时，摩西的妻子与岳父来到摩西安营的旷野，帮助摩西完成他人生中的神圣使命。而当齐格打电话给摩斯，威逼他交出赃款，否则杀掉他妻子时，摩斯则约妻子到墨西哥沙漠旅馆，打算让她带钱离开，自己和齐格来个最后了断。卡拉与丈夫的对话寓意深刻：

　　　　卢埃林，我根本就不想要钱。我只希望我们能回到过去的生活。
　　　　我们会的。
　　　　不，不会的。我已认真考虑过，钱是个假神。①

卡拉已意识到丈夫出于一时的贪婪必会令他们一家踏上不归路。即使这样，卡拉还是带着身患癌症的母亲来到阿尔帕索见丈夫。她打电话给治安官贝尔告诉丈夫的行踪，希望他能保护丈夫的生命。尽管卡拉和母亲如同西坡拉和其父亲帮助摩西那样帮助摩斯，但由于摩斯信仰的"金钱"是个假神，摩斯梦想的那笔不义之财不仅不能带来幸福与自由，而且给一家人招致杀身之祸。

　　摩西出埃及之旅一直有神的庇护，生死攸关的时刻总得到神的佑助而能遇难呈祥。例如，摩西带领着以色列人离开埃及来到红海边

---

　　① Cormac McCarthy, *No Country for Old Men*, London：Picador, 2005, p. 182. 以下来自该小说的引文均出自这个版本，只在文中加注页码，不再单独注释。

时，法老的军队追赶了上来。耶和华上帝让红海海水干涸，等以色列人过去后，海水又即刻回复合拢，将埃及军队全部淹没。在摩斯的逃亡之旅中也有一位竭力保护他的治安官贝尔，尽管贝尔经验丰富、明察秋毫，却始终晚一步，一次次地落在杀手的后面，谁也没能保护。面对人心不古、世风日下的社会现实，贝尔感到无力回天，只好迫于无奈，决定提早退休。贝尔与叔叔埃利斯有这样一段对话：

> 你认为上帝知道人间正在发生的事情吗？
> 我希望他知道。
> 你认为他能阻止吗？
> 我认为不能。（269）

贝尔在故事中代表的是正义化身，内心渴望成为一个行侠仗义、惩恶扬善、除暴安良的救世主。这在他的内心独白中早已有暗示，"你会认为做治安官会拥有上帝般的权力"（64），"我已弄明白自己想当执法官的缘由，我天生有一种责任感……希望人们听从我的劝诫。我想让每个人都能迷途知返"（295）。但他的"子民们"并不听从他的劝告。对这个日益变得疯狂、堕落、不可理喻的世界，老治安官束手无策，只有一边哀叹世界已经超出他的控制范围，一边缅怀着过去的曾经存在的善。他是一个实实在在的人，不是耶和华上帝，没有无边的法力。他这样描述自己的感觉："这是一种失败的感受，一种被打垮的感受，一种比死亡还痛苦的感受。"（306）

　　齐格有别于传统意义上的变态杀手，不仅通过投掷硬币决定别人的生死，还在杀人前发表理性评论，仿佛就是《圣经·旧约》中那个从监牢里被释放出来的撒旦。故事是以齐格在警察局用铐着他双手的手铐勒死贝尔的副手逃出警察局开始的。当时这位副手正在打电话给贝尔汇报情况："我刚进门。他携带的东西像是治疗肺气肿用的那种高压氧气罐，有根管子从他袖子里露出来。长官，你一来就能看到……长官，一切都在掌控之中。"（5）殊不知，罪犯已向他悄然靠近。随后，齐格冒充警察截车，杀死无辜司机；跟踪追杀摩斯，最后却能逃脱法网。齐格的邪恶形象容易令人联想到罪恶之源的魔鬼撒旦，撒旦因为有"我要升到高云之上，我要与至上者同等"（《旧约·以赛亚书》，14：14）的野心，于是开始了"使大地战抖，使列国震动，使世界如同荒野，使城邑倾覆，不释放被虏的人归家"（同上，14：16，17）的邪恶之旅。贝尔在其独白中这样形容美国20世纪末的"撒旦"：

> 我想如果你是撒旦，正在预谋放置什么诱惑能让人类堕落，你想出的诱惑可能是毒品。也许你就是这么做的。在前不久的某个上午，我将此想法告诉某些人。他们问我是否相信世界上真的有撒旦存在……我想我小时候信，中年时期不怎么信，现在我又像小时候那样坚信撒旦的存在。（218）

在贝尔心中，冷血杀手齐格已不是一个具体的恶人，而是撒旦、"幽灵"（299）、"《圣经·马太福音》中的恶魔玛门"（298）。齐格逃出警察局如同撒旦出狱一样让世界变得糟糕透顶，可上帝面对世间恶的猖獗已无能为力，只能坐视不救，正如似乎拥有上帝般权力的治安官已经无法阻止犯罪、维护这片土地的治安一样，无奈提前退休，眼睁睁地看着社会日益堕落、犯罪事件不断上演。尽管贝尔对美国当代社会日益堕落痛心疾首、感到无奈，但他内心深处还是对未来充满希望，他寄希望于宗教救世，确信"这个国家快速驶向堕落的车轮只有耶稣基督的第二次来临才能阻挡"（159）。贝尔独白中启示录般的口吻使小说具有了深刻的宗教寓意。

贝尔在其独白中以上帝的口吻谴责了美国当代社会的日益堕落，特别是年轻的一代。贝尔在开篇中对那位年仅19岁残忍杀死女友的行为大惑不解。贝尔记得一位年轻女记者曾问她："在你管辖的州内，你为什么控制不了犯罪？"贝尔告诉她："这些是从轻视坏习惯开始的。当人们听不到'先生'和'女士'的称呼时，世界差不多完了。"（304）他还告诉读者他在报纸上读到这样一则故事。20世纪30年代，一个关于教师在教书时遇到的最大问题是什么的调查问卷被分发到全国的一些学校，老师能列出的问题是诸如学生上课讲话、在走道乱跑、嚼口香糖与抄别人作业之类的事情。但40年后，也就是20世纪70年代，同样的问卷再次被分发到同样的学校时，老师给出的答案却是强奸、纵火、谋杀、毒品与自杀（195—196）。当贝尔的妻子给他读《圣经》中的《启示录》时，他问他妻子《启示录》中是否提到年轻人将头发染成绿色、鼻子上穿骨头之类的事情。这在逃亡追杀的故事中也有呼应。当他的同事告诉他贩毒分子甚至将毒品卖给学生时，贝尔回答道："情况比这更糟糕。"同事问道："那是什么？"贝尔的回答耐人寻味："学生们买毒品。"（194）显而易见，当代美国社会的问题不仅是恶的猖獗，更令人忧心的是年轻人甘愿堕落。小说中摩斯和齐格受伤时，分别遇见一伙年轻人。起初年轻人都关心他们的伤势，准备将衣服赠送，但当摩斯和齐格用金钱去诱惑时，这些年轻人立刻学会了讨价还价，甚至为分钱产生异议。老治安官所接触的老年人也像他一样对美国社会的现状忧虑不已。一位老妪对他说："我太不喜欢这个国家的发展方向。"（196）当贝尔见到摩斯的父亲时，老人告诉他自己的儿子曾是越战的狙击手。老人说："人们会告诉你，是越战让这个国家一蹶不振。我却不信。这个国家早已摇摇欲坠，越战只是雪上加霜。"（294—295）麦卡锡通过这些老人们的担忧对美国社会发展走向何处的问题进行了思索。

从以上视角对《老无所依》的分析不仅有助于我们深刻理解小说的主旨和艺术手法的创新，还有助于正确把握《老无所依》书名的真正含义、书名与正文的互文关系、小说的主题内涵以及作者的匠心独运。众所周知，小说命名是一种艺术，是作者全部艺术构思的一个不可或缺的组成部分。书名作为文眼，是"正文心灵的窗户"，它必有揭示作品内涵之作用。戴维·洛奇在其《小说的艺术》中强调："小说作品的名字也是文本的组成部分……对小说家来说，给作品选定一个书名是创作过程中一个重要的步骤，因为这个书名可以精练地把小说的内容提示出来。"① 对于《老无所依》书名的含义，国内外评论

① ［英］戴维·洛奇：《小说的艺术》，卢丽安译，上海译文出版社2010年版，第229—230页。

大都根据诗人叶芝的诗作《驶向拜占庭》（"Sailing to Byzantium"）来解读，原因在于小说的题目与这首诗的开篇第一句"No Country for Old Men"相同。该诗第一段内容如下：

> 那不是老年人的国度。青年人
> 在互相拥抱；那垂死的世代
> 树上的鸟，正从事他们的歌唱；
> 鱼的瀑布，青花鱼充塞的大海，
> 鱼、兽或鸟，一整个夏天在赞扬。
> 凡是诞生和死亡的一切存在。
> 沉溺于那感官的音乐，个个都疏忽。
> 万古长青的理性的纪念物。①

在这首诗中，年老的叙述者就像《老无所依》中的老治安官贝尔一样，已无法适应充斥着各种欲望和暴力的年轻人的世界，只能从过去相对和平的年代里寻找心灵的慰藉。《老无所依》以贝尔梦见父亲结束，"我们俩都回到了过去，夜里我骑马翻过一座座山。天很冷，地面上有雪，他骑马超过了我，不停地赶路。没有说一句话。他不停地前行，身上裹着毛毯，头低垂着。当他与我擦肩而过的时候，我看见他带着一个燃着火光的牛角，过去人们常那么做。借着火光我看见了牛角，闪耀着月亮的光泽。在梦中，我知道了他要走在我前面的原因，他要在黑暗且寒冷的地方生火。我知道无论何时我到达那里，他都会在那里等我。"（309）"黑暗且寒冷"的夜象征贝尔所处的堕落的时代，而他父亲手中的那把牛角火炬是这个堕落时代唯一的慰藉与希望，正如叶芝寄希望于中古时期的拜占庭所代表的理想精神之境。《老无所依》的深层内涵与叶芝的这首诗有着共同的指向。另外，《老无所依》中的老人"old men"有着双重含义：一是指以贝尔为代表

---

① ［英］叶芝：《驶向拜占庭》，载王家新编选《叶芝文集》，查良铮译，东方出版社1996年版，第166页。

的有着传统道德的老一辈；二是指上帝，因为在西方文学中上帝总以老人的形象出现。《老无所依》实则是一个上帝退隐与撒旦复活的故事。如果这部小说如某些评论者所言，仅是一部得克萨斯州黑色惊悚犯罪小说，贝尔的独白之于精彩的逃亡追杀故事不仅无足轻重，而且还是负担，那么小说题名与正文之间则形成了符号断裂。若依此评论，作者本应给故事取一个不同的书名。可见，《老无所依》凝结着作者的创作用心，小说主旨与书名契合，水乳交融。

　　因此，从宗教视角分析，《老无所依》讲述的是一个上帝退隐与撒旦复活的故事，贝尔的独白与西部惊悚犯罪故事相互交织，这种独白令镶嵌其中的逃亡追杀故事摆脱了西部通俗犯罪故事的窠臼。作者通过贝尔的独白阐明自己的世界观，对日益堕落的现实世界充满忧患和哀叹。贝尔的独白与西部惊悚犯罪故事相互交织，处于平等的对话状态，犹如复调中处于平等关系的两个声部，任何一个声部都不能占主导地位或起陪衬作用。任何试图褒贬某一叙述层面或将其分离的评述都有失公允，因为它们本来唇齿相依，共同表达了小说的忧患主题。

　　《老无所依》是麦卡锡对《圣经》中《出埃及记》的改写，具有很强的讽喻意义和指涉意味。麦卡锡通过借用《圣经》中这一原型旅程结构对美国当代社会与现代人的生存处境进行了严肃的思考与审视，对西方现代文明的腐败与精神的堕落进行了寓言式的展示，将扣人心弦的故事情节细密地编织在治安官绵绵的忧伤和深刻的人文反思中，赋予了作品更深层的内涵。我们只有把握这个深层旅程结构，才能体会小说的喻世情怀。这部小说不只是一部超越通俗的佳作，烙印着西部和宗教的双重文化色彩，从而升华为一部代表人类普遍经验的寓言。麦卡锡曾对美国西部小说在人们心目中的地位进行了评介："没有人认真对待西部小说，它通常被认为是一个不值得投入精力的创作题材。"① 诚如麦卡锡所言，西部小说中人物、情节和主题等的模

---

① Cormac McCarthy, Interview, "Cormac McCarthy's Apocalypse," by David Kushner, Rolling Stone, 27 December 2007. 11 October 2011. < http: //www. members. authorsguild. net/ dkushner/work3. htm > .

式化、类型化特征在一定程度上削弱了其思想深度，常被认为是不值得严肃对待的文类。美国文学评论家约翰·弥尔顿（John Milton）在其专著《论美国西部小说》中指出，通俗模式化西部小说的情节无非是英雄与匪徒的历险①。自 20 世纪 80 年代转入西部小说创作后，麦卡锡就试图改变这一现状，在沿袭传统西部小说基本模式的基础上，又跳出其模式化的窠臼，进行了令人耳目一新的改写与重构，对本体论的思考和对人类存在意义的探索令看似并不深刻的文类具有了深刻的内涵，获得了巨大成功。麦卡锡将西部小说从大众文艺提升到了高尚艺术的层次，挖掘出了更深邃的"地域精神"。《老无所依》无疑就是麦卡锡艺术创新中的奇葩，在通俗与高雅之间架起了桥梁，消除了文学体裁的壁垒与封闭性，使小说具有令人惊叹的深度和丰富性，为美国西部小说的发展开辟了新的道路。

三　艰难求生与朝圣救赎之旅：《路》

如果说《外部黑暗》中的兄妹因乱伦罪被上帝驱出伊甸园，踏上了负罪的旅程，《老无所依》是上帝缺席、人性堕落的世界，那么，《路》则是上帝对罪恶深重的世界的毁灭和对人类的惩罚。这早已在《老无所依》中被治安官贝尔所预言："我确信这个国家快速驶向堕落的车轮只有耶稣基督的第二次来临才能阻挡。"（159）贝尔梦境中出现的由其父亲携带的火种，则由《路》中的父子两人传递。世界末日早已是欧美作家创作中司空见惯的题材，如理查德·马西森的《我是传奇》（*I Am Legend*，1954）、斯蒂芬·金的《末日逼近》（*The Stand*，1978）、玛格丽特·阿特伍德的《羚羊与秧鸡》（*Oryx and Crake*，2003）等，但《路》以其独特的艺术风格突破了该类型小说的窠臼。《路》的故事开场设定在大灾难发生数年后，如《外部黑暗》中的乱伦在故事开始时已结束，作者对灾难原因并未像流行世界末日小说那样进行具体描述和明确交代，但从种种迹象可推测出是核

---

① John R. Milton, *The Novel of the American West*, Lincoln: Univ. of Nebraska Press, 1980, p. 2.

爆炸之类引起的灾难。亦如《外部黑暗》，作者对故事发生的具体地点与时间未作交代，读者只知道父子一路向南前行。灾难发生时，时钟指针停在一点十七分。天上落火，伴有闪电和地震，地球上生灵涂炭，世界昏暗无光，气候持续恶化，文明已彻底丧失。小说场景与《圣经·启示录》所描述的末日场景类似。一对模糊地以"男人"与"少年"来称呼的父子，也许为了能有更好的天气让他们得以生存，推着手推车向南方海岸前行。父子犹如《外部黑暗》中被丢弃在外部黑暗的兄妹，踏上了漫长却无望的奥德赛之旅，在暗无天日的凶险世界中艰难前行，一起寻找末世的救赎。世界末日仿佛是上帝对人类罪恶的惩罚，这对父子是上帝的选民，他们逃生的主要工具不是诺亚方舟，而是枪和手推车。末日之后，幸存者们面临忍受饥饿的困扰。为了生存，一些人暴露出原始的兽性，因此人吃人的惨象时有发生，但也有一些人仍坚守着人性的善。这样，新的伦理形成，人被分为"好人"与"坏人"，前者以在废弃物中搜寻食物为生，后者以蚕食同类为生。父亲也不得不在生存和人性向善之间作出选择，然而，善的希望总在孩子身上闪现。在父亲眼里，孩子是上帝派来的天使，正是因为孩子的善良，父亲才没有失去最后的人性，他们深信总能找到像他们一样的好人，并能到达海边找到栖身之所。孩子是他的神、他的信仰，是支持他继续走下去的动力。因此，父子的艰难旅程不仅仅是表面意义上的求生之旅和形体上的流浪，更重要的是一次精神赎罪的过程。孩子已是一种精神，一个道德完美的榜样。他给绝望中的父亲提供了一个前进的方向和一个真善美的目标。

如题目所示，"路"是《路》这部小说的骨架、细胞和情节元素。作品的框架由"路"所规定。小说中，"路"（the road）的出现频率多达 263 次；父子"继续前行"（went on）的句子从头至尾共 32 个①。《路》没有高潮迭起、悬念不断的故事情节，父子向南的艰难旅程构成了小说的本体结构。父子在废墟中沿着州际公路不停地行走，途经路两旁废弃的加油站、汽车旅馆、超市，并到这些

---

① 根据麦卡锡英文原版小说 *The Road* 的 PDF 搜索而得出的数据。

地方寻找汽油、食物等。故事主要是线性叙事，附有插叙式回忆。麦卡锡在美国公路叙事的架构中融进了世界末日的故事，对人性和文明进行了探析。小说的旅程结构还与文本外部形式有机结合：小说没有章节区分，仅以段落间的空白留下喘息的空间。因此，当读者阅读这个故事的时候，他们仿佛成了故事中人物的旅行同伴，与他们一同经历旅途中的艰辛、挫折，一起期盼父子能到达温暖的南方。显而易见，父子的艰难之旅是作者表达深刻主题的重要载体，其寓意丰赡。

　　小说基本上没有固定情节，主要讲述一对父子行走在去南方的路上的故事。孩子的母亲因为不堪承受悲惨的现实，为了保留生命的尊严而结束了自己的生命。她对丈夫说："那帮人迟早会赶上来杀了我们。他们会强暴我，还会强暴他。他们强暴我们之后便杀死我们，之后会拿我们饱餐一顿。是你不敢面对现实。你宁愿等事情来临时再说，但我不行。我做不到。"①的确，在这个末日世界里他们总生活在害怕被食人族活捉，然后被强奸、杀死与蚕食的恐惧中。正如妻子所言，在这个人类本性回归为原始兽性的末日世界里，死仿佛是一种解脱，活着反而是一种更沉重的痛。食人族如同恶狼一样在荒野里出没，路边随处可见干掉的人皮与灰色卷曲的肠子，手枪成了他们自保的武器。妻子的死也是为了保护丈夫与儿子，因为他们拥有的一把手枪只剩下两颗子弹。如果父子遇到食人族的侵袭，为了保存生命的尊严，父亲可先结束孩子的生命，然后自杀。父子的凶险旅程令人想起但丁的地狱之游。妻子离开后，孩子成为他和死亡之间的最后一道屏障。男人有时也想放弃生命，但为了年幼的儿子不得不挣扎着求生。男人拖着疲惫的身躯，一步步向着渺茫的希望走去。

　　这对父子推着装有罐头和毯子的手推车在废墟中艰难前行。父子每天都得与饥饿、随时逼近的恐怖搏斗，但他们坚守"不吃人"的道

---

　　① Cormac McCarthy, *The Road*, New York: Vintage Books, 2006, p. 56. 以下来自该小说的引文均出自这个版本，只在文中加注页码，不再单独注释。

德底线。父子作为上帝的选民，在艰难求生之旅中备受上帝的关照。因此，每次绝望时都能绝处逢生，找到食物，渡过难关。途中他们几度陷入饥寒交迫的绝境，又几次幸运地绝处逢生。父亲娴熟的求生能力令人想起鲁滨逊。小说最打动人心的是父亲对儿子的爱和儿子的单纯善良与同情心。在极端恶劣的环境下，为了生存，正义的人变得冷漠，心存恶念的人更加邪恶。然而，孩子依然天性善良、乐善好施。当孩子在路途中看到一位被雷劈伤的男子时，恳求父亲过去施以援助；当他听到远方传来的犬吠声时，他要求父亲保证不杀这只狗；当看见一个和他差不多年纪的男孩在他眼前跑过，转眼又不见了时，他担心那个男孩没人照顾，要求父亲同他一起去寻找，打算将自己的食物分一半给那个男孩。面对儿子的坚持，父亲做了一些让步，但因迫于自身生存的压力而未能坚持到底，只能向儿子保证自己不会为了一己之利而侵害他人。当父子在一栋房子的地窖偶然发现成箱成箱的罐头，并准备享用这些美食时，男孩有一种负罪感，认为自己占用了本该属于别人的东西，并感恩道："亲爱的人们，谢谢你们留下的这些食物与其他东西。我们知道，这些东西都是你们给自己储备的。如果你们还在的话，我们再饿也不会吃的。我们很难过你们再也吃不了这些东西了。我们希望你们在天堂和上帝在一起，一切安好！"（146）父亲身体虚弱，不停地咳血，他似乎已感觉到自己的时日不长，因此有时恨不得马上结束自己的生命，但一想到自己的孩子，为保护儿子不被食人族吃掉，他还是毅然拒绝自杀的念头，直到生命的最后一刻。这位父亲曾说过："若孩子并非神启，那么神便不曾言语。"（5）显然，儿子是父亲的救世主，但在许多方面，父亲也是儿子的保护者。父亲把保护儿子看作是自己唯一的使命，他对儿子说："照看你是我的任务，是上帝派给我的任务。谁敢碰你，我就杀了他。"（77）孩子是弥赛亚式的人物，他为人类造成的自我毁灭带来救赎。

　　父子两人在末日的艰难旅途中谈论的话题只有两种：生与死；善与恶。因为在如此极端恶劣的环境中，其他的话题都显得多余。父亲不断告诉儿子传递火种的使命，永远记住自己是个好人，并且最终一定能找到其他好人。"好人"（good guys）这个词在小说中多次出现，贯穿全文①，起到了强调主题的重要作用。父子两人以"我们是好人"来勉励自己保持人性的善。也正是靠着这种信念，父子俩才得以互相支持着。父子之间有这样一段对话：

> 他头上罩着毛毯坐在那里。过了一会儿，他抬起头。我们还是好人吗？他问道。
> 是。我们还是好人。
> 我们永远是好人。
> 对，永远是好人。(77)

"我们永远是好人"的信念让父子守住了底线，也守住了人性。"带有火种"（carry the fire）这个词在小说中多次出现②，具有宗教蕴涵。父亲鼓励儿子坚持走下去，不要轻易放弃生的希望，教育儿子我们有"传递火种"的使命。最初，儿子对火种的理解是字面意义的，以为是父亲携带的用来生火的火种：

> 爸爸，怎么了？
> 没什么。我们没事。你睡吧。
> 爸爸，我们会没事的，对不对？
> 对。我们不会有事。
> 我们不会遇到倒霉事的。
> 没错。
> 因为我们有火种。
> 对，因为我们有火种。(83)

父亲所说的这个火种指的是一种信仰。父亲不断告诉儿子传递火种的使命。眼看父亲命若游丝，孩子感到无比恐惧。父亲临别之际牵握着

---

① See Cormac McCarthy, *The Road*, New York: Vintage Books, 2006, pp. 77, 129, 137, 140, 151, 184, 245, 246, 279, 282, 283.

② Ibid., pp. 83, 129, 216, 283.

儿子的手，竭力鼓励他道："我不能陪你了，你得自己走下去。也许继续走下去会遭遇艰辛，但我们一向很幸运，所以你定能交上好运。走下去你就懂了。走吧。没事的。"（278）当孩子坚持留下来陪父亲，不愿单独离开时，父子之间有这样的一段对话：

> 我想陪你。
>
> 不行。
>
> 求求你了。
>
> 不行。你得接过火种。
>
> 我不知道怎么做。
>
> 不，你知道。
>
> 真的有吗？那个火种。
>
> 是真的。
>
> 在哪里？我不知道在哪里呀。
>
> 不，你知道的。就在你心里，一直在那里。我能看见。
>
> （278—279）

孩子终于明白父亲所说的火种的意思，那是爱的火焰、心中的信仰。这个火种是一盏黑暗中指引父子前行的灯，是他们的生命之"灯"。虽然父亲无法陪伴孩子，但还是让孩子明白：如果有坚定的信仰和顽强的毅力，人就能在苦难中寻找慰藉，在黑暗中寻找光明，在寒冷中寻找温暖，在绝望中寻找希望，在炼狱中寻找天堂。在继续追寻的路上，惊喜总是会不期而至。父亲最后撒手人寰，但遗留给孩子的就是一个信念，"继续走下去"和"带有火种"。处于惊恐之中的儿子，在父亲遗言的鼓励下，拿着手枪，终于独自走到了大路上，并遇到了好人。一个有妻室的男子收留了他，男孩被女人搂在怀中，天遂人愿。文学里女性以救赎者身份现身的意象再次出现，人类似乎也在此刻见到了重生的希望，在黑暗世界里，历尽苦难的男孩终于沐浴着人性的光芒。《路》的创作借用了塞缪尔·贝克特剧本中的原型：两个破衣烂衫的流浪汉，在荒凉的道路旁，等待戈多的到来。不过麦卡锡则在故事中强调了主人公主动追求幸福、寻找光明的不屈精神，他将两个人物——一个四十来岁的父亲和他十岁左右的儿子置身临近末日的世界，他们历尽劫难，在父亲离去后，孤身一人的男孩一路追寻、肩负父亲的遗托，坚韧不拔地走下去，并最终重见天日、获得救赎，而不是靠等。父子选择不畏艰难、寻找温暖的南方的行动则象征了麦卡锡对世界的乐观期待，其历史悲观主义中渗透着强烈的救赎意识。

故事以男孩被一位女性拥入怀中而结束，"那位女人一见到男孩，立即伸出双臂拥抱着他。她说，见到你很高兴"。（286）关于男孩最终能否在恶劣的环境中生存下来，并到达地理意义上的"应许之地"——温暖的南方，作者在故事结尾时并未给读者一个明确的交代，而是给出了开放式结局，他可能幸存下来，也可能被恶劣的环境所吞噬。然而，无论男孩的命运如何，但有一点却是肯定的，即男孩在同父亲经历艰难的朝圣之旅后通往了他精神上的"应许之地"，一是那位女人的人性温情所代表的"应许之地"，二是上帝赐予他的精神上的"应许之地"，"她有时会和他谈论上帝，他试着和上帝说话"（286）。

《路》是集经典旅程叙事之大成的作品：父子两人的艰难求生与向南寻找家园的流浪之旅很容易令人想起荷马的《奥德赛》与笛福的《鲁滨逊漂流记》；然而这又不是一部简单的求生之旅，而是具有更深沉内涵的心灵之旅，是《圣经》中的"朝圣之旅"、但丁笔下的"炼狱"之旅、班扬笔下的"天路历程"，是一次精神赎罪的旅程，是信徒们为追求心灵圣洁而弃恶向善的"心路历程"，是人类寻找失去的精神家园的漫漫旅程。《路》融史诗、《圣经》、流浪汉冒险小说、公路电影叙事等众多经典旅程叙事模式于一体，继承了旅程叙事的一些固有结构方式，又在承继中给旅程叙事注入了新的血液与活力。

在麦卡锡笔下，父与子在求生之旅中所坚持的"善"使其旅程获得了圣歌般的灵光。孩子的性本善与父亲的执着犹如黑暗中最后一点温暖和光芒，引领人们奔向光明。他们的旅程是信徒们为追求心灵圣洁而弃恶向善的"心路历程"，是人类失去伊甸园后皈依上帝的艰苦曲折的漫漫旅途，这种虔信程度随着情节发展而加深。小说不仅是对生死普遍意义的哲学叩问，更蕴涵着浓厚的宗教启示意味。

在以上三部小说中，麦卡锡借用《圣经》中放逐、负罪与朝圣救赎旅程模式对原罪与人性善恶这个人类永恒的话题进行了寓言式的探索，对人类社会的现实状况和未来前途给予深切关注，更为深刻地传达了小说所蕴含的普遍意义。麦卡锡的艺术创新令这三部作品在通俗旅程模式的外衣下隐含着深刻的哲理思想和丰富的寓意。因此，从《圣经》旅程模式的视角来观照麦卡锡的作品，对理解小说主题和艺术特征具有重要的意义。麦卡锡在小说中描述的令人不寒而栗的暴力在揭示了人类原始堕落的同时，还有力地表达了对美国历史发展进程的反思。如果仅凭麦卡锡小说中发散出的浓浓血腥就将他定为"惊悚小说家"，难免武断。暴力是麦卡锡探索人性、反思人性不可回避的主题之一。在揭示人性丑恶时，麦卡锡并没有完全丧失信心。"火种"的意象犹如黑暗中萤火虫微弱的光亮给人们带来光明的希望。麦卡锡的小说并不缺乏道德价值取向，而是充满强烈的宗教意识，他坚信爱的救赎力量定会唤醒大众，让世界沐浴人性光芒。他的作品虽然弥漫着浓厚的历史悲观主义色彩，但却又渗透着强烈的救赎意识。

第二节　漂泊与追寻之旅：《沙特里》
与"边境三部曲"

《沙特里》与"边境三部曲"的旅程叙事延续了早在荷马史诗《奥德赛》与骑士传奇中就出现了的漂泊与追寻主题。尽管这些小说中的主人公们的生存境遇与史诗、骑士传奇中英雄们的已相去甚远，但不变的是对存在意义的探寻、对家园的寻找，因为无论时代如何变迁，寻找理想家园的诉求是人类无法泯灭的天性。"追寻"意识已深深地镂刻于人们的心灵深处，只不过不同时代赋予其不同的含义。古代英雄们的漂泊与追寻之旅注定要延续在现代西方人逃避城市化与工业化时代厄运的探求之中。《沙特里》与"边境三部曲"的主人公们在"祛魅"的时代选择了去追寻圣杯，而不是荒原。换言之，他们选择了对抗异化，开始了艰难寻觅理想家园的漂泊之旅，而不是追逐各种各样的物质享受。麦卡锡通过这些人物的漂泊与追寻之旅揭示了现代人普遍的生存困境：城市化与商业化已形成一股巨大的异己力量，将人排除在理想的生存空间之外，压抑并威胁着人的存在，人逐渐失去了归属感，逐渐沦为无家可归、漂泊不定的流浪者，不知所往。

　　身处后现代主义风潮的麦卡锡虽然对终极意义的追寻持质疑的态度，但对个体在荒谬与混乱的世界里竭力追寻意义的努力却并未像同时代的一些后现代主义作家持嘲讽的态度，而是予以充分肯定，"一扫几十年来美国文学的颓唐之风"①。在一些后现代主义作家笔下，人物已经放弃了行动，或丧失了行动的能力，而麦卡锡笔下的人物，仍如史诗中的英雄不畏艰难险阻去挑战邪恶，如《圣经》中虔诚的朝圣者历经磨难去寻找精神家园，亦如传奇中的浪漫骑士历经磨难去寻找圣杯与浪漫爱情，更如拜伦笔下的悲剧英雄满怀希望去实现理想。总之，他们将漂泊与追寻视为对抗异化的生存方式。正如杰伊·埃利斯（Jay Ellis）所言，麦卡锡努力让他的小说达到 T. S. 艾略特对乔伊斯的《尤利西斯》所称赞的高度，将普通人生活的平凡庸俗单调乏味的常态与经典史诗的恢宏与庄严并置，让他笔下的普通人物具有神话英雄人物般的伟大。② 麦卡锡的小说中充盈着的人文关怀以及绝望中孕育的希望令他与纯粹的"语言游戏"保持着一定的距离。《沙特里》与"边境三部曲"从表面上看分别带有典型的地域特色，即南方流浪汉式小说与西部牛仔冒险故事，这是小说显性的表层结构，但其深层结构框架则是隐藏在作品深处的"追寻"主旨。"追寻"一直是西方文学钟爱的主题，"追寻的故事既是生命个体的故事，同时在总体上又构成了人类的故事"③。以此视角来分析《沙特里》与"边境三部曲"，将有助于我们更好地把握作品的精神实质和艺术价值。

---

　　① 江宁康：《美国当代文学与美利坚民族认同》，南京大学出版社 2008 年版，第191 页。

　　② Jay Ellis, "McCarthy Music," in Rick Wallach（ed）*Myth*, *Legend*, *Dust*：*Critical Responses to Cormac McCarthy*, Manchester, UK：Manchester University Press, 2000, p. 168.

　　③ 吴晓东：《从卡夫卡到昆德拉：20 世纪的小说和小说家》，生活·读书·新知三联书店 2003 年版，第 26 页。

一　自我放逐与追寻之旅：《沙特里》

《沙特里》是麦卡锡倾注了近二十年心血才完成的一部大部头小说，被认为是一部带有自传性质的作品。小说采用第三人称叙述的形式讲述主人公沙特里的自我放逐、流浪、追寻与成长的历程。沙特里出生于富裕的资产阶级家庭，受过高等教育，但为了寻觅迷失的自我，探寻生命的意义，他放弃了优越的生活、前途无量的职业，甚至天主教信仰，来到田纳西河河边当了一名渔夫，以破烂的渔船为家，与各式社会底层人物为伍。这些底层人物大都是随着城市化与工业化的推进而被边缘化的人物。如梭罗独自到瓦尔登湖畔筑屋生活、思考人生，沙特里到烟山进行心灵朝圣，并在那里独自待了一个月。通过同自然的亲密接触，沙特里获得了精神力量。随后沙特里又返回城市，但最终离开，如同美国作家笔下大多数逃遁的漂泊者一样，踏上了西行的流浪之旅。从表面上看，《沙特里》的结构貌似流浪汉小说，主人公沙特里在诺克斯维尔城毫无目的地流浪，与社会底层流浪汉人物如酒鬼、小偷、妓女等为伍，甚至为了生存不得不做一些违法的事情。小说以沙特里的流浪足迹将酗酒、斗殴、钓鱼、监禁、住院治疗、偷盗、越轨行为、家庭纠纷等事件串联在一起。然而，小说的深层结构却是漂泊与追寻之旅，超越了流浪汉小说典型的类型特征。沙特里自我放逐与追寻之旅很容易让人想起《尤利西斯》中的布卢姆、《雨王亨德森》中的亨德森与《麦田里的守望者》中的霍尔顿这些人物的漂泊追寻之旅。这部小说不仅具有流浪汉小说百科全书式的社会生活百态，更具有史诗般的伟大意义。

作者在小说开头以斜体字的形式对 20 世纪 50 年代美国田纳西州东部的城市诺克斯维尔进行了描述，点明了沙特里的生存境遇。这是一个由半乡村环境的小镇发展而成的较大的工业城市中心。这个工业化与商业化的城市犹如但丁笔下的地狱，作者写道："亲爱的朋友，此刻，这个灰尘弥漫的城镇已没有白日的喧嚣，街道黑魆魆，在洒水车驶过后冒着热气。酒鬼与无家可归的人在巷子里围墙的避风处或废弃的空地洗漱……这些用砖与圆石砌成的过道被烟熏得黑黢黢的，灯影令地窖的门变得像哥特式竖琴，也许除了你没人将经过这里。"① 这个城市也仿佛是 T. S. 艾略特笔下的"荒原"。城市荒原意象在小说中随处可见。例如，作者描写道："高架桥横跨一条狭水道。这条水道溢满碎片与残骸，还有黑人用来临时居住的包装板条箱。第一条支流肮脏污浊的水穿过这些垃圾，流过漆树属植物与有毒的常青藤。来自高水位线上的油污、污物与避孕套像交织在一起的水蛭在支流中摇摆聚集着。"（116）现代工业化的进步显然是以牺牲环境为代价。《沙特里》秉承了马克·吐温的《哈克贝里·芬历险记》以后的美国旅程叙事文学的传统，但在这部小说中，属于密西西比河分支的田纳西河却已遭受严重污染，不再是《哈克贝里·芬历险记》中能让哈克和吉姆"畅快地呼吸着新鲜的、带有水草香味的空气"②、风光旖旎的河流。

犹如《尤利西斯》中的布卢姆，沙特里在人生困境的推动下离家出走，在诺克斯维尔城市最肮脏的大街小巷游荡，逃避商业社会的粗俗给人带来的异化。沙特里的父亲在写给他的最后一封信中告诫他说："世界由那些愿意为它负责任的人所掌控。如果你缺少的是生活体验，我告诉你到哪去寻找——法庭、商业与政府机关。街上什么都没有，只有无助与无能的人。"（13—14）父亲为他设计的道路自然是"当官发财"之路，但为了寻求真实的生存和个人价值，他远离了父亲所说的代表人类文明的"法庭、商业与政府机关"，背弃了主流社会价值观，拒绝过这种处于"非存在"状态的生活，踏上了体验原始生命律动的自我放逐之旅，与那些在父亲眼里"无能"的人为伍。

通过酗酒以及同社会边缘人物的交往等自我放逐的方式，沙特里与父亲所代表的社会价值观进行决裂，逃避世俗而虚伪的人情世故与空虚的物质生活，逃避工具理性主义盛行的商业社会对人的异化。孤独的沙特里在城市的贫民窟和大街小巷流浪，在简单贫穷的生活和酗

---

① Cormac McCarthy, *Suttree*, New York：Vintage Books, 1992, p. 3. 以下来自该小说的引文均出自这个版本，只在文中加注页码，不再单独注释。

② ［美］马克·吐温：《哈克贝里·芬历险记》，张万里译，上海译文出版社 1979 年版，第 136 页。

酒中寻找心灵暂时的避难所。他所遇到的一些来自社会底层的人物，如酒鬼、小偷、拾蚌者、疯子、妓女等给予了他最质朴的关爱与友谊。这些人在绝望时向他寻求帮助，他也学会了关爱他人。其中，他对吉恩·哈罗盖特这位他在教养所认识的流浪汉父亲般的关爱就是例子。吉恩是诺克斯维尔城市化进程中从乡村到城市寻找机会和理想生活的众多寻梦人之一，然而，他在城市并没有找到他所期望的生活，而是被无情地边缘化，住在环境极其恶劣的贫民窟，有时不得不靠小偷小摸为生。沙特里对吉恩的处境十分同情，因为他知道，在城市化与商业化的过程中，吉恩所代表的那些城市边缘人永远不可能融入社会。

　　沙特里在自我放逐的旅程中遇到了一位精神导师——印第安人迈克尔。他住在河边的山洞里，过着简单的原始生活。沙特里从这位远离金钱文明的印第安人身上找到了对生命意义的追寻。在他的指引下，沙特里决定去烟山体验、接受荒野精神，对生存的本质及意义进行探寻，"十月底，他收好钓鱼用具。树叶飘落到河里，风雨交加的日子与山间的烟雾将他带入远古时代。他用旧麻布袋做了一个包，卷好毯子，带上米、干果、钓丝，乘车到了加特林堡。他徒步走进深山"（283）。他与自然亲密接触，惊叹于自然的一切，甚至是一些小花。这些小花引起了他的极大兴趣："身处林中的沙特里惊异他能在这里发现一些小花。他静静地观察苔藓中的这些精致杰作。"（284）他还被自然感动到情不自禁地与"桦树、橡树交谈"（286）。通过接近自然，感受自然，沙特里的灵魂真正地体验了存在。

　　在林中，沙特里还受到了由闪电代表的神启。闪电的意象在文中多次出现，例如作者写道："晚上，他并没有生火。黑暗中他像猿猴一样蹲伏在岩石下，注视着闪电。"（287）沙特里在荒野中待了很长时间，他的胡子长了起来，身上的衣服已破烂，像树叶般脱落。当他穿过林间的一条小道时，一位手持弓箭的猎人甚至差点将他当成了猎物。沙特里在林中所待的时间也具有特别重要的意义。小说告诉读者，沙特里进山的时间是十月底，出山的时间是十二月三日。沙特里出山后来到北卡罗莱纳州布赖森城的一家咖啡厅，点完餐后，到前台拿了一份报纸，在首页上端查看日期，但没有看到具体日期。作者对他的反应如此描写道："谁听说过报纸没有日期，他大声说道。于是他撕开报纸。在这里。十二月三号。有多长时间了？"（291）沙特里提出的"有多长时间了"这个问题有着重要的意义。从十月底到十二月三日的时间跨度是四十天左右，这与耶稣在荒野中所待的时间相近。沙特里在荒野中受到神启般的体验，从与自然的亲密接触中寻觅了对生命的深邃体验，获得了精神力量，超越了受制于工具理性领域内的有限性自我。

沙特里在荒野与大自然的融合境界体现了爱默生与梭罗的超验主义思想，即"远离物质社会的非人生活，远离现代化工具的诱惑，接近自然，回归自然，获得最高的精神体验"①。沙特里是麦卡锡笔下唯一受过高等教育的流浪者，尽管出生富裕家庭、前途无量，却自愿放逐，在漫长的旅程中寻找生活的意义。他的放逐与追寻之旅是对异化的拒绝，是对回归生存本质的渴望，是根基失落的现代人对始祖文明的本质追寻，是迷惘的人们为当代社会生活寻找秩序和意义的不懈努力。他所经历的漂泊旅程是逃避，是放逐，也是追寻与成长。

在这部小说中，麦卡锡将源于欧洲流浪汉小说中流浪者在城市的求生之旅、史诗中的漂泊之旅、独具美国超验主义思想特色的到大自然中寻找真理、追寻存在价值和寻找自我之旅有机地结合在一起。因此，这也是评论界常常将这部小说与但丁的《神曲》、T. S. 艾略特的《荒原》、乔伊斯的《尤利西斯》、马克·吐温的《哈克贝里·芬历险记》等相提并论的缘由所在。

二　英雄的历险："边境三部曲"

如果说《沙特里》中的主人公在美国工业化与城市化进程中还能深入象征荒野精神的美国田纳西州大烟山中寻找精神家园，获得最高的精神体验，"边境三部曲"中的西部牛仔少年却没有那么幸运。在现代社会工业化的浪潮中，他们祖祖辈辈曾经赖以生存的西部边疆牧

---

① 史志康：《美国文学背景概观》，上海外语教育出版社 1998 年版，第 72 页。

场和曾经拥有的田园般的生活悉遭破坏，他们不得不穿越美墨边境到异国他乡去寻找心中的家园，却历尽意想不到的磨难，最后失望而归，不得不继续流浪。

"边境三部曲"以传统西部牛仔冒险故事的基本情节作为故事的"脚手架"，具有此类故事典型的类型特征：辽阔的西部画卷、传奇的色彩、牛仔们在旅途中所经历的情意缠绵的爱恋经历、与敌人的对立以及由此产生的种种暴力冲突等，但麦卡锡在西部通俗故事的框架下融入了史诗、骑士传奇的旅程叙事结构，令其成为一部内容博大、主题严肃的杰作。"边境三部曲"是麦卡锡作品中真正意义上的英雄冒险、漂泊与追寻的故事，故事中的西部牛仔少年们怀揣梦想离开家人和故土，踏上了未知的旅程，进入了神秘迷人但也凶险可怕的异国世界，在旅途中结识朋友、邂逅爱情、遭遇敌人、经受考验并认识人生。主人公们的旅程延续了早在荷马史诗《奥德赛》与骑士传奇中出现的漂泊与追寻主题。

"边境三部曲"中三位牛仔少年的追寻之旅遵循了美国比较神话学家约瑟夫·坎贝尔在其专著《千面英雄》中总结的"召唤——起程——历险——归返"的英雄历险神话模式，牛仔少年们的出走、追寻和归返在形式上对应了英雄人物的冒险；而在内容和实质上却是对英雄原型的解构。在《千面英雄》一书中，坎贝尔采用结构主义的研究方法，对世界各地不同的英雄冒险神话故事进行分析，总结出一个基本的情节模式："神话英雄冒险的标准道路是成年仪式所代表的公式的扩大，即分离——传授奥秘——归来；这种公式可以称为单一神话的核心单元。"他进一步解释道："英雄从日常生活的世界出发，冒种种危险，进入一个超自然的神奇领域；在那神奇的领域中，和各种难以置信的有威力的超自然体相遇，并且取得决定性的胜利；于是英雄完成那神秘的冒险，带着能够为他的同类造福的力量归来。"[①] 坎贝尔的"单一神话"是一个元神话（metamyth），

---

① [美]约瑟夫·坎贝尔：《千面英雄》，张承谟译，上海文艺出版社2000年版，第23—24页。

是隐藏在纷繁复杂故事表面下密码般的图谱，是一把"打开缪思领域的钥匙"①。在"英雄的冒险"部分，作者还列出一个目录来说明完整的冒险周期中所包含的各种典型因素。第一个阶段"出发"包含了"冒险的召唤""拒绝召唤""超自然的助力""跨越第一个阈限""鲸的腹腔"；第二个阶段"被传授奥秘"包含了"考验的道路""与女神的相会""女人作为诱惑者""天父和解""凡人成神""最终的恩赐"；第三个阶段"归来"则包含了"拒绝归来""借助魔法逃走""来自外界的救援""跨越归来的阈限""两个世界的主宰""生活的自由"。② 当然也有很多英雄冒险神话并不完全遵循坎贝尔提出的这种冒险周期模式。对此，坎贝尔指出："在单一神话的简单梗概的基础上所可能发生的变化难以尽述。有许多故事独立地讲述完整冒险周期中的一两个典型因素（考验主题，逃走主题，劫持新娘主题）并大大地加以扩展，另外一些则把一些独立的冒险周期串连在一起作为单一的一组故事（如《奥德赛》）。不同的人物或事件可能被融合在一起，一个单一的因素也可能以改变了的形式多次重复出现。"③ 换言之，这种冒险周期模式并非一种固定不变的图式，而是一种可以"置换变形"、重新组合与延伸拓展的模式，包含着无数的可能性和变体。在具体的叙事作品中，这个情节模式如同结构魔方，可以随意转动出多种组合模式，衍生出无限的外部形态。对于评论者与读者而言，它就像阿里阿德涅的线团（Ariadne's thread），能够带领他们走出纷繁复杂的文本迷宫。从约瑟夫·坎贝尔所总结的英雄历险模式的视角来剖析"边境三部曲"中牛仔少年的冒险旅程，将有助于我们理解"边境三部曲"所蕴含的普世性生命经验，为我们研读这三部小说的深层结构开启了另一个视窗。可以说，麦卡锡对英雄冒险原型主题的运用是令"边境三部曲"超越西部牛仔冒险小说，成为具有普遍人类意义经典之作的一个重要因素。

---

① ［美］菲尔·柯西诺主编：《英雄的旅程》，梁永安译，金城出版社2011年版，第7页。

② ［美］约瑟夫·坎贝尔：《千面英雄》，张承谟译，上海文艺出版社2000年版，第46—255页。

③ 同上书，第256页。

"边境三部曲"第一部《骏马》的故事发生在"二战"结束后不久，以牛仔少年约翰·格雷迪外祖父的去世开始。他的外祖父在得克萨斯州经营了一辈子的牧场由其母亲继承。面对工业化的入侵，牧场越来越难以经营。为摆脱生活的困境，喜欢城市生活的母亲将牧场卖给了得克萨斯州的一家石油公司，即使儿子内心产生的深深绝望也不能动摇她的决定。约翰的母亲代表了美国当时工业化进程中渴望到城市追梦的人群。尽管母亲卖掉农场一事仍然让他耿耿于怀，但后来他理解了母亲的苦衷，意识到是一些外部因素促使母亲做出这样的决定，即面对现代工业的入侵，母亲选择了迎合。代表西部传统田园生活的牧场因为工业化进程的推进很快就要消失，牧场经营让位于油田开采，而约翰又不愿随母亲到城市生活，于是决定和亲密伙伴罗林斯一起离开故乡到异国墨西哥开始一段寻找骏马与田园式生活、寻找新的伊甸园的冒险旅程。他们一路向南，当走到边境地区时又结识了从家里逃出来的 14 岁男孩布莱文斯，他骑着一匹偷来的马。这个男孩总跟在他们身后。约翰不顾罗林斯的坚决反对，让他加入了他们的旅程。如罗林斯所预言，布莱文斯让他们卷入了一系列麻烦。后来布莱文斯与他们分开，约翰与罗林斯来到一座庄园，在那里从事驯马工作，这也正是他们梦寐以求的牛仔生活。约翰同庄园主漂亮的女儿阿莱詹德拉相爱，但他们的爱情遭到了女方家长的强烈反对与阻挠。阿莱詹德拉的父亲甚至设计陷害约翰，派人来拘捕他与罗林斯，他们被带走关进监狱，在那里遇到了被关押的布莱文斯。三位牛仔少年经历了难以想象的折磨与暴力。在他们被转入萨尔蒂约监狱的途中，布莱文斯被一名上尉拖到林中开枪打死，戴着手铐的约翰与罗林斯只能眼睁睁地看着这残忍的一幕发生。在监狱里，约翰因自卫杀死了一名囚犯，被控犯有谋杀罪。阿莱詹德拉的姑婆用钱将他从狱中赎出来，开出的条件是约翰不再与其侄孙女交往，并离开墨西哥。约翰暗地去见阿莱詹德拉，打算与她私奔，但她最终放弃。约翰的追寻之梦被粉碎，同时也悟出了生命的真谛。他与罗林斯冒险从上尉手中夺回被抢走的马匹，回到得克萨斯州。得克萨斯州已不再是他的家乡，但他也不知道心中的理想之乡在何处，最终还是选择了继续流浪与寻找的道路，去迎接不可知的未来。

不难看出，故事围绕主人公的旅程足迹展开，是相当传统的旅程叙事。从表面上来看，《骏马》是典型的西部牛仔冒险流浪与美国式青少年成长故事。它与《哈克贝里·芬历险记》类似，两者都涉及青少年成长和自我身份寻求的主题。荒凉的西部景观替代了《哈克贝里·芬历险记》中的密西西比河，牛仔约翰·格雷迪与其伙伴罗林斯所骑的马代替了哈克所乘的筏子。然而，从深层结构来看，牛仔少年们的旅程是追寻圣杯之旅。

如同史诗与骑士传奇中的英雄，牛仔少年约翰的历险受到了"冒险的召唤"。首先，他的历险受到了历史的召唤：

> 在血红色的云霞映照下，夕阳也是血红色且呈椭圆形。他在过去跑熟了的路上疾驰。这是一条从北面的基奥瓦乡间通过来的路，是旧日俄克拉何马州的科曼奇人开出的路……在这个时分——他总是选择这个时分，夕阳投下他长长的身影，眼前的这条古道沉浸在玫瑰色的霞光中，迷离变幻，隐现出一场往昔的梦境：这个如今衰落了的种族当时是那么斗志昂扬……这个民族、民族的幽灵唱着圣歌，穿过废弃的矿地，走进黑暗，湮没在历史的洪流中，消逝在旧日的回忆里。就像最后晚餐的圣杯中贮了血一样，那是他们那一代短暂而暴戾的生命的总结……他又一次越过了古战道，这个时分他该策马原野走上归家的路，但昔日的武士们总要凭借着夜幕继续前行，手握着如石器时代那么笨重的武器风风火火地向前，即使千难万险也绝不退缩，哪怕血流成河也要吟歌前行，向南越过平原，奔向墨西哥！①

约翰在历史和民族的召唤下做好了艰难冒险的心理准备。"圣杯"一词预示着《骏马》的故事将超越通俗的西部牛仔冒险故事，约翰不仅

---

① ［美］科马克·麦卡锡：《骏马》，尚玉明、魏铁汉译，上海译文出版社2001年版，第3—4页。以下来自该小说的引文均出自这个版本，只在文中加注页码，不再单独注释。

是西部牛仔，还是骑士传奇中的英雄。其次，召唤约翰去墨西哥冒险的还有来自荒野的呼唤——骏马，因为"他爱马正如同他爱人类一样，爱它们有血有肉，爱它们所具有的满腔热血的秉性。他对这些生性刚烈的生灵充满了崇敬和钟爱，这也是他毕生的癖好。他相信它们将永远如此，不会改变"（4）。他被挂在家里餐具橱对面墙上的一幅群马的油画所吸引，"上面有六匹马正冲破畜栏向外飞奔，鬃毛长长地在风中飘舞，它们的眼睛露出野性难驯的神色。这些马是从一本书上临摹下来的"（13）。他从未见过如此健美的宝马良驹，便向外祖父询问那是什么品种的马，作者对外祖父的回答的描述耐人寻味："可外祖父只是把眼睛慢慢从菜盘上移到那幅油画上，好像第一次看到一样，然后他说，这不过是画册上的马，接着又埋头吃饭了。"（13—14）约翰并未理解外祖父的言外之意，却坚持要找到画中的马，"一定要满世界地漫游寻找这种可爱的生灵，直到找到方肯罢休。要知道马就是他生活中梦寐以求的东西，永恒不变"（21）。约翰就像塞万提斯笔下的堂吉诃德那样踏上了寻找画中之马的历险旅程。

　　无论是在罗林斯于一家餐馆里无意捡到的一份石油公司地图上，还是在约翰随身携带的其他地图上，墨西哥都未被标出，只是一片空白。显然，墨西哥对这两位牛仔而言是个神秘未知的领域，"南方远处，墨西哥的群山在变幻的云霞和缥缈的天光下影影绰绰、忽隐忽现，真像山妖鬼怪的集合"（40）。在即将跨越第一个阈限——美墨边境时，墨西哥和即将穿越的边境线使约翰·格雷迪对自己的未来产生了无限期望：

　　　　他们向南遥望着这片广袤的土地。太阳已经西沉，在天边斜飞的彩云间泛起血红色，清风徐来，朦胧的暮色迅速笼罩了大地。远处的山脉在地平线上绵延伸展，愈远愈淡，从淡青色到浅蓝色，最终融入天际。
　　　　"那个伊甸园到底在哪里？"罗林斯问。
　　　　约翰·格雷迪脱下帽子让山风吹凉脑袋。"你不在一个地方扎下就不会知道它到底是个什么样儿。"他说。

"那个国家肯定有不少宝地了？"罗林斯又问。

"我就是为此而来的。"约翰·格雷迪点着头。（57）

约翰和罗林斯随后进入了墨西哥这个古老、神秘的国度，经历了一系列意想不到的考验。正如坎贝尔所言，"一旦穿过阈限，英雄就在奇怪的，变幻不定、模棱两可的，梦也似的景色中活动，他必须在这种环境中经受一系列的考验并活下来"①。穿越美墨边境这个阈限后，约翰找到了心中的"伊甸园"——普利西玛圣母玛利亚大牧场，"是个拥有一万一千公顷土地面积的大牧场……饮用灌溉全靠天然的泉水和清澈的溪流，以及点缀其间的沼泽、池塘和浅湖。在湖泊和河流中生长着别处所没有的几种特别的鱼；在陆地上有鸟类和蜥蜴等各种生物；牧场的边区还可以看到年代悠久的古城遗迹，四面包围的沙漠一直延伸到远处"。（96）他在这里过着他所憧憬的与马为伍的田园般的生活。

约翰在"伊甸园"般的牧场还邂逅了女神阿莱詹德拉，牧场主埃克托尔·罗查·伊·比利亚雷亚尔先生的女儿。作者这样描述他与女神的邂逅：

他一直等到她那匹阿拉伯骏马和他并行时才去看她。她的马踏着步子，长脖子仰成优美的拱形，一只眼睛睽着旁边的这匹大头马驹，目光里透出的不是警惕而是那种马类之间的些微反感。她骑过了五六英尺，转过那张轮廓优美的面庞，从正面看着他。她有着一双蔚蓝色的眼睛。她点了点头，或者不如说她只是把头稍稍低了一下，以便看清楚他骑的是什么马。约翰只见戴在她头上的那顶阔边黑帽微微倾斜了一下，还有那轻轻飘起的黑色的长长秀发。她从他身边骑过去了。她的马又变了步法。她的骑姿优雅极了，娇躯笔挺纤细的腰肢衬着那宽宽的双肩——在马上显得

_____

① ［美］约瑟夫·坎贝尔：《千面英雄》，张承谟译，上海文艺出版社 2000 年版，第 95 页。

风姿绰约、亭亭玉立。她打马小跑着上了路。这匹大头马驹在路中心停下来，显得有些不快，两条前腿叉开而立。它的主人坐在鞍上痴痴地望着女骑手远去的背影。他本想和她说话的，但她那双会说话的眼睛使他怦然心动，永远地改变了他心中的那个世界。（108）

约翰与他的女神相爱了，然而，好景不长，他们的爱情遭到了女方家长的强烈反对与阻挠。阿莱詹德拉的父亲甚至设计陷害约翰，派人来拘捕他与罗林斯，导致他们被带走关进监狱。约翰骑士般的理想在墨西哥遭遇了挫折。阿莱詹德拉的父亲与约翰一起打台球时对他说道：

"留心！我的骑士，世上没有比理性更为可怕的洪水猛兽了。"

他看着约翰·格雷迪笑笑，又看着台子。

这当然是纯西班牙式的思想，是堂吉诃德的思想。但是即使塞万提斯也不能设想像墨西哥这样的国家。（144）

这个貌似"伊甸园"般的墨西哥牧场并非约翰想象的那么美好，是一个古老却又隐藏危机的地方，有着蛮荒的历史。约翰在这里遭遇了挫折，经受了考验，经历了成长。当约翰与罗林斯历尽艰辛穿越边境来到墨西哥时，普利西玛圣母玛利亚大牧场对他们而言仿佛是人间的伊甸园，他们原以为可以在这里找到理想的栖居之地，为流浪的人生画上一个句号，但残酷的现实粉碎了他们的梦想。

约翰被阿莱詹德拉的姑婆阿方莎用钱赎出来后，这位长者约他谈判，让他远离她的侄孙女，语重心长地对他说："这个世界在需对梦想与现实有所抉择时是十分残酷无情的。"（238）但约翰并不想屈从于现实的残酷，对她说："我打算见一见您的侄孙女。"阿方莎回答道："你以为我会对此感到惊讶吗？我甚至会答应你。这件事似乎你从来没要求过。我相信，她不会对我食言的。你走着瞧吧！"约翰很

有把握地说："对了，夫人，咱们走着瞧。"（240）约翰随后立马约
见阿莱詹德拉，对爱情如骑士般忠贞的他决定与她私奔，但她却如其
姑婆所料，无情地拒绝了他，说道："尽管我爱你，但你所要求的事
我做不到。我实在无奈。"此刻，约翰已意识到现实的残酷，感到万
念俱灰，作者这样描写他的感受："约翰·格雷迪听完她的话，十分
清楚地感到，他的一生到了此刻就算完结了，今后的归宿如何尚难逆
料。他感到似乎有一个冰冷的残酷无情的怪物进入他的体内，他可以
想象出这个怪物如何向他发出恶毒的微笑。"（253）虽然失去了爱
情，但这位牛仔英雄并未忘记冤死的朋友布莱文斯，他与罗林斯冒险
从上尉手中夺回布莱文斯被抢走的马匹，回到得克萨斯州。

　　他们经历了奥德赛般的磨难和考验后回到美国，罗林斯感叹道：
"我们的家乡还是块好地方。"约翰却回答说："我知道，不过它不再
是我的家乡了。"他这么说不仅是因为母亲将他赖以生存的牧场卖给
了石油公司，还因为他理想的家园其实已只存在于他的脑海中。当罗
林斯想知道何处才是他真正的家时，他回答道："我不知道它究竟在
哪里，我不知道那片土地上究竟会发生什么事。"（300）他结束了对
自己未来和外部世界的期望。约翰心中田园诗般的理想家乡在轰隆驶
过的工业化巨轮之下已被碾得粉碎。"他继续策马前行，钻出了佩科
斯河断流处的河滩溪谷。河谷旁边耶茨油田的采油机沿着远方的地平
线，伸展开来。那一起一伏地转动着的机器宛如是一群机械鸟。这些
由钢铁焊成的样子就像是远古时期的'原始鸟'就群踞在原始鸟过去
曾经一度栖息过的地方。"（302）

　　故事结尾处，约翰·格雷迪单人独骑从那些分布得零散稀疏的印
第安人居住的草棚中穿行时，作者写道："他们站在那儿，眼看着他
过去，直到他消失在远处的地平线上，仅仅因为他只不过是个匆匆过
客而已，或者说仅仅因为他必定会在远方消失。"（302）这一幕的象
征意义不言而喻：随着西部传统的农牧生活方式被现代工业化浪潮连
根拔起，西部牛仔与印第安人遭受着同样的命运——"无家可归"。
约翰已成为幽灵，"在他们看来，他一定像是那种早已销声匿迹了的
过去的幽灵"。（285）面对渐行渐远的田园文明，约翰并未试图去适

应变化的世界，而是选择继续流浪。小说最后的场景是约翰·格雷迪在夕阳中骑着马，他与马的影子融合在一起，慢慢地隐没在被黑夜笼罩的土地上。这预示了约翰追求田园牧歌式生活的梦想可能会变成一场梦魇。

如果说《骏马》的主人公约翰·格雷迪是一位追求自由与爱情的牛仔骑士，那么，《穿越》中的主人公比利·帕勒姆则更像是希腊戏剧中的悲剧英雄。如题目所示，"边境三部曲"第二部小说《穿越》的故事主要由主人公比利·帕勒姆的三次穿越美墨边境的旅程构成：第一次是将他捕获的母狼送回墨西哥深山老林；第二次是找回失去的马匹；第三次则是寻找失散的弟弟博伊德。当牛仔少年比利从父亲那里得知一匹来自墨西哥大山的母狼捕杀了牧场上的牛畜时，他决定逮住它。经过一番巧妙的周旋，比利最终捕获了这只母狼。但在将它押返自家牧场的路上，比利改变了主意，他不愿将母狼交给父亲、任由父亲将这只已经受伤的母狼杀死。于是，比利取道南行，决定独自一人将它送回墨西哥的深山老家。送狼回归山野的旅程并不顺利，行进到边境地区时，这只狼被地方官绅掳去，他们让狼与群狗恶斗来取乐赚钱。猛犬轮番上场，经过几番撕咬搏斗，母狼毕竟寡不敌众，已是遍体鳞伤。可怜的母狼独自蜷缩在酒馆的斗场里，显得那么孤独、无助，眼里散发出凄凉的目光。比利实在是不忍心母狼接下来将要遭受的更加残暴的对待，让它痛苦地直面自己末日的降临。他冒着生命危险毅然决然地走进斗场，向母狼那颗已经血淋淋的头颅开了枪。当狼皮商人手握小刀准备来剥狼皮时，比利用自己珍贵的枪支作为交换保存下了狼的完整遗骸，他绝不让母狼那已无生命气息的身体再受伤害，他要维护母狼躯体的尊严。比利将母狼运回深山，像对待自己的亲人一样把它埋葬在那里。世界的荒谬与人性的麻木，使比利护送母狼归山的行动成为一种受难的悲剧。当他回到家时，发现父母被杀害，马匹被抢走，弟弟博伊德侥幸躲过灾难。兄弟二人再次穿越美墨边境以寻找被抢走的马匹。在寻马的途中，博伊德与一位墨西哥女孩相爱并私自离开了比利。比利回到美国，打算参加第二次世界大战，但因心脏问题未能如愿。他第三次穿越美墨边境线到墨西哥寻找弟弟，但不幸的是，弟弟在与歹徒搏斗时被杀。比利找到弟弟的尸骨将其带回美国安葬。故事以比利坐在路上哭泣结束。

　　比利的首次冒险之旅如同《骏马》中约翰的历险受到科曼奇人的历史足迹与"画中的骏马"的召唤一样，受到了由狼代表的荒野精神的呼唤。小说伊始，在冬天的一个夜里，比利被狼的嗥叫惊醒，于是悄悄离开家，循着叫声走进山谷。作者这样描写比利所看到的景象：

　　　　在前方的旷野上，狼群在追捕、猎杀着羚羊；而亡命中的羚羊在白皑皑的雪野上像幽灵似的急速逃窜，或长奔、或急转、或盘旋……在清冷的月光下，雪浪在它们蹄下喷飞。它们急促的气息在冷凝的寒夜中像白烟般冒出，好像在它们体内正燃烧着烈火。这群急转着、狂跳着的狼，在这茫茫冬夜里居然保持着神秘的沉默，仿佛它们来自另外一个完全陌生的世界，与这里根本不通语言。最终，它们跑下了山谷，沿着谷底跑向了远方，很快地变成了灰蒙蒙、白茫茫中的几个小点，直至消失。①

此刻的情景对比利所产生的影响如此之大，以至于后来他决定违背父亲的意愿，不杀死母狼，甚至悄然离家护送母狼归山。如坎贝尔所言，在英雄冒险旅程的第一阶段"冒险的召唤"中，"命运已向英雄发出召唤，并把他心灵的重心从社会的范围之内转移到一个未知的地区"②。对比利而言，墨西哥就是这个未知、神秘与充满危险的地区。正是源于这个召唤，他被"引诱得离开了生活的常轨"③。

　　当比利如约翰穿越美墨边境、跨越第一个阈限时，遇到了"阈限的守护者"——边境地区巡警，并遭受了他们的盘查。作者对他穿越

　　① ［美］科马克·麦卡锡：《穿越》，尚玉明译，上海译文出版社 2002 年版，第 2 页。以下来自该小说的引文均出自这个版本，只在文中加注页码，不再单独注释。
　　② ［美］约瑟夫·坎贝尔：《千面英雄》，张承谟译，上海文艺出版社 2000 年版，第53 页。
　　③ 同上书，第 54 页。

边境这个阈限时的情形这样描述道："他们就这样一路不停地走，在日近中午的时候越过了国境线，进入了墨西哥的索诺拉州。这地方和他们刚刚离开的那个地区在地形地貌上无大区别，但却透出一种全然的异样和奇特。"（75—76）比利在跨过这个阈限后，未能如他所希望那样将母狼放回深山，而是遭遇了邪恶势力。这只母狼在墨西哥边境地区被地方官绅掳去，被用作他们酒场上娱乐赚钱的工具与群狗恶斗。一心要把它放生的比利不忍目睹它所遭受的折磨，只好掏枪提前结束它的生命。这次穿越使他的生活发生了很大的变故，偏离了常轨。他不仅未能保护母狼，还失去了父母、兄弟，与《骏马》中的约翰一样成为孤儿，无论是在身体上还是精神上都无家可归。比利的三次穿越是《千面英雄》中的英雄们必经的"考验的道路"，是对他的道德与勇气的磨砺。

在送狼回家的旅途中，比利被路人当作疯子，他们无论如何也不理解比利对狼的这种爱护行为。因为在他们眼里，狼是祸害、是可以随意处置的动物，只有工具价值，他们只对狼皮、狼肉最有兴趣。比利·帕勒姆是堂吉诃德式的人物，读者能从多数人对他护狼归山行为的不理解深刻感受到他所处时代的可悲。虽然比利的精神值得敬佩，但这种精神在美国工业化浪潮的冲击下却如同螳臂当车般悲壮。当比利与弟弟博伊德失散后，他在新墨西哥州哥伦布市的边防入境美国，向北骑向德明市：

> 人们也都透过马蹄搅起的尘土回头望他，好像他在这片土地上完全是个异物，是人们听说过的古代骑士或是书上读到过的一种什么人。他骑了一整天，在晚间越过了佛罗里达山脉的一些小山丘。他继续前骑，骑过一片高地，骑入了黄昏，又骑进了夜晚。（323）

比利的追寻之旅在物质欲望恶性膨胀的社会里注定要招致失败，因为他的道德准则与时代格格不入，他本人已成为时代的"异物"，地平线外的一缕游魂。

　　《平原上的城市》是麦卡锡"边境三部曲"的最后一部，虽不是压卷之作，但作为"三部曲"的终结"乐章"，仍被美国媒体称为一本堪称 20 世纪最高文学成就的美国经典。故事发生在第二次世界大战结束不久的 20 世纪 50 年代初，小说的主人公是分别在《骏马》与《穿越》中曾经历艰难追寻之旅的牛仔约翰·格雷迪和比利·帕勒姆，他们现生活在美国西南部新墨西哥州的一个牧场里。离牧场不远，是美、墨之间的界河格兰德河，隔河相望的是美国得克萨斯州的埃尔帕索与墨西哥的华雷斯城这两座城市，即"平原上的城市"。在一次同牧场牛仔们逛华雷斯一家妓院时，约翰看上了外貌清纯、不幸沦落为妓女的墨西哥女孩玛格达琳娜，却因拘谨与羞涩与她失之交臂。随后，约翰一次次地穿越国界，在华雷斯到处寻找他钟情的姑娘，终于在一个叫作"白湖"的妓院找到她，双双陷入热恋。相信爱情的约翰不顾世俗的成见，不顾包括挚友比利在内的所有朋友的反对，决定将多病的玛格达琳娜从妓院赎回来，并娶她为妻。"白湖"妓院老板爱德瓦多是个阴狠毒辣的冷血恶棍，坚决不放人，约翰决定铤而走险，计划营救恋人并偷越国境。不幸计划败露，恋人在即将进入美国时，遭到爱德瓦多的暗算，在边界惨遭杀害。约翰决定与爱德瓦多决斗，最后杀死了仇敌，自己也因身受重伤而死。比利埋葬约翰后，离开了牧场，开始了浪迹天涯的生活。故事结尾时已是 2002 年秋，七十八岁的比利在公路边遇到了另一位流浪者。这位流浪者向比利讲述了他的梦境，以及梦中另一个旅人所做的梦。麦卡锡借此表达了他对人生、理想、现实的哲理性思考。

　　不同于"边境三部曲"的前两部，这部小说的主角涉及两个人物。前半部分主要讲述约翰·格雷迪的爱情故事，后半部分则是讲述比利·帕勒姆的流浪旅程。涉及该小说的许多评论常常忽略了后者，将之视为一个老套的爱情故事，如迈克尔·霍尔（Michael Hall）曾如此评价它："一部荒唐的爱情故事，廉价的西部《罗密欧与朱丽叶》。"① 若持此看法，小说的深刻意义必定被遮蔽。《平原上的城市》

---

① Michael Hall, "Desperately Seeking Cormac," *Texas Monthly*, Vol. 26, No. 7, 1998, p. 79.

并不是一个简单老套的牛仔爱情故事，而是一部融爱情、追寻、流浪
与哲理一体的经典小说。

约翰穿越美墨边境的冒险旅程显然如骑士一般是受到爱情的召
唤。为了爱情，他不顾世俗的成见，挚友们的反对。当约翰告诉比利
他要赎回玛格达琳娜时，比利骂他真是疯了，认为他与妓院老板爱德
瓦多的较量是蚍蜉撼大树，自不量力。约翰却坚定地对比利说："一
个人追求自己挚爱的人，是永远没有错的。哪怕是送了命也在所不
惜！"① 就像他在《穿越》中不顾个人安危收留布莱文斯、对爱情与
友情忠贞不贰一样，在《平原上的城市》这部小说中他仍像古代骑士
英雄一样坚守自己的道德准则，关爱、帮助他人，与邪恶势力作斗
争，甚至不惜牺牲自己的生命。虽然他的计划失败了，但他的追寻却
因此具有一种崇高和尊严。

约翰穿越美墨边境这个阈限，来到墨西哥的华雷斯城这个堕落、
邪恶的地方，与他的女神相遇，成为一个为纯真爱情而献身的斗士。
在约翰准备营救恋人并偷越国境时，他与比利有这样一段对话：

> "你不觉得我们的这种生活只有那边还剩着一点吗？"
>
> "可能是。"
>
> "那你也觉得那儿好了？"
>
> "是吗？我自己也弄不清我们这种生活到底是怎样的。墨西
> 哥，我在那边去了很多地方。你第一次在那里听过人家给你唱墨
> 西哥牧歌后，你好像觉得你了解整个墨西哥了。可等你听过一百
> 次后你倒觉得你还什么都没明白，你也永远明白不了啦。很早以
> 前我就明白我在那儿已是没戏了。"
>
> "不光我一个人觉得这样。那边完全是另一个世界。我认识
> 的每一个从那边回来的人，当初也都是抱着希望去那边的，或是
> 自以为抱着希望去的。"（214）

---

① ［美］科马克·麦卡锡：《平原上的城市》，李笃译，上海译文出版社 2002 年版，
第 196 页。以下来自该小说的引文均出自这个版本，只在文中加注页码，不再单独注释。

墨西哥的实际情况与他们的想象不一致。比利与约翰在经历追寻之旅中所遭受的磨难与考验后，深刻认识到理想与现实之间的鸿沟。

约翰在杀死邪恶的"白湖"妓院老板爱德瓦多后不幸身亡，这位具有浪漫情怀的骑士英雄已逝去。比利这位悲剧英雄也变得落魄、无家可归。他们曾一起工作过的麦克老爹农场即将被军队没收，用作核试验基地。这个农场曾给予他们的安定、温暖的感觉转瞬即逝。比利在埋葬好友后离开了牧场，开始了浪迹天涯的苦旅。比利在其流浪旅程中遇到了另一位流浪者，这位流浪者向他讲述了他做的有关流浪者的梦，对梦想与现实进行了哲思。流浪者对他说："人的梦和活动都受着人的欲望的驱动，人总追求实际的生活和梦想达到一致，但这永远达不到。"（281）麦卡锡通过流浪者的话对"边境三部曲"牛仔少年们的追寻之旅进行了哲理性的思考和总结。这两位英雄追求超越现实的理想最终破灭。

与流浪汉分手后，比利继续孤独地流浪，无家可归，有时他就留宿在公路边用于建公路引桥的水泥管子里。水泥管是由钢筋水泥铸成，而钢筋水泥是现代化的象征之一。在现代化的进程中，代表西部田园生活的牧场已被钢筋水泥所取代。颇具讽刺意味的是，这位曾长途跋涉送母狼回深山老家的牛仔少年，最后也落得像母狼一样无家可归。西部传统的农牧生活方式已被现代工业化浪潮连根拔起，地理意义上的理想家园已不复存在，比利这位悲剧英雄不得停下流浪的脚步。

故事结尾时，比利在流浪的途中被新墨西哥州博勒斯城外一户人家收留。作者这样描写这家女主人对比利的印象以及他们之间的对话：

> 她拍拍他的手。这手骨节嶙峋，青筋暴露，布满了绳子勒出的伤痕和太阳晒出的黑斑。从这张手上可以读出他的经历和沧桑，可以看到上帝留下的印记和赐予，可以想见他颠沛劳顿、悲苦孤独的一生……她起身要走。
>
> "贝蒂，"他叫住了她。

　　"什么？"

　　"其实……我其实并没有你想的那么好，我这个人什么也不行。不知道，你为什么待我这么好……"

　　"哦，帕勒姆老爹，我明白，我知道为什么。"（285—286）

　　显然，帕勒姆老爹已成为已经消逝的美国西部田园牧歌式生活的化身。贝蒂从他身上读出了他的经历和沧桑，因此贝蒂的回答是"哦，帕勒姆老爹，我明白，我知道为什么。"《平原上的城市》是麦卡锡谱写的一首寻找理想家园的挽歌。

　　可见，《平原上的城市》并不是如一些评论者所言仅是一个老套、荒唐的爱情故事，而是将牛仔的浪漫爱情故事与作者对理想与现实、人与自然等问题的哲理性思考有机结合起来的杰作。

　　"边境三部曲"中两位牛仔少年的追寻之旅对应了古代神话英雄所经历的"召唤——起程——历险——归返"的冒险模式。他们在自由、爱情与荒野精神的召唤下穿越美墨边境这个阈限，在墨西哥这个"陌生而又异常熟悉的充满各种势力的世界中旅行"。在其艰难的旅程中，他们也像神话中的英雄遇到了给予他们援助的人们，如异教徒、隐士、吉卜赛人、善良的当地居民、盲人预言者等，这些人或给他们免费提供住宿、或给出善意的警告、或讲述人生哲理。尽管"边境三部曲"中的牛仔少年们的生存境遇与古代神话中的英雄们的相去甚远，但他们却拥有英雄的品质——崇高的道德、对正义的寻求、义无反顾和勇往直前的精神、疾恶如仇的态度等，他们的追寻动因也像古代英雄那样高尚和自主，他们并未在城市化进程中变成萎靡的"文明人"。尽管他们最终处于流浪的生活状态，结局并不是"载誉而归"，甚至被变幻莫测的凶险环境所吞噬，为爱情与梦想牺牲了生命，但他们为自由、理想、正义而同邪恶势力的博弈令他们的追寻之旅有着史诗般的悲壮。"边境三部曲"的英雄牛仔少年在旅程的尽头终于意识到，这世上其实并没有哪个地方是真正属于自己的。正是因为这个缘故，小说结尾时，他们并没有找到理想中的家园，而是继续在寻觅的路上流浪，"无家可归"成了他们无法摆脱的宿命。他们已变成无根的浮萍，漂浮不定，始终找不到一方平静的港湾容他们停泊。自从传说中的人类始祖亚当和夏娃被上帝驱逐出伊甸园之后，人类从未停止过对家园的寻找，不论是形而下的实在家园还是形而上的理想家园。小说中主人公的旅程已超越个人的历程，成为人类故事的象征。

　　在麦卡锡笔下，"边境三部曲"的主人公们已超越了传统西部小说中的牛仔形象，是与时代错位的孤独却执着的堂吉诃德式的骑士英雄，经历着奥德赛式的历险，但在"考验的道路"上却没有神灵的庇护。他们的追求、理想与侠义同其所处的时代格格不入，他们注定要成为"幽灵"与"异物"，其命运注定是悲剧，但他们是具有英雄品质的人物。"边境三部曲"集史诗、骑士文学、流浪汉小说、西部冒险小说旅程叙事模式之大成，超越了传统西部冒险小说的类型局限，既有浓厚的地方色彩，又有深刻的普遍意义，"把整个'边境三部曲'的牛仔故事和冒险主题提升到哲理的高度"，"在艺术上和思想上都达到了当代西部文学创作的一个崭新的高度"①。麦卡锡通过人物的追寻之旅表达了对存在之本的终极关怀。这也正是美国当代著名作家凯里·哈里森（Carey Harrison）称赞"边境三部曲"为"美国经典作品，属于本世纪最精彩的文学成就之列"② 的缘由所在。

第三节　殖民冒险之旅：《血色子午线》

　　《血色子午线》这部被公认为是 20 世纪最出色的一百部英文小说之一的杰作，在出版之初却备受冷落，为数不多的评论也多见非难与质疑。《华盛顿邮报》对它的批评最为刻薄，认为小说故事简单，情节单调，"一伙人时而骑马前行，时而露营，时而进行哲理探讨，时

---

　　① 江宁康：《美国当代文学与美利坚民族认同》，南京大学出版社 2008 年版，第199 页。

　　② Carey Harrison, "The Sun Sets on McCarthy's Border Trilogy," *The San Francisco Sunday Examiner & Chronicle*, 10 May 1998. 2 March 2009. < http: //www. sfgate. com/cgi – bin/article. cgi? f = /c/a/1998/05/10/ RV55969. DTL&ao = allJHJixzz1sDLDXg9c >.

而杀戮，小说故事本是一天内应完成的事情，但却是漫长的一天"①。
从表面上来看，《血色子午线》的故事的确十分简单，情节甚至单调。
然而，仅以小说故事情节来评判作品的优劣是有失公允的，正如叙事
学专家罗伯特·斯科尔斯与詹姆斯·费伦等所言："仅仅从对故事情
节的概述来看，我们一般很难判断具体作品的优劣档次。伟大叙事作
品吸引我们的是它通过人物刻画、动机、描写与评论所传达出的思
想……思想是叙事的灵魂，而非情节。情节犹如人体不可或缺的骨
架，只有人物与事件才能使之变得有血有肉，充满生命力。"②《血色
子午线》实则是以一个情节看似简单的冒险故事为基础而构思创作的
一部集史诗、骑士文学与西部小说中的旅程叙事模式之大成的鸿篇巨
制，隐含着深层的文化内涵和深刻的哲理思想，从中可以看到麦卡锡
对美国"天定命运论"的深刻批判和西部神话的解构。

　　另外，小说中的暴力是许多评论者诟病与争论的地方，不过这也
在情理之中。小说对血腥暴力场面的详细描述让读者初读此书时不忍
卒读。麦卡锡仿佛是一位"开错窗"的作家，令读者看到的是一个充
满暴力与恶的世界。哈罗德·布鲁姆曾写道："由于我关心的是读者，
因此我首先必须承认，我头两次想读完《血色子午线》的尝试都未能
如愿，皆以失败告终，原因是被麦卡锡所描述的令人透不过气的大屠
杀吓退了。"③ 然而，哈罗德·布鲁姆却给作品的艺术魅力以充分的肯
定："这本书的伟大之处——其语言运用、景色描绘、人物塑造、思
想内涵——最终超越暴力层面，将血腥暴力转化为震撼人心的艺术，
一种足以跟麦尔维尔和福克纳匹比的艺术。"④ 哈罗德·布鲁姆将
《血色子午线》视为 20 世纪最伟大的启示录小说之一，一部能与荷
马、莎士比亚与麦尔维尔的作品比肩的"散文史诗"。他对这部小说

---

① Jonathan Yardley, "In All Its Gory," *The Washington Post*, 13 March 1985, p. B2.

② Robert Scholes, et al. *The Nature of Narrative*, London: Oxford University Press, 2006, p. 239.

③ Harold Bloom, "Introduction," in Harold Bloom (ed) *Harold Bloom's Modern Critical Views: Cormac McCarthy*, New York: Infobase Publishing, 2009, p. 1.

④ Ibid. , pp. 1 – 2.

赞不绝口："《白鲸》与《我弥留之际》所荣获的声誉，被《血色子午线》增强了，因为科马克·麦卡锡不愧是麦尔维尔与福克纳杰出的继承者。"① 他还在一次采访中对《血色子午线》进行了评介，认为这部小说的特色是叙述的不断推进和对语言惊人的驾驭能力，尽管这些特点与福克纳和麦尔维尔的风格相似，但其宗源却可追溯至莎士比亚。② 除哈罗德·布鲁姆外，不少评论者也给予了这部作品很高的评价，例如，史蒂文·沙维诺（Steven Shaviro）指出，"在所有美国文学中，堪与《血色子午线》媲美的，唯有《白鲸》"③。麦卡锡本人也承认麦尔维尔是他直接师法的前辈，自己的创作得益于这位前辈的诸多惠泽。在一次聚会上，美国扑克界传奇人物贝蒂·凯里（Betty Car-ey）向麦卡锡讨教如何创作，他给出的建议是研读斯蒂芬·金、海明威、麦尔维尔、塞林格、麦克菲、麦克默特里、福克纳与威廉·詹姆士等作家的作品，学习他们的创作策略与技巧，他认为所有伟大的作家都阅读其他伟大作家的作品。④ 在《血色子午线》中，麦卡锡对"格兰顿帮"屠杀印第安人、剥去头皮的血腥暴力场面的详细叙述可与麦尔维尔在《白鲸》中对追捕大鲸鱼的惊险场面的描述相提并论，都是以一种偏执的细微去探索无限的宏大与遥远。《白鲸》与《血色子午线》都具有史诗般的宏伟规模和开阔的空间，表现了善与恶、生与死的重大主题，对美国"天定命运论"、种族歧视与帝国主义扩张进行了深刻的批判，只是《血色子午线》中一望无垠的沙漠取代了《白鲸》中的汪洋大海，对印第安人的残暴屠杀取代了对鲸类的疯狂

---

① Harold Bloom, "Introduction," in Harold Bloom (ed) *Harold Bloom's Modern Critical Views*: *Cormac McCarthy*, New York: Infobase Publishing, 2009, p. 1.

② Peter Josyph, "Tragic Ecstasy: A Conversation [with Harold Bloom] about McCarthy's *Blood Meridian*," in Wade Hall and Rick Wallach (eds) *Sacred Violence*: *A Reader's Companion to Cormac McCarthy*, El Paso: Texas Western Press, 1995, p. 210.

③ Steven Shaviro, "'The Very Life of the Darkness': A Reading of Blood Meridian," in Edwin T. Arnold and Dianne C. Luce (eds) *Perspectives on Cormac McCarthy*, Jackson: University Press of Mississippi, 1999, p. 144.

④ Kenneth Lincoln, *Cormac McCarthy*: *American Canticles*, New York: Palgrave Macmillan, 2009, p. 9.

捕杀。《血色子午线》是麦卡锡根据美国历史上真实存在的事件——19世纪40年代美墨战争改编而成。这是一部神秘、具有独特寓言性的小说。麦卡锡在小说中设置的令人不寒而栗的暴力不仅揭示了人类的原始堕落，还有力地表现了他对美国历史发展进程的反思。暴力是麦卡锡探索人性、反思人性的表现方式之一。

《血色子午线》的故事主要以无名无姓的主人公的西行流浪旅程为主线。全书在他不同年龄段分别称其为"孩子"（the child）、"少年"（the kid）和"男人"（the man）。故事以主人公少年时的经历为重心。小说开篇以对"少年"（the Kid）的介绍开始。少年出生于1833年，母亲因生他死于难产，父亲是一位教师。1847年，14岁他离开家，一路向西直到田纳西州的孟菲斯，在那里当了一名采摘棉花的季节工。一年以后，他流浪到了圣路易市，随后坐船到了新奥尔良。1849年，他骑着一头老驴来到得克萨斯州的纳科多奇斯县，被怀特上尉率领的一队人马收留。他们穿过沙漠，一路追踪印第安人。一群印第安勇士出其不意地出现在他们面前，紧接着是一场血拼。怀特上校的人，无论死活都被剥掉了头皮，只有"少年"一人幸存下来。后来他遇上了两个临阵逃脱的人——托德文与"温泉毛"。他们三人一起加入了由约翰·格兰顿率领的赏金猎人团，从此踏上充满暴力的旅程。这个头皮猎人队伍是在美国西部得克萨斯州同墨西哥的边界地奸淫掳掠无所不为的一帮暴徒。1848年美墨战争结束后的1849—1850年，墨西哥奇瓦瓦州的政府为了消灭反对白人抢占土地的印第安猎头，于是提供酬劳，每抓住一个印第安猎头，赏金100美元。然而这群人为了获得赏金，在墨西哥境内四处游荡、大肆屠杀，老幼妇孺都不放过，甚至还杀死同印第安人一样有着黑头发的墨西哥人。少年遇到了"格兰顿帮"中恶魔式的核心人物霍尔登法官，这位亚哈船长和撒旦式的人物将他带入了地狱之门。在随后的旅程中，他目睹了种种杀戮与死亡的场景。由于少年心怀同情心，并未像其他人那样全心投入法官所带领的残暴行为中，法官因此对他存有芥蒂。格兰顿率领的头皮猎人队伍在科罗拉多河沿岸尤马族印第安人居住区奸淫掳掠无所不为，最后遭到曾被加害过的尤马人的报复，几乎全军覆没。格兰顿被印第安猎头杀死，只有包括法官与少年的少数几人侥幸逃生。小说最后跨越到 28 年后，即 1878 年晚冬，已成为男人的主人公在格里芬的蜂巢酒店遭遇法官。法官指责他不忠，将其杀死，故事至此结束。

　　哈罗德·布鲁姆对《血色子午线》进行了这样的评价："与其说它是一部小说，还不如说它是一部散文史诗，'格兰顿帮'的劫掠似乎可视为一种后荷马式的追寻，有一位乔装的神出没在各路英雄（或流氓）中间，法官的大力士式角色似乎就是这么一个神。"①这部小说从外部形态来看是一部结构恢宏、大气磅礴的史诗般的作品。麦卡锡在篇章结构上竭力模仿古典史诗的形式，立意创作史诗型的小说。全书总共 23 章，另附尾声。麦卡锡将主要事件、人物、地点按故事发生的时间先后顺序在每一章的标题中列出。这种标题方式是"目录式"的，起着向导性的作用，读者只要浏览一下标题，就能知道故事的大致内容。这是在麦卡锡的其他小说中鲜有的。例如，小说第一章的标题为："田纳西州的童年时光——离家出走——新奥尔良——打架斗殴——中弹——去加尔维斯敦——纳科多奇斯——格林牧师——霍尔登法官——斗殴——托德文——放火烧了客栈——逃脱"。另外，麦卡锡在描述景色与暴力时所使用的是史诗般的古体语言，文风崇高庄严。然而，小说中却没有史诗中的英雄人物与事迹，而是通过一位无名无姓、仅以"少年"称呼的十四岁男孩的旅程记录了美国开拓西部边境时，凶残屠杀印第安人并剥下他们头皮以获得赏金的暴力行径。在旅程中，格兰顿率领的赏金猎人团常被称作"骑士"，小说中不断重复的句子"他们骑马前行"令人印象深刻。这些"骑士"像中世纪骑士传奇故事里的游侠骑士骑马穿过沙漠，艰辛跋涉，却从事着残酷的暴力活动，毫无骑士冒险活动的崇高与浪漫追求。一位墨西哥人在小酒店里用西班牙语对托德文说："你卷入战争。屠杀那些野蛮人。"托德文不懂西班牙

---

① Harold Bloom, "Introduction", in Harold Bloom (ed) *Harold Bloom's Modern Critical Views*: *Cormac McCarthy*, New York: Infobase Publishing, 2009, p. 5.

语，不知这位墨西哥人讲什么。作者对他这样描述道："他看上去就像一位被巨魔施咒了的粗野无礼的骑士。"（102）格兰顿率领的赏金猎人团被指责是带着古代咒语骑马前行的骑士，他们跋涉穿过气候条件极其恶劣的西部沙漠，暴力行径令人发指。

《血色子午线》以史诗般的旅程为叙述构架，又以极大的力度表现人们所不习惯的残酷暴力内容，造就了作品的史诗性与残酷性这一双重性特征，令这部小说见仁见智，或褒或贬。小说中，麦卡锡对赏金猎人团的旅程和周围景色进行庄严而诗意描述的句子比比皆是。例如：

> 他们纵马出城，一路向北，似乎要奔往埃尔帕索。但是，他们还没有走出这座城市的视线，就已调转他们悲壮的坐骑，改路向西。他们半醉半痴地骑着马，走向那一天红色的终止点，走向暮色的大地和远方的喧嚣。（185）

> 他们冒雨骑行了数日，接着又遇到冰雹和大雨。借着抗风灯灰暗的灯光，他们穿过被洪水淹没的平原，踽踽而行的马影倒映在水中，山脉与云彩浑然一体。骑士们蹒跚而行，他们十分怀疑能否到达遥远海边灯火闪烁的城市。他们在绵延起伏的草地上穿行……（186—187）

颇具讽刺意义的是，这些骑士们去追寻的"圣杯"却是印第安人的头皮，文中血淋淋的头颅随处可见。小说用技术手册一般的详述风格描述了这些远征军的暴力行径，仿佛这些暴力行为只是枯燥无味的工业流程。其中，作者对约翰·格兰顿率领的赏金猎人团偷袭印第安人营地的暴力场景的描写就是典型的例子：

> 几分钟不到，屠杀大规模展开。妇女们尖叫，孩子们赤身裸体，一位老叟踉跄而行，挥舞着手中的一条白色裤子。骑手们在他们中间穿行，用棍棒或刀将他们杀戮。一百只左右被拴住的狗不停地嚎叫……当格兰顿和他的首领们迅速折回到这个村庄的时

候，村民们在马蹄下四处狂奔。马突然倒下，有些人举着火把徒步穿行于印第安人的茅舍中，将浑身是血的受害者强行拖出，砍死垂死者，将那些跪着求情的人斩首。在印第安人的扎营地有一些墨西哥奴隶，他们向前狂奔，用西班牙语大声叫喊。他们或被棍棒击中脑袋而死，或被开枪打死。一位来自特拉华州的人从烟火中走出来，手提一名全身赤裸的婴儿，在一堆中等大小石头前蹲下，倒提着婴儿将他的头朝石头堆猛击，婴儿脑浆四溢……（155—156）

麦卡锡直面人性中残酷黑暗的现实，以自然主义手法照相式地记录了格兰顿率领的赏金猎人团对印第安人血淋淋的施暴场景，没有放过任何具体的血腥细节。这在美国文学作品中比较少见，因此它被评为"自《伊利亚特》以来最血腥的著作"①。此言不虚，《血色子午线》可谓是残杀、强暴与谋杀等暴力行径的集大成者。这些细节无时无刻刺激着读者的神经，以至于产生对暴力的本能反感与拒斥。

用庄严高贵的艺术形式描述令人透不过气的大屠杀，这在文学史上并不多见。古希腊作家朗吉努斯（Longinus）在其名篇《论崇高》中写道："辞藻的雄伟不是在任何场合都合适的：一个琐屑的问题用富丽堂皇的辞藻来装饰，不啻给幼稚的小孩带上悲剧的面具。"② 换言之，庄严高贵的艺术形式须与高贵崇高的内容匹配。那么，残酷的暴力用雄伟的辞藻来装饰，麦卡锡的做法难道是焚琴煮鹤？答案当然是否定的。在这部小说中，形式与文风的庄严崇高与小说内容的残忍暴力形成了一种令人印象深刻的反讽效果，甚至激起了读者的强烈反感，最终达到了对暴力的有力批判。麦卡锡正是通过模仿英雄传奇人物旅行冒险的模式，借用史诗、骑士文学的外壳，对美国西部神话进

---

① Cormac McCarthy, Interview, "Cormac McCarthy's Venomous Fiction," by Richard B Woodward, *The New York Times Magazine*, 19 April 1992. 2 March 2009. < http: //www. ny-times. com/1992/04/19/magazine/ cormac－mccarthy－s－venomous－fiction. html > .

② ［希］朗吉努斯：《论崇高》，载章安祺编订《缪灵珠美学译文集》第 1 卷，中国人民大学出版社 1998 年版，第 108—109 页。

行了解构和祛魅，深刻批判了"美国例外论"。这部小说对"美国例外论"与西部神话的批评已是评论界的共识，但鲜有将形式与内容结合起来进行分析的论述①。

　　在美国历史上占据着重要地位的西部殖民史一直被书写为帝国神话与史诗，被视作美国历史上最壮丽的篇章。亨利·纳什·史密斯在其著作《处女地——作为象征和神话的美国西部》中指出，代表扩张的帝国神话与代表农业乌托邦的花园神话对美国人的文化性格产生了深刻影响，成为美国文化一大特征。美国先民清教徒的使命意识与"天定命运观"成为"美国例外论"重要的思想立足点。清教徒们认为他们来到北美大陆是上帝的旨意，要在美洲荒野上建立万众瞻仰的"山巅之城"，美利坚民族肩负着上帝所托付的将自由民主的价值观念和民主制度推广到世界各个角落的神圣使命。"天定命运论"被美国早期政治思想家们所利用，成为 19 世纪美国扩张主义的赤裸裸的辩护词，为他们的扩张行径披上了神圣的外衣。扩张疆域成了美国的昭昭天命，是上帝选择了美国去实现这一神圣使命，因此，和其他国家相比，美国是个例外。《血色子午线》所涉及的历史时间——19 世纪40 年代是美国大陆扩张和西进运动高潮时期，扩张主义思潮盛行。1844 年美国第 11 任总统詹姆斯·波尔克就以征服西部以完成美国"天定命运论"为竞选主题，并在就职演说时宣誓道：

　　　　我国建国初期，某些人持这样一种观点，即认为我们联邦的制度无法灵活运用于广大的领土之上，因此，不时有人反对扩大疆域……经验告诉我们，这些反对的意见是没有太多根据的。如今，许多印第安部族拥有大片土地的权利已被消除；新州获准加入联邦；新的土地被开发，而且我们的管辖权及法律也得到实施……我们深信我们的制度可以稳固地把我们的领土拓展到所能及的范围。同时我们也相信，随着我们制度的拓展，联邦的结合

---

① See John Cant, *Cormac McCarthy and the Myth of American Exceptionalism*; M. M. Lasco, *Writing Against the Empire: McCarthy, Erdrich, Welch and McMurtry*.

不但不会削弱，相反会变得更加牢固。①

正如他所宣誓的一样，波尔克在职期间将美国领土向北扩张到北纬49°线，向西扩张到太平洋，向南几乎兼并了墨西哥一半的领土，从墨西哥手中夺取了得克萨斯、亚利桑那、新墨西哥和加利福尼亚，最终将版图从刚开始只有紧邻东海岸的 13 块小殖民地扩大到整个北美。在这个过程中，美国消灭了大多数土著人，并将幸存者驱赶到荒凉贫瘠的保留地。发生于 1846—1848 年的美墨战争是美国大陆扩张史和西进运动史上一次具有关键意义的战争，对"天定命运论"的鼓吹在此期间达到高潮。如小说题目《血色子午线》所示，这也是美国血腥历史的顶点。麦卡锡甄选美墨战争作为历史背景的意图深远，对美国西部神话进行了无情的嘲讽、解构与颠覆。

《血色子午线》中的怀特上校就是"美国例外论"思想的代言人之一。他对"少年"说道："我们正在对付的是一个堕落的种族，一个劣等的种族，与黑人无异。在墨西哥没有政府，也没有上帝，将来也绝不会有。我们正在对付的是一个不能自治的种族。别的种族会来统治他们。"（34）怀特上校发表此番言论时不但没有感到良心不安，反而引以为豪。他认为血统高贵的盎格鲁—撒克逊人具有传播基督文明、征服落后民族和落后文明的使命，这种使命是上帝赋予的。美国历史上的西部扩张之旅被视作是文明战胜野蛮的旅程，因为印第安人与墨西哥人是非基督教徒，在美国清教徒眼里是异教徒，是"野蛮人"。显然，"美国例外论"就是利用宗教的使命神话作为幌子来为他们的西部扩张找借口。对例外论的应用往往伴随着对异类的征服或消灭。对于印第安人、墨西哥人等"异己"，美国采取了征服乃至消灭的政策，动用武力清剿前进道路上的这些"人为障碍"。西部边疆神话只不过是一则在美国语境中杜撰出的谎言。

黑格尔在他的专著《美学》中指出，史诗是一个民族的传奇故事

---

① ［美］詹姆斯·波尔克：《波尔克总统就职演说》，载岳西宽、张卫星编译《美国历届总统就职演说》，中央编译出版社 1995 年版，第 98—99 页。

或"圣经"，是一个民族所特有的基础意识，堪称民族精神的展览馆。① 美国西部殖民史一直被书写为帝国神话与史诗，西部往往同冒险精神与英雄主义联系在一起。然而，《血色子午线》以一种史诗般壮阔的形式再现的却不是美国民族精神的浪漫传奇，而是历史的梦魇和民族的痼疾，揭示了美国开启西部殖民历史的缘由和真正动机，颠覆了美国殖民历史话语。那些满是烧焦的颅壳、血淋淋的头皮、挂着死婴的大树之类的画面让读者看到的是不同于官方叙事的历史。形式与内容之间的巨大张力让《血色子午线》对美国西部神话的解构达到了前所未有的高度。

《血色子午线》正是麦卡锡对经典旅程模式综合运用并巧妙创新的结果，使得气势恢宏、富有诗意的史诗般叙述与惨绝人寰的种族灭绝行径产生了深度的反讽效果。麦卡锡通过这两种叙事规则的对照，以反讽的方式完成了对虚假的意识形态化历史叙述的有力解构，正如文学评论家艾琳·巴特斯比（Eileen Battersby）所言："科马克·麦卡锡笔下的暴力，富有诗意的杰作，《血色子午线》达到了弥尔顿的语言高度，庄严肃穆，具有某种超越道德的、启示录一般的风格……这是一个野蛮凶顽的奥德赛穿越地狱，却根本没有目的。"②

小　结

对麦卡锡而言，旅程叙事传统犹如一笔巨大的文学遗产，他很好地继承了这些遗产，博采众长，从中汲取了丰富的文学养分。已经形成的各种主题和叙事模式为他提供了有用的艺术框架结构和艺术手段，他创造性地运用了丰富的旅程叙事传统，使程式化的叙事模式表现出新的内涵。麦卡锡的小说互文地涉及了以往多部经典旅程叙事文本，杂糅了多种旅程叙事的类型元素，其中既有传统模式，也有独辟

---

① ［德］黑格尔：《美学》第三卷（下），朱光潜译，商务印书馆 1981 年版，第108 页。

② 参见 ［澳］简妮·格里森·怀特《一生必读经典》，沈睿译，新世界出版社 2009年版，第 286 页。

蹊径的巧妙构思。借此，我们可以说，尽管麦卡锡被评论者贴上乡土作家的标签，他的小说主要被归类为南方小说与西部小说，有着鲜明的地域特色，但正是通过对各类旅程叙事模式的充分利用，麦卡锡消弭了其小说地域性的限制，使他的小说具有了代表人类普遍经验的蕴涵，对人性、存在之本、人类前途和社会发展方向等具有普遍意义的问题进行了深层次的探讨与思索，将地域性与人类普遍性的关系有机地结合了起来，从而具有了"更深层次的地域特色"。

第三章

叙事类型的典型性：麦卡锡
小说旅程叙事要素分析

如同地貌来自深层的地质结构一样，叙事结构"就像撑起现代高层建筑物的主梁：你看不到它，但是它的确决定了这栋建筑的外形与特色"①。我国学者盛宁曾指出："文学批评如果不注意形式，或不够注意形式，那就不可能或者不可能真正认识文学。"② 对麦卡锡小说叙事诸要素的分析显然离不开旅程这个中心结构，否则无异于缘木求鱼。另外，旅程叙事作为一个源远流长的悠久叙事传统，有一些惯例性的规则与程式，麦卡锡在创作时不可避免地受制于这些规则与程式，自然要按照旅程叙事的基本构架安排情节、人物、空间等，不可避免地带有传统的烙印。然而，麦卡锡的旅程叙事既有对传统的因袭，又有个性化的博弈。因此，为了避免盲人摸象式的片面褒贬，将麦卡锡小说旅程叙事要素置于西方旅程叙事传统的体裁特征下进行审视与观照则至为重要。

巴赫金在论述小说的时间形式和时空体形式时强调了小说的叙事要素同其类型体裁密不可分的关系，即带有叙事类型的典型性。③ 麦卡锡的小说也不例外，其叙事要素带有旅程叙事类型的典型性。旅程叙事类型决定着作品的时空体形式、情节布局和人物形象。鉴于此，对这些叙事要素的分析就离不开旅程叙事这个至关重要的叙事类型。

---

① ［英］戴维·洛奇：《小说的艺术》，卢丽安译，上海译文出版社 2010 年版，第258 页。

② 盛宁：《二十世纪美国文论》，北京大学出版社 1993 年版，第 135 页。

③ ［俄］巴赫金：《小说的时间形式和时空体形式》，载钱中文主编《巴赫金全集》第三卷，白春仁、晓河译，河北教育出版社 1998 年版，第 274—424 页。

在以往研究麦卡锡小说叙事要素的不多的著述中，最大的不足是脱离了旅程叙事的类型特征，因此，有些评论难免存在着简单化的褒扬或贬低的问题。这一点从学界对麦卡锡小说人物的塑造、情节的因果关系等的评论中不难看出。那么，麦卡锡小说中的时间与空间、人物、情节等叙事要素在以旅程为主要结构的叙事中有何特点呢？小说的主题如何借助旅程这一重要形式来体现？麦卡锡又是怎样将形式与内容有机地结合起来的？关于这一系列问题，本章拟主要运用巴赫金的"道路时空体"理论，并结合其他社会空间理论和空间叙事理论，将小说的时空关系、情节结构、人物塑造等置于旅程叙事这一典型类型模式下进行重新审视，兼顾内容与形式两方面的分析。

第一节　道路时空体

尽管时间与空间在小说叙事中犹如一枚硬币的两面，缺一不可，不可分割，但长期以来它们并未受到同等对待，分析叙事关注的往往是时间维度，而对空间的关注远比时间晚。造成这种现象的原因主要与现代哲学和西方小说传统的时空观有关。第二次世界大战以前多数学科聚焦于时间性范畴，认为时间在逻辑上优先于空间，空间只是人类活动的背景，是万物繁衍生息的容器，没有特别关注的价值。笛卡儿主义关于"空间是一个客体、而非主体"的观念影响着人们对时间和空间主次关系的看法。因此，"空间被视作是无生命力的、固定的、非辩证的与静止的。相反，时间被视作是丰富的、多产的、有生命力的和辩证的"[①]。许多哲学家将时间性视作体现人的存在的重要维度。18 世纪德国思想家兼文学家莱辛（Lessing）在论及诗与画的区别时指出："时间上的先后承续属于诗人的领域，而空间则属于画家的领域。"[②] 莱辛将诗歌（后引申为叙事文学）视作时间艺术的观念强化

---

① Michel Foucault, "Questions on Geography," in Colin Gordon（ed）*Power/ Knowledge*：*Selected Interviews and Other Writings*, 1972 – 1977, Colin Gordon, et al.（trans）, New York：Pantheon Books, 1980, p. 70.

② ［德］莱辛：《拉奥孔》，朱光潜译，人民文学出版社 1982 年版，第 97 页。

了时间在叙事文学中的根本地位。

20 世纪初，爱因斯坦相对论的提出引发了物理学的革命，令人们的时空观念发生了根本性的改变。相对论打破了主客体的截然分离，强调时间与空间的不可分割性，时空不再是分离的坐标，而是统一的四维整体。时间与空间存在着共存互生的关系，"我们必须接受的观念是：时间不能完全脱离和独立于空间，而必须和空间结合在一起形成所谓的空间－时间的客体"①。苏联著名文艺理论家巴赫金受爱因斯坦相对论的启发，针对文学理论"主要是研究时间关系，脱离了与之必然相联的空间关系"② 的问题，将"时空"（chronotope）术语借鉴到文学研究之中，以探析文学作品的时空关系。他对"艺术时空体"进行了独特的界定："文学中已经艺术地把握了的时间关系和空间关系相互间的重要联系，我们将称为时空体。"③ 巴赫金对"时空体"这一具有比喻意义词语的两重性特征作了进一步阐释：

> 在文学中的艺术时空体里，空间和时间标志融合在一个被认识了的具体的整体中。时间在这里浓缩、凝聚，变成艺术上可见的东西，空间则趋向紧张，被卷入时间、情节、历史的运动之中。时间的标志要展现在空间里，而空间则要通过时间来理解和衡量。这种不同系列的交叉和不同标志的融合，正是艺术时空体的特征所在。④

作为巴赫金小说形式理论的核心概念，时空体首先强调的是空间和时间之间的联系，即互为依存、互为尺度、唇齿相依的关系。在巴赫金看来，对于文学作品中的空间，我们没必要认为空间依附于时间或者

① ［英］史蒂芬·霍金：《时间简史》，许明贤、吴忠超译，湖南科学技术出版社1996年版，第31页。

② ［俄］巴赫金：《小说的时间形式和时空体形式》，载钱中文主编《巴赫金全集》（第三卷），白春仁、晓河译，河北教育出版社1998年版，第460页。

③ 同上书，第274页。

④ 同上书，第273—274页。

是时间存在的前提，时间与空间的核心关系是同时性的。巴赫金强调要在空间中读出时间："善于在世界的空间整体中看到时间、读出时间，另一方面又能不把充实的空间视作静止的背景和一劳永逸地定型的实体，而是看作成长着的整体，看作事件——这意味着在一切事物之中，从自然界到人的道德和思想，都善于看出时间前进的征兆。"①时空体是时间在空间中物质化的重要方式，也是表达小说各种主题要素的手段。巴赫金的时空体是"形式兼内容的一个文学范畴，并不涉及其他文化领域中的时空体"②，它决定着"文学作品在与实际现实生活的关系方面的艺术统一性"，因为"在艺术和文学之中，界定时空的一切概念相互间是不可分割的，而且总要带有感情和价值的色彩"③。尽管不同作家在不同作品中表现出对时间和空间的不同偏爱，但时间与空间的不可分割性是文学作品的基本特征。巴赫金特别分析了"道路""城堡""沙龙客厅""门槛"等几种典型时空体在组织情节、描绘事件、塑造形象等方面发挥的叙事功能。巴赫金的时空观为小说文本的解读提供了新的视角。同时，该理论也是一个"建构性"的诗学，一个"未言尽"的理论。

对于"道路时空体"（the chronotope of the road），巴赫金分析了它在文学中的重要意义，"有大量作品直接就建筑在道路以及途中相逢奇遇的时空体上面"④。他对道路时空体进行了具体的界定：

　　　　"道路"主要是偶然邂逅的场所。在道路（"大道"）中的一个时间和空间点上，有许多各色人物的空间路途和时间进程交错相遇；这里有一切阶层、身份、信仰、民族、年龄的代表。在这里，通常被社会等级和遥远空间分隔的人，可能偶然相遇到一

　　①　[俄]巴赫金：《教育小说及其在现实主义历史中的意义》，载钱中文主编《巴赫金全集》（第三卷），白春仁、晓河译，河北教育出版社1998年版，第234—235页。
　　②　[俄]巴赫金：《小说的时间形式和时空体形式》，载钱中文主编《巴赫金全集》（第三卷），白春仁、晓河译，河北教育出版社1998年版，第274页。
　　③　同上书，第444页。
　　④　同上书，第289页。

起；在这里，任何人物都能形成相反的对照，不同的命运会相遇一处相互交织……这里时间仿佛注入了空间，并在空间上流动（形成道路），由此道路也才出现如此丰富的比喻意义："生活道路"，"走上新路"，"历史道路"等等。道路的隐喻用法多样，运用的方面很广，但其基本的核心是时间的流动。①

巴赫金进一步指出，"要描绘为偶然性所支配的事件，利用道路是特别方便的"②。他还强调了道路在旅程叙事作品中起着重要的情节作用，所列作品涉及古希腊的日常漫游小说、中世纪骑士小说、16 世纪西班牙骗子小说、16 世纪与 17 世纪之交的流浪汉小说以及 18 世纪的成长教育小说等③。在这些作品中，时间与空间的联系体现在"道路叙事"，道路时空体是小说展开的重要场所。"巴赫金既看到了'道路'对文学叙事的结构功能，也发现了'道路'所蕴含的社会意义。这正是巴赫金高于形式主义者之所在。"④

鉴于麦卡锡小说旅程叙事的典型性，笔者认为运用巴赫金的道路时空体概念来分析麦卡锡小说的时间与空间的关系既符合学理，又贴近文本。麦卡锡小说的故事空间都发生在路上，以人物"在路上"的旅程为中心结构。小说的情节和布局往往与"道路"紧密联系在一起，道路和道路两旁的空间是主人公与其他人偶然邂逅的核心场所，兼有时间发展进程和空间发生场地的含义，是聚合时空关系的"功能场"，起着重要的情节作用。道路时空体是麦卡锡小说故事情节和人物行为得以展开的主要场所。主要人物的旅程，无论是逃亡之旅、殖民之旅，还是追寻与救赎之旅，偶然事件一件接一件发生，伴随着时间的流逝是人物的空间位移。如笔者在"绪论"一章所指出，麦卡锡

---

① ［俄］巴赫金：《小说的时间形式和时空体形式》，载钱中文主编《巴赫金全集》（第三卷），白春仁、晓河译，河北教育出版社 1998 年版，第 444—445 页。

② 同上书，第 445 页。

③ 同上书，第 445—446 页。

④ 吴晓都：《"旅途"或"道路"在文学中的意义》，《国外文学》1995 年第 1 期，第 114 页。

小说中描述人物空间移动的句子比比皆是；小说对"道路"的具体描写俯拾即是，故事情节的结尾也往往与"路"有关联；麦卡锡还有意安排人物对旅程作出许多哲理性评论。这些都召唤着读者对道路进行与主旨相关的阐释。旅程主题是道路时空体不可或缺的要素，形成了建构叙事大厦的时空轴。麦卡锡小说的旅程叙事跟道路密切相关，道路起着极为重要的功能意义。可以说，麦卡锡的小说普遍展示了这种具有隐喻功能的"道路时空体"。巴赫金所强调的时间与空间不可分割的关系在麦卡锡小说的旅程叙事中得到充分体现。这也说明了麦卡锡对古希腊罗马以来欧洲传统旅程文学叙事的熟稔。

　　以小说中的时空体特征来探讨小说的形式与主题具有重要的意义。"道路时空体"是麦卡锡小说中占主导形式的时空体。"道路时空体"是在一个开放、非封闭的时空中表现人与人、人与自然以及人与世界之间的关系，它既可用以暗示人物的生活历程，又可揭示社会历史的发展历程。在美国这个素有"迁移中的民族"之誉的国家，"路"作为空间的表征，有着丰富的历史和社会文化内涵，因此道路时空体在麦卡锡小说中还承担着重要的社会文化叙事功能。麦卡锡小说中的道路从来就不只是简单的道路而已，与其说是物理的，不如说是精神的、社会历史与文化的建构。故事空间的选择作为形式兼具内容范畴的"道路时空体"对表现小说的主题具有怎样的意义？道路作为重要的故事空间对作品主题意义的阐释有着怎样的影响？麦卡锡对传统旅程叙事时空体的青睐又隐藏着怎样的良苦用心和匠心独运？小说中人物的人生道路又是如何与美国的历史道路有效地结合起来的？尽管解决这些问题的难度较大，笔者拟以巴赫金的"道路时空体"为主要理论框架，并结合 20 世纪末以来一些主要的社会空间理论和空间叙事理论，揭示"道路时空体"在深化麦卡锡小说人物"旅程"的丰富比喻意义方面的重要作用，探究作者的创作寓意。

一　心灵之路：《外部黑暗》

　　《外部黑暗》中的历史时间阙如，作者对故事发生的历史时间未作交代。时间的流逝仅以"早上""中午""傍晚"等来标记。例如，

"清晨，她醒来时，他已离开""中午之前他已到了镇上""太阳下山了，他还在不停地赶路"①。小说中的时间被注入人物的流浪旅程，随同空间的转移而流逝，成为一个行程、一段路程。小说故事中的四条主要旅程结构是构成这部小说道路时空体的中心枢纽。兄妹在各自的旅程中与他人的偶然相遇贯穿全文，小说的时间也是以"巧遇"组织在一起的。这在形式上与巴赫金所分析的希腊冒险小说中的时间有一定的相似性。

巴赫金认为，人总是处于一种富有含义的时空体中。《外部黑暗》中的道路是主人公们的主要活动场所，是整部小说具体描绘的中心。故事开篇，当库拉选择将他与妹妹所生的孩子丢弃在他家附近的林中时，麦卡锡描写了决定着他人生的路：

> 在铺满沙子的路上，松树投下了黑魆魆的带状阴影，藤蔓投下了波状的阴影。树木的阴影太厚重，以致指南针在路的转弯处失灵。他不免不时地停下来，小心翼翼地抱着孩子，耳听着四周动静。(15)

库拉所踏上的丢弃孩子的路是黑暗之路，从此他不得不在黑暗中流浪。小说中有多处详细描写库拉所走的路的段落，揭示了作者的创作意图。例如，"他沿着那块地走进了一片阴暗的树林，道路弯弯曲曲，阴冷灰暗"（117）；"不久，月亮升起，他面前的路蜿蜒穿过漆黑的森林……他手持一根木棍，沿路敲击路上的阴影处"（131）。麦卡锡在对人物所走的道路以及周边景色进行描述的同时，还让主人公对自己的人生之旅发出感慨。在《外部黑暗》结尾处，麦卡锡写道：

> 傍晚，道路将他带到一片沼泽地（brought him into a swamp）。出现在他面前的是幽暗的荒地，光秃秃的树摆出好似痛苦的形

---

① See Cormac McCarthy, *Outer Dark*, New York: Vintage Books, 1993, pp. 25, 37, 131.

态，它们仿佛是受诅咒之地的人影……他将一只脚试探性地踩入他面前的沼泽，然后将这只被吸附住的脚拔了出来。他马上向后退……他不禁纳闷为何道路将他带到这个地方。(242)

这个道路是对他人生之旅的总结。"swamp"除了有"沼泽地"的意义外，还有"陷入困境"的喻义。库拉在亚当夏娃式的负罪流浪之旅中与他人偶然相遇，面对他们的询问，他并未承认罪行，而是极力隐瞒，因此他所选择的道路将他带到了"人生的沼泽地"，未获得救赎。库拉所选择的道路是远离上帝的充满黑暗的心灵之路，所以他所走的道路总是与"黑暗"联系在一起，"黑暗的道路"表征着人物灵魂的堕落和挣扎。他妹妹所选择的道路却是接近上帝的救赎之路，所以她的道路总伴随着"光明"。兄妹各自所走的道路展现了不同的心理状态。故事临近结尾时，小说中四条旅程结构所涉及的人物在小路旁的林中空地，这个库拉曾在此犯下"罪中之罪"的地方的相遇也是出于偶然。

小说中兄妹在沿途与他人偶遇的同时，也与自我相遇，在身体经受空间位移的同时，又分别经历了灵魂的审判和救赎。麦卡锡将"人的生活道路（指其基本的转折关头）同他实际的空间旅程即他的流浪，融合到了一起。这里把'人生道路'这个隐喻变成了现实。于是形成了一种独具特色的小说时空体"①。"路"在《外部黑暗》中不仅是人物实际所走的路，也是一条负罪与救赎的心灵之路，具有重要的宗教隐喻意义。

二　人生之路、追寻之路与美国历史道路：《沙特里》与"边境三部曲"

《沙特里》的主人公沙特里所流浪的道路既包括诺克斯维尔的大街小巷、田纳西河道、城市的高速公路，还有烟山的小径。这些道路是小说的重要时空体，它不仅被用来设计情节和建构故事，还具有更丰富的

---

① ［俄］巴赫金：《小说的时间形式和时空体形式》，载钱中文主编《巴赫金全集》（第三卷），白春仁、晓河译，河北教育出版社1998年版，第313页。

价值内涵，有着重要的文化叙事意义。如果说《外部黑暗》中的人物
在沿着阿巴拉契山南方乡村流浪时的空间转移主要是用作引入新的人物
和故事背景，带有《圣经》与古典冒险传奇小说中的空间特性，那么
《沙特里》中主人公沙特里自我放逐的道路却从南方乡村转移到了城市
这个社会建构的空间——田纳西河水道东部的城市诺克斯维尔。

诺克斯维尔城市阶层的划分在空间中得到体现。"对于列斐伏尔来
说，空间不是通常的几何学与传统地理学的概念，而是一个社会关系的
重组与社会秩序实践性的建构过程；不是一个同质性的抽象逻辑结构，
也不是既定的先验的资本的统治秩序，而是一个动态的矛盾的异质性实
践过程。"① 沙特里的父亲在信中对他说；"如果你缺少的是生活体验，
我告诉你到哪去寻找——在法庭、商业与政府机关。街上什么都没有，
只有无助与无能的人。"（13—14）父亲所提到的不同空间表征了阶级
关系。沙特里放弃了其父亲所说的法庭、商业与政府机关等这些代表社
会权力的空间，而是选择了与之相抗衡、位于田纳西河沿岸的社会底层
人物聚集的贫民窟。这也意味着他选择了不同的生活道路。他在诺克斯
维尔城市最肮脏的大街小巷游荡，随着流浪道路的延伸，他与社会底层
形形色色的人物意外相遇。在这部小说的道路时空体中，贯穿着巴赫金
的对话精神。沙特里如《在路上》的人物萨尔一样，突破富人和穷人、
白人和有色人种之间的界限，与他在流浪途中所遇到的来自社会底层的
边缘人物建立了富有意义的关系——真诚的友谊与淳朴的爱，与父亲所
代表的上层社会中以金钱为纽带的虚伪关系形成了对照。他所选择的生
存空间是对其父亲所代表的资本主义传统价值观的怀疑，是对资本主义
的结构化社会和理性主义思维模式的反抗。

位于田纳西河沿岸贫民窟的麦卡纳利公寓是小说中一个具有重要
意识形态的空间表征，它代表了"世界中的世界。在这些奇异的河
段，垃圾充斥其间，一些道貌岸然的人从他们的马车和汽车中看到的
是另一种生活情形。残疾者、黑人、疯子等这些制度的反叛者都聚集

① 刘怀玉：《西方学界关于列斐伏尔思想研究现状综述》，《哲学动态》2003 年第 5 期，
第 24 页。

在此"（4）。"道貌岸然"的人就是沙特里的父亲所代表的那些在法庭、商业与政府机关中工作的人。居住在田纳西河沿岸贫民窟的人主要是在诺克斯维尔城市化进程中从乡村涌入城市的贫民，他们的家园曾在乡村。当沙特里从烟山的朝圣之旅归来时，麦卡纳利公寓区已随着城市化与工业化进程的加速被拆毁，取而代之的将是高速公路。高速公路将取代美国南方庄园与小镇，构成了新的南方生活景观。当沙特里的酒友 J. 博恩告诉他这个消息时，"他知道另外一个麦卡纳利社区将会被建立，可以上千年不变。不再会有新的道路"（463）。麦卡纳利公寓所在的贫民窟是城市流动贫民所居的地方，随着资本主义工业的发展，这些贫民将会被圈进由钢筋水泥而筑成的更封闭、更压抑的空间中，没有自由之路。美国的社会变迁和工业化进程在城市空间生产过程中留下了深刻的烙印。

沙特里经常钓鱼并与其他人偶然相遇的另一空间——田纳西河水道也成为社会空间。列斐伏尔指出空间从来就不是空洞的，它往往蕴涵着某种意义。在美国文学作品中河流是自由和流动的象征，是国家的生命线，最典型的例子是马克·吐温的杰作《哈克贝里·芬历险记》中的密西西比河。田纳西河流域管理局从 20 世纪 30 年代起为治理田纳西河流域并推动当地经济发展修建了许多大坝，并制定了包括防洪、航运、发电、灌溉、旅游等在内的综合性开发治理方案。《沙特里》中的田纳西河已是人类进行改造自然、征服自然等社会生产活动的空间。因此，河上工业垃圾成堆，漂浮着许多死鱼，甚至死尸。河水散发出阵阵臭气，流速缓慢。"球状头颅上的眼睛已腐烂，尸体上破烂的衣服在河水中像卫生纸一样逶迤而行。他在雨中划船穿行在这些奇怪的东西中，它们好像是地上冒出来的另一种工艺品"（306）。巴赫金指出："创作想象的一个基本出发点便是确定一个完全具体的地方。不过，这不是贯穿观察者情绪的一种抽象的景观，绝对不是。人类历史的一隅，是浓缩在空间中的历史时间。"① 河流已不是纯粹的

---

① ［俄］巴赫金：《教育小说及其在现实主义历史中的意义》，载钱中文主编《巴赫金全集》（第三卷），白春仁、晓河译，河北教育出版社 1998 年版，第 267 页。

物理空间，随着时间的流逝，它不再具有往昔的象征意义，而是浓缩了历史时间的空间，被烙上了美国工业化的历史印记。在这里，时间注入了空间，并在空间上流动，河流已成为时间的标识物。

　　烟山的荒野是该小说的又一个重要空间，是与城市空间相对照的残存的自然区域。沙特里十月底进山，十二月初才回到城市。荒野之旅令他暂时逃离了城市这个规划的社会空间，进入了自己的心灵空间，重获生命的完整性，实现了自由精神的回归。"他离开大路，踏上山间小径"，进入了一个祖先最早繁衍生息的家园，"那里是民谣诞生的地方"（283）。人类来自荒野，故沙特里的荒野之旅实际上是回归故乡之旅，在人类的起源处体悟终极存在的意义。他感到"他身上的一切烦恼都已随风而去。他几乎不能告诉他的存在终结于何处或世界从何处开始，他也不在乎……他能感受到的是他脚下大地的转动"。（291）沙特里在回归荒野的朝圣之旅中摆脱了恐惧、分裂与焦虑等状态以及资本主义文化强加于他的关于真理与秩序的虚假信仰，归于纯真如一，拥有了"简单的心灵"（468）。他在荒野中获得了顿悟，经历了成长与思想的蜕变。沙特里所经历的城市与荒野空间之旅蕴涵着麦卡锡对人类工业化历史道路的反思，表达了人类渴望回归荒野以寻找自我的精神诉求。

　　因此，沙特里的流浪旅程不仅象征着他的人生之路和追寻之路，还具有重要的社会文化叙事意义。在文本中，道路既是叙事得以展开的空间，也是社会和历史因素得以凝聚在文本中的内在形式。美国社会发展的历史和工业化的进程被附着在道路这个重要的空间维度。"道路"是麦卡锡将他对人生之路的探寻与美国工业化道路等问题的思考紧密结合的重要媒介。

　　《沙特里》主人公的足迹在"边境三部曲"中已由南方田纳西州转向美国西南部得克萨斯州和异域国度墨西哥。这三部小说以旅程和道路为叙事载体，以牛仔们在路上的遭遇和人物内心的变化推动故事情节的发展。道路不仅是故事情节展开的主要场所，还是有着丰富含义的时空体。

　　"边境三部曲"中的主人公们在离家上路之前都曾面临人生的

"十字路口"。《骏马》中的约翰面临的人生选择是接受母亲的安排到城里上学或到墨西哥寻找田园生活；《穿越》中的比利面临的人生十字路口是要么将捕获的母狼交给父亲处置，要么亲自将其送回墨西哥深山老林；《平原上的城市》中的约翰面临的抉择是要么如朋友们所奉劝的那样放弃他与妓女玛格达琳娜的爱情，要么不顾世俗的成见和邪恶势力的淫威去营救恋人并偷越国境。这两位牛仔少年都如罗伯特·弗洛斯特的名诗《未选择的路》中面临选择的人一样，并未随波逐流，而是选择了后者——充满艰辛的路。他们的人生之路也因此发生了巨大的变化。他们在追寻的道路上与各色人物的偶然相遇改变了他们的命运，凸显了人生的不确定性与偶然性。小说中还有许多关于人生道路的哲理评论，这些抽象的哲理评论都向道路时空体靠拢，体现了作者的匠心独运。在《骏马》结尾处，约翰·格雷迪单人独骑从那些分布得零散稀疏的印第安人居住的草棚中穿行时，作者写道："他们站在那儿，眼看着他过去，直到他消失在远处的地平线上，仅仅因为他只不过是个匆匆过客而已，或者说仅仅因为他必定会在远方消失。"（302）《穿越》中比利在流浪旅途中遇到的一位老者说："你看它们多么相像。这肉体只不过是个象征，然而它透出了真理。最终每个人的道路也都是其他人的路。"（151）《平原上的城市》中的比利在流浪旅途中遇到的另一位流浪者对他说："对每一个人来说，无论他此刻是多大年纪，无论他有过多长的经历，他永远都是处在人生旅途的中途。"（267）人们常说"人生如旅"，这样的描述象征着人类对生命的深刻理解。过客，它隐喻着生命的结构或存在的状态。人是世界的寄居者，是宇宙的匆匆过客，人生是一次单向旅程。因此，生活是一条永无尽头的大路，人生永远在"路上"，只有死亡才是终点。人物的旅程具有引申意义。牛仔少年约翰在《平原上的城市》中的旅程终点便是死亡，"这个人死了。就在这个无名的十字路口。他解脱了。他在尘世间的痛苦和磨难，终于永远地解脱了"（255）。人生道路这一隐喻在这三部小说中以各种形式变成了现实。

道路在"边境三部曲"中除了具有人生道路的意义外，还被置于社会发展的历史进程中。美国工业化道路已延伸到西部这个在历史上具有文化、政治、象征意义的空间。"边境三部曲"的主人公们的家乡得克萨斯州已不再是代表农业乌托邦的"花园神话"的象征,现代化发展的滚滚洪流已浸淫到这里。牛仔们被迫离开家乡,踏上了到异国墨西哥寻求梦想中的田园牧歌生活的旅程。

"边境三部曲"第一部《骏马》在开篇就对主人公约翰所走的路进行了描述,"傍晚,他套好马鞍,骑上马从这所房子出发一直向西……他在过去跑熟了的路上疾驰。这是一条从北面的基奥瓦乡间通过来的路,是旧日俄克拉何马州的科曼奇人开出的路"(3)。在美国西进运动中,印第安人被迫失去了家园和故土,而且还被剥夺了自由。同样,工业化的巨轮也使约翰失去了家园与故土。他家祖辈经营的牧场面对工业化的入侵难以为继,母亲将牧场卖给了一家石油公司。他的父亲对这个国家的发展道路极其担忧,对他说道:"最重要的是这个国家将再也不会和从前一样。人们再也没有安全感了,我们就像二百年前的科曼奇人一样了,不知明天来临的时候会发生什么,甚至不知道会落到什么肤色的人手里。"(23)约翰的"田园梦想"经常在他的梦中出现:

> 那天夜里,他梦见高原上群马奔腾。春雨过后,绿草如茵,山花似锦。放眼望去,蓝黄相间,色彩十分绚丽。他梦见自己在马群中,跃马飞驰。高原上月桂树和栗子树长势茂盛,在阳光下闪烁着亮光。在马群中,骏马飞身悬蹄,追逐着年轻的母马和小马,而小马驹跟随着母马各个扬蹄奔驰,马蹄踏着吐艳的山花扬起团团的花粉尘雾,在阳光照射下格外晶莹而闪着金光。它们沿着群山奔驰,马蹄声碎,宛如急流奔泻而下。马儿的鬃毛与尾巴在疾风中摆动,宛如漂浮在滚滚激流中的泡沫。(159)

但现实与他的梦想相去甚远,他们在旅途中甚至很难找到马饲料,更谈不上找到牧场。显然,田园理想在美国已式微。比利在寻找乌托邦空间的路途中所看到的石油开采机器这个表征工业化力量的"机械鸟"已取代了表征田园生活的"自然鸟"。"河谷旁边耶茨油田的采油机沿着远方的地平线，伸展开来。那一起一伏地转动着的机器宛如是一群机械鸟。这些由钢铁焊成的样子就像是远古时期的'原始鸟'就群踞在原始鸟过去曾经一度栖息过的地方。"（302）

《穿越》中，比利三次穿越美墨边境的旅程不仅表征"人生道路"，还象征着美国的"历史道路"。从墨西哥流窜到得克萨斯州的母狼在马德拉谢拉山岭的东山坡上游荡了一个星期，企图在这个它祖先曾经居住的家园生存下去，虽然"它的祖先曾经在这片地面上追杀过大如骆驼，小如原始小型马一类的动物"，"但如今它在这里几乎无可充饥。几乎所有的猎物都被赶尽杀绝；几乎所有的林木都被砍伐，填进了矿山捣矿机的庞大锅炉"（24）。狼的生存环境的变化表征着美国工业化的道路已延伸到西部荒原。为了不让父亲杀死被捕获的母狼，比利决定将它送回想象中的墨西哥深山老林，但最终因现实的残酷而未如愿。他在旅程中看到的核实验基地则揭示了美国田园牧歌式生活的消逝，核武器化社会的到来。《穿越》的篇末对"道路"有这样一段描述：

> 他顺着道路看去，他看着那暗淡下去的天光，看着那北天一线浓黑的云堆。夜里雨已经停了，一道断续的彩虹不甚清晰地挂在大漠上。他又看着这条道路，它仍然如前地伸展着，但却更显黑暗而且还在不断地暗下去。道路的前头是东方，但那儿既无太阳，亦无曙光。（409）

若将麦卡锡小说进行整体观照，不难发现麦卡锡在这部小说中已预示了《路》中因核爆炸而引起的末日世界，一个只有黑暗、尘埃与废墟的世界，"它仍然如前地伸展着，但却更显黑暗而且还在不断地暗下去。道路的前头是东方，但那儿既无太阳，亦无曙光"。

《平原上的城市》中比利和约翰曾一起工作过的麦克老爹农场即将被军队没收，用作核试验基地。好友死后，比利继续流浪，他"不停地从一个地方流浪到另一个地方，哪里都找不到工作"，"沙石被风吹出来，大路给埋没了。没几年，整个草原几乎看不到牛羊的踪影了"（258）。牛仔的田园生活梦想已成为幻想。颇具讽刺意义的是，在流浪旅途中，他不得不"坐在水泥管的圆口边，往黑暗的深处张望。西面的荒原上竖着一座房子，初看以为是一座古旧的西班牙教堂，再仔细看，才发现是一座有白色拱顶的雷达跟踪站"（283）。雷达这类代表工业化的机器已主宰曾经的花园。麦卡锡还通过约翰老人对自己一生的回忆评介了西部空间意义的变化，概括了美国工业化的历史道路。"他是1867年出生在得克萨斯州东部，年轻时到这里来的。在他这一辈子里，这个国家从煤油灯和双轮马车的时代转变到了喷气式客机和原子弹的时代。"（103）

两位牛仔少年所梦想的田园生活表征着曾经未被开发的西部空间，而他们在寻找乌托邦空间的路途中所看到的石油开采机器、核实验基地、雷达跟踪站则说明了现代西部已被机器所代表的工业技术力量所主宰。他们骑马前行时，沿途所见的火车、飞机、汽车等现代交通工具和铁路、高速公路、立交桥等交通设施揭示了西部传统的交通工具——马以及它所代表的田园生活的式微，凸显了西部的发展道路。美国西部是一个承载着美国历史发展的空间，从未曾开发的西部平原到现代工业化、城市化、核武器化社会的发展，见证了一个民族的发展历程。麦卡锡通过人物的旅程将西部空间的书写融入了美国历史的发展进程中，给读者展现一个兼具时空二维视角的复线历史发展过程。世界上已没有了地理意义上的"花园"，怀有此梦想的现代人无论走到哪里，生活的结局都不会尽如人意，将永远在流浪的道路上。

三　帝国之路：《血色子午线》

从《血色子午线》的文本形式来看，全书三十三章全以列有地点、事件、人物的"目录式"结构为标题，如第四章的标题为"掠夺者起程——在异国的土地上——射猎羚羊——困扰于霍乱——狼群——修理马车——沙荒地带——夜间雷暴——幽灵马群——祈雨——沙漠农屋——老头儿——新地方——废弃的村庄——原野上的赶牲畜人——科曼奇人的进攻"。显然，这些章节的标题已显示出人物流浪的空间场所以及其中发生的事情，具有强烈的空间感。小说中故事的时间随着人物空间的转移而流逝。尽管这部小说是根据19世纪40年代美墨战争的历史事件改编而成，但具体的历史时间出现在我们的视角中并不多。小说中有许多"超时间空白"处，"五天后，他跟随骑手骑马出城""他们在平原上骑行了十天""早晨天刚亮他们就出发了""三天后他们在街道上骑行""他们骑行了一整天""接下来的两周，他们只在夜间骑行"①，等等。因此，我们不难理解《华盛顿邮报》对这部小说有这样的苛评："一伙人时而骑马前行，时而露营，时而进行哲理探讨，时而杀戮，小说故事就是一天内应完成的事情，但却是漫长的一天。"②

　　"道路时空体"是《血色子午线》故事情节展开的重要场所。主人公"少年"在流浪的旅途中遇到了参与屠杀印第安人的"格兰顿帮"，这个远征军队伍由来自各个社会阶层的人物组成：有马贼、逃犯，也有牧师、退役军官和哈佛毕业生等。他们在路上遇到了给他们预言和忠告的门诺派教徒、给他们占卜的杂耍者和草原上的牧人等。他们骑马在西部荒野前行，时而与印第安人猎头军搏杀，时而袭击印第安人居住的村庄，残忍地屠杀当地居民。"道路"成为交战双方无数次偶然相遇与致命冲突的场所。小说中"格兰顿帮"的队员在广袤的西部荒原中持续不断地水平位移，既无始点，也无终点。"他们不断前行"贯穿全文，时间在空间中物质化。远方的地平线似乎是终点，但他们却永远到不了那里，因为美国边疆是不断推移和扩展的过程。这些都揭示了麦卡锡对"道路"的独特理解，与小说的核心思想——殖民之旅构成了题旨上的呼应。

　　"少年"沿途看到的是烧焦的颅壳、血淋淋的头皮、耳朵项链、挂着死婴的大树、成堆的干尸之类的画面，与西部神话中表征自由、进步与梦想的西行之路形成了对照。故事临近结尾，麦卡锡让"少年"对自己的人生之路进行了总结。"少年"在旅途中看到一群被杀

---

① See Cormac McCarthy, *Blood Meridian or The Evening Redness in the West*, London：Picador，1990，pp. 42，45，61，79，111，151.

② Jonathan Yardley，"In All Its Gory,"*The Washington Post*，13 March 1985，p. B2.

害并被剥掉头皮的朝圣者。他突然发现有一位裹着旧披肩的老妪跪在地上，低着头。他穿过地面上一具具的尸体，来到她面前，但她并未抬起头。"他对她低声说着话，告诉她他是美国人，他的家乡离这里很远。他已没有家人，他已流浪很久，见证了许多事情，他曾参加了战争，遭遇了磨难。他会把她带到安全的地方，一个有着她同胞欢迎她的地方。他不会让她留在这里，否则她会死去。"（315）然而，他并不知道她已成为干尸，当他触摸她的手臂时才发现真相。"少年"的流浪之旅已超越地理意义上的空间位移，富有更多的社会、历史与文化内涵。美国的历史道路并不是"文明"征服"野蛮"的进步之旅，而是"一系列的暴力事件"①，是充满原始惨剧的道路。

　　道路在这部小说中具有了"帝国之路"的隐喻意义。美国的文明史就是流动、迁徙和殖民的旅程故事。扩张是美国主流文化的一个明显特征，无论是过去，还是现在，美国一直走在不断扩张、寻求世界霸权的道路上。尽管北美大陆的"边疆"已消逝，但"边疆"的拓扩却不会终结，正如小说中反复重复的句子"他们不断前行"所喻指的那样，"帝国之旅"已迈向海外，追逐的重点不再是领土，而是商业利润与政治文化霸权的"边疆"，越南战争、海湾战争、科索沃战争、阿富汗战争和伊拉克战争都是例子。小说结尾，作者用现在时态来描述法官的"战争之舞"，"他在舞动，舞动"（He is dancing, dancing）（335），有着深刻的用意。美国的"战争之舞"仍在继续，恐怖与杀戮仍然在疯狂地进行着。道路在这部小说中的喻指具有很强的现实指向，深刻揭示了美国的帝国之旅。

四　人生之路、救赎之路、美国历史与人类历史之路：《路》

　　同《外部黑暗》一样，《路》对故事发生的年月也未作交代。我们只知道核爆炸之类灾难发生时，时钟指针停在一点十七分。时间在人物的旅程中流逝，融入了空间，成为第四维度，"一小时之后，他

---

① Tim Parrish and Elizabeth A. Spiller, "A Flute Made of Human Bone: Blood Meridian and the Survivors of American History," *Prospects* 23, 1998, p. 463.

们上路了""第二天中午，他们开始穿过城市""他们已在烧焦的土地上跋涉了数日""早上，他们继续上路""两天后，他们离开了那里""中午的时候他坐在路上"①。小说的历史时间阙如，代表机械时间的"日历时间"已在末日世界随着人类文明的分崩离析不起作用，主人公"已有好几年没有使用日历了"（2），"日子从他们身边逝去，无法计算，没有日历可以参照"（273）。

　　另外，如题目所示，"路"是《路》这部小说的骨架、细胞和情节元素，作品的框架由"路"所规定。小说中，"路"（the road）的出现频率多达 263 次；父子"继续前行"（went on）的句子从头至尾共 32 个②。父子走过各种各样的路，"山路""林间小路""混凝土路""柏油路""高速公路""铁路""十字交叉路"等。小说的旅程结构还与文本的形式结构有机结合：小说没有章节区分，只有段落间的空白。段落间的空白是父子在艰难旅程中因休息或因与其他流浪者相遇而做的短暂停留。法国学者让－伊夫·塔迪埃曾指出："小说既是空间结构也是时间结构。说它是空间结构是因为在它展开的书页中出现了在我们的目光下静止不动的形式的组织和体系；说它是时间结构是因为不存在瞬间阅读，因为一生的经历总是在时间中展开的。"③显然，《路》的文本形式结构反映了人物实际的旅程特征，凸显了作者在旅程叙事形式方面的创新，将文本形式与内容有机结合在一起。另外，当读者阅读这个故事的时候，他们仿佛成了故事中人物的旅行同伴，与他们一同经历旅途中的艰辛、挫折，一起期盼父子能到达温暖的南方。显而易见，父子的艰难之旅是作者表达深刻主题的重要载体，其寓意丰赡。

　　小说首句"黑暗的森林，冰冷的夜，他醒来时，伸手探触睡在身边的孩子"（1）不免令人想起但丁《神曲》的开篇句"在人生的中途，

---

　　① See Cormac McCarthy, *The Road*, New York: Vintage Books, 2006, pp. 6, 12, 14, 17, 270, 271.

　　② 根据《路》的英文 PDF 版搜索得出的数据。

　　③ ［法］让－伊夫·塔迪埃：《普鲁斯特和小说》，桂裕芳、王森译，上海译文出版社1992 年版，第 224 页。

我迷失在一个黑暗的森林"①。父亲也像《神曲》中的"我"做了一个关于人生道路的梦，"醒来前，在梦里，孩子牵着他的手，领他在洞穴内漫游。照明用的光晃映在湿漉漉的钟乳石墙，他们俩活像寓言故事中的朝圣者，让凶猛的怪兽吞进肚子里，找不到出路"（1）。父亲在第一缕灰色的光中留下仍在睡觉的男孩儿，"起身走到路的中间，蹲下，向南审视那一大片土地。荒芜、沉寂、邪恶"，这是地狱般的世界。面对人生的十字路口，他做出了"他俩要往南去"（2）的人生道路抉择。故事开始前，孩子的母亲选择了自杀之路。她对丈夫说："你有两颗子弹又能怎样？你又不能保护我们……要不是有你在，我就连儿子一块带走。你知道我说到做到的。这才是我们该选的路。"（56）面对未知的道路和人性的邪恶，父亲却选择了带着孩子不畏艰辛走下去的道路。"在这条路上，没有上帝派来的传讯人。他们离开了，我被留下，整个世界也被他们带走。"（32）在随后的故事中，时间在父子两人向南踽踽前行中流逝。他们在旅途中遇到了食人族、小偷、盲人等，与这些人的不期而遇考验了父亲的道德底线和孩子的"善"。父亲在旅途中因生病而倒下，不能陪孩子走下去。临死前他对年幼的儿子说："我不能陪你了，你得自己走下去。也许继续走下去会遭遇艰辛，但我们一向很幸运，所以你定能交上好运。走下去你就懂了。走吧。没事的。"（278）如父亲所言，人生的意义就是往前走，只有死亡才是终点。男孩人生命运的关键时刻亦与道路直接相关。父亲死后，他也面临着人生十字路口的选择。男孩"在那里待了三天，然后走到大路上，回头望望他们走过的路，发现有人正朝这边走来。他想转身藏到树林里，但他最终没有那样做。他站在路上，手里拿着枪"（281）。男孩带着那个陌生男子来到他父亲所躺的地方，拿走了一些东西。这位男子对他说："现在你有两个选择。你可以选择留下来守着爸爸等死，也可以跟我走。如果你想留下，我建议你远离大路。我不知道你们怎么走过来的，但我觉得你应该跟我走；不会有事的。"（283）男孩最终选择了继续走下去的道路。显然，人生道路这一隐喻在该小说中以各种形式变成现实。父

---

① ［意］但丁：《神曲》，王维克译，人民文学出版社 2000 年版，第 3 页。

子向南前行所走的路不只是求生之路，还具有人生之路、救赎之路的比喻意义。

道路在这部小说中除了象征父子的人生之路、救赎之路外，还具有表征美国历史道路的作用。在艰难求生的长路上，父子走过"柏油路""高速公路""州际公路"与"铁路"等这些在美国文化中富含象征意义的道路。它们通常与流动性、成功的梦想联系在一起。但在末日世界里，它们却意味着死亡与危险。第二天清晨，当父子踏上柏油路，"他们开始看到死尸。躯体半陷于沥青里，手抓紧着彼此，唇齿大开似正在号叫着"（190）。为了躲避危险，父子时常得隐蔽在大道旁的林间小道以观察大路上的状况。父子旅途中所看到的道路两旁的景观如汽车旅馆、汽车铺、停车场、加油站、大坝、高楼大厦等这些残存的人类文明碎片言说着美国的工业化历史道路。虽然小说故事的历史时间阙如，但这些人为景观却表征着美国工业化的历史进程，如巴赫金所言，历史时间是人们创造能力的可睹结果，如城市、街道、楼房、艺术作品、机器、社会组织等，"艺术家依据这些东西洞察到人们、一代一辈、不同民族、各个社会阶级集团的无比复杂的谋略大计"[①]。

父亲在向南方艰难前行的路途中所经过的一些地方也勾起了他的回忆。路不再是一种单纯的物理空间，而是储存着时间性的特定空间，生成了一种"时空体"。当他途经某地时，他想起"离他叔叔的农场一英里远的地方有一个湖。秋天，他和叔叔常去那里拾柴"（12），某天在湖上划船的经历"是他童年最完美的一天。这一天塑造了他日后的每一天"（13）。他途经一座石桥时，记起此处"曾是他观看鳟鱼随水流摆动、循砾石河床追索鱼群的曼妙暗影的地方"（30）。这些还未褪去的记忆令他梦见"二人漫步于繁花盛开的树林，小鸟从他们眼前飞过，他和孩子还有天空都是刺目的蓝"（18）。这些表征田园牧歌生活的花园意象仅存于父亲的脑海里，成为记忆中的

---

① ［俄］巴赫金：《教育小说及其在现实主义历史中的意义》，载钱中文主编《巴赫金全集》（第三卷），白春仁、晓河译，河北教育出版社1998年版，第235页。

空间，与父子途中所看到的汽车、汽车旅馆、汽车铺、加油站等这些象征现代工业化和机械文明的空间，以及眼前灰尘弥漫、死尸遍布、毫无生机的"荒芜、沉寂、邪恶"的末日荒原空间形成并置与对照，以寓言的形式言说着美国从荒原中的花园到工业化的城市、再到末日荒原的历史发展道路。美国曾是清教徒先民心目中远离工业资本主义欧洲各种弊端的希望之乡和新花园。杰斐逊将自然、农业、田园视为美国最美好的未来。然而，美国还是迅速走上了工业化的道路，曾经的农业乌托邦及其美妙田园牧歌已被先进机器所取代，最终沦为荒原，田园梦想已彻底成为幻想，花园已变成利奥·马克斯（Leo Marx）笔下的"烬园"（The Garden of Ashes）①。同时，麦卡锡还将道路的隐喻意义从美国历史扩展到整个人类历史的道路，表达了对人类文明发展前景的担忧，小说中的哲理评论也指向道路时空体，参与到了艺术的形象中，"也许只有当世界万物俱毁，才能揭示太初起源"（274）。人类的整个历史就是一段旅程，浓缩在父子的旅程中，正如C. T. 威廉斯（C. T. Williams）所言："人类历史是旅行者的故事，是奥德赛之旅。"②显然，麦卡锡在道路空间中引入了时间和记忆维度，令父子艰难求生的道路具有了历史感，空间被历史化，道路具有了丰富的意义。

从以上分析不难看出，麦卡锡小说主人公们的旅程将空间和时间有机地结合起来，时间为横轴，空间为竖轴，形成了道路时空体。道路时空体"作为主要是时间在空间中的物质化，乃是小说中具体描绘的中心、具体体现的中心。小说里一切抽象的因素，如哲理和社会学的概括、思想、因果分析等，都向时空体靠拢，并通过时空体得到充实，成为有血有肉的因素，参与到艺术的形象性中去"③。麦卡锡小说

①　［美］利奥·马克斯：《花园里的机器——美国的技术与田园理想》，马海良、雷月梅译，北京大学出版社2011年版，第261页。

②　C. T. Williams, ed., *Travel Culture: Essays on What Makes Us Go*, Westport: Praeger, 1998, p. xii.

③　［俄］巴赫金：《小说的时间形式和时空体形式》，载钱中文主编《巴赫金全集》（第三卷），白春仁、晓河译，河北教育出版社1998年版，第452页。

中的时间仿佛注入了空间，并在空间上流动，形成道路，由此道路也才出现如此丰富的比喻意义——"心灵道路""人生道路""历史道路""帝国道路"。道路时空体不仅是人物活动和事件发生的重要场所，同时也是展示人物内心活动和深刻揭示作品主旨的重要方式。道路是具有结构性意义的空间形式，起着重要的社会文化叙事功能的作用。总而言之，麦卡锡的小说不仅描写了真实的路，还利用旅程叙事中的道路时空体赋予了人物旅程丰富的隐喻意义，将形式与内容有机结合在一起，揭示了麦卡锡对旅程叙事传统的承继。对于道路这个作为麦卡锡小说人物活动的主要故事空间的研究有助于我们对作品形式和主旨的深刻理解。这就是研究麦卡锡小说"道路时空体"的意义之所在。

第二节　成长型人物与功能型人物

　　人物是小说中不可或缺的部分，在叙事文学中占有重要地位，也是最难用理论术语进行全面概括的一个概念。不同时期的文学理论家因受到不同时期的文艺思潮的影响，有着不同的人物观。但纵览西方文论史上不同时期的人物观，可归为"功能型"与"心理型"这两类[①]。"功能型"人物观主要是指叙事学强调叙事功能的人物观。结构主义叙事学先驱普罗普在他的《故事形态学》一书中提出了"功能"一词并将故事中的人物归纳为"加害者""赠予者""相助者"等七种主要角色。格雷玛斯将普罗普的七种行动角色改为三个对立关系中的行动者：主体/客体、发送者/接受者、帮助者/反对者。法国结构主义学者罗兰·巴尔特是另一位持"功能型"人物观的代表人物，将行动的人物视为"从属于不是心理学而是语法范畴的人"[②]。"心理型"人物观指"注重人物内心活动、强调人物性格的一种认识

---

　　① 申丹、王丽亚：《西方叙事学：经典与后经典》，北京大学出版社 2010 年版，第52—59 页。

　　② ［法］罗兰·巴尔特：《罗兰·巴尔特文集》，李幼蒸译，中国人民大学出版社 2008年版，第 130 页。

倾向"①。E. M. 福斯特是持"心理型"人物观的代表。他对人物心理的重视体现在将小说中的人物分为"扁平人物"与"圆形人物"两种②。

无论是"功能型"人物，还是"心理型"人物，评论者在分析文学作品中的人物时都必须根据小说的类型特征和具体情况而定，选择合适的理论武器，否则会陷入机械主义的泥淖。"功能型"人物和"心理型"人物的分类是理论研究者在不同时期受不同文艺思潮影响的产物，被用来分析的文本也有差异。例如，结构主义叙述学家普罗普所选取的文本都是俄罗斯民间故事，而不是意识流小说。意识流小说中的人物则很难用"功能型"人物观来分析，反之亦然。

基于以上两种主要人物观，我们来看看评论界对麦卡锡小说人物的评介。不少评论者已注意到麦卡锡小说缺乏对人物内心活动的直接揭示这一显著特征。例如，贝尔认为麦卡锡小说人物"几乎没有什么思想活动，自然也就没有心理变化过程……人物的动机常常是模糊不清"③；詹姆斯·鲍尔斯（James Bowers）指出当代作家中几乎无人能像麦卡锡如此彻底地拒绝"乔伊斯式的心理活动描写传统"④；理查德·B. 伍德沃德杰称麦卡锡"是一位以详尽的细节展示人类残暴行为著称的作家，很少运用心理美学"⑤；杰伊·埃利斯（Jay Ellis）认为麦卡锡小说缺乏最常规的人物心理刻画⑥；马克·罗伊登·温切尔

---

① 申丹、王丽亚：《西方叙事学：经典与后经典》，北京大学出版社 2010 年版，第54 页。

② ［英］E. M. 福斯特：《小说面面观》，冯涛译，人民文学出版社 2009 年版，第 55—67 页。

③ Vereen M. Bell, *The Achievement of Cormac McCarthy*, Baton Rouge：Louisiana University Press, 1998, p. 4.

④ James Bowers, *Reading Cormac McCarthy's Blood Meridian*, Boise：Boise State University, p. 14.

⑤ Cormac McCarthy, Interview, "Cormac McCarthy's Venomous Fiction," by Richard B Woodward, *The New York Times Magazine*, 19 April 1992. 13 February 2011. < http：//www. nytimes. com/1992/04/19/ magazine/cormac – mccarthy – s – venomous – fiction. html >.

⑥ Jay Ellis, *No Place for Home：Spatial Constraint and Character Flight in the Novels of Cormac McCarthy*, New York：Routledge, 2006, p. 5.

（Mark Royden Winchell）则将麦卡锡与福克纳对比，得出了类似的评论："福克纳与麦卡锡的不同在很大程度上体现为前者赋予了其人物丰富的内心生活。麦卡锡笔下的人物却与十九世纪末、二十世纪初自然主义小说中的人物无异。"① 毫无疑问，这类评介是根据"心理型"人物观这个标准来考量的。

的确，麦卡锡的小说不属于通常被人们称为心理分析小说的美学范畴，麦卡锡对人物心理动机的探寻不怎么感兴趣，而是注重对人物处境的分析。小说中的人物没有乔伊斯作品中的大量内心独白，人物没有通过心理去把握自我，正如评论界所言，麦卡锡作品的"亲缘关系较远的可追溯至荷马、《圣经》、乔叟与莎士比亚，较近的有麦尔维尔、威尔蒂、奥康纳与福克纳，但与意识流大师如亨利·詹姆斯与马塞尔·普鲁斯特等却没有亲缘关系"②。对其人物心理的把握全赖读者对人物的活动、大量的对话以及所做的梦的分析。麦卡锡用人物的对话与行动刻画人物的功底堪与海明威比肩。关于评论界对麦卡锡小说人物的看法，笔者想借用昆德拉的一段话来说明："但请不要误解我。假如说我的小说并非所谓的心理小说，并不意味着我的人物没有内心生活。这只是说我的小说首先捕捉的是些别的谜，是些别的问题。这也不是说我指责那些喜欢表现心理的小说。"③ 麦卡锡笔下的人物并未因没有直接的内心活动描写而缺乏深度；相反，他笔下的人物令人印象深刻，如《沙特里》中探寻存在意义的沙特里，《血色子午线》中撒旦般邪恶、学者般聪明的霍尔登法官，《老无所依》中手提气罐枪的冷血杀手齐格，"边境三部曲"中不畏艰险、追寻梦想的牛仔少年，《路》中在绝望的旅程中寻找希望的父子。另外，麦卡锡小说没有突出描写人物的心理活动也是旅程叙事传统使然。旅程叙事一般不怎么

---

① Mark Royden Winchell, " Inner Dark：or, The Place of Cormac McCarthy," *The Southern Review*, Vol. 26, No. 2, April 1990, p. 295.

② Kenneth Lincoln, *Cormac McCarthy：American Canticles*, New York：Palgarave Macmillian, 2009, p. 29.

③ ［法］米兰·昆德拉：《小说的艺术》，董强译，上海译文出版社 2004 年版，第 35 页。

注重心理描写，主要以事系人，就是写人物在旅途中所经历的一系列活动。麦卡锡对他笔下人物的思想状态很少评述，而是将其完全溶解在人物的言谈举止与梦境之中。可以说，仅以是否直接描写人物的内心活动这个标准来考量麦卡锡小说中的人物刻画是否丰满就陷入偏颇了。

　　评论界对麦卡锡小说中人物的评论还存在着为了某种理论随意抽取人物来阐释的问题。有些评论者为了论证麦卡锡的创作经历了影响的焦虑和创新，将他小说中的父子关系描写从具体的故事中抽出来论述，有过度阐释之嫌。还有一些评论者从女性主义批评的角度出发，对麦卡锡作品中女性的"显性"与"隐性"缺席提出了质疑。他们指出麦卡锡的作品是男人的故事，女性要么不在场，要么仅充当陪衬角色，这表明了麦卡锡的世界观存在严重问题。以麦卡锡小说中没有塑造性格丰满的女性角色为由，指责他有性别歧视倾向。对此，笔者不敢苟同，因为这种评论是经不起推敲的。依此逻辑，许多男性作家的作品都要背负这样的责难，如在麦尔维尔的杰作《白鲸》中，女性就"显性"缺席，难道我们能妄下结论，称这部作品有男权主义思想？显然，这些评论都无法深入到麦卡锡小说的艺术结构本身中去，而是一种美国批评家苏珊·桑塔格（Susan Sontag）所反对的"挖掘式"的阐释，是"侵犯性的、不虔诚的"①，其依据是极其片面的取样。若以此种批评方式来阐释麦卡锡小说中的人物，则必然会削足适履，与作品的宏旨以及独特的艺术风格失之交臂，往往会流于肤浅或止于误读。无论是从内容还是形式而言，麦卡锡小说人物的存在与旅程结构唇齿相依，离开这个结构，对人物的评论无异于缘木求鱼，有欠公允。另外，从作品与文学传统的关系来看，人物形象的塑造不仅是作家独创的表现，还包含着文学传统的影响。对于有些评论者指出麦卡锡小说中没有塑造性格丰满的女主角与其性别歧视有关，笔者要说的是，这不仅是他的个人艺术选择，因为他对这个问题的回答是

---

① ［美］苏珊·桑塔格：《反对阐释》，程巍译，上海译文出版社 2003 年版，第 8 页。

"他对女人没有像对男人那样了解"①，同时也是旅程叙事传统使然，即旅程叙事作品中的主角大都为男性。再者，麦卡锡的小说中也没有任何歧视女性的语言。将麦卡锡小说人物的塑造放置于旅程叙事类型以及整个西方旅程叙事传统下审视，有助于我们深刻理解他笔下的人物形象。

　　不难看出，论及麦卡锡小说人物塑造的一些著述存在着简单化的倾向。有些评论不顾小说人物存在的具体语境和小说的类型特征，将之剥离出来，忽视了人物与旅程结构唇齿相依的关系以及小说人物塑造同旅程叙事传统的渊源关系；有的则忽视小说类型特征，以前辈大师的人物刻画手法为评价标尺，其中学界对麦卡锡笔下人物缺乏内心活动的诟病是典型的例证。人物模式的形成不仅是现实生活的反映和作家的独创，它还包含着文学传统与叙事类型对它的影响。麦卡锡小说的人物模式也不例外，受制于旅程叙事传统与类型的影响。他笔下的人物既无意识流大师如亨利·詹姆斯与马塞尔·普鲁斯特等小说中对人物意识流动状态的描写，也不是后现代主义作家笔下游荡于错综复杂的文字迷宫里的抽象空洞的能指"符号"。巴赫金在论及长篇小说的历史类型时，对人物与小说类型的关系探讨富有真知灼见："没有一个具体的历史变体会纯然属于某一个原则，但总有一个建构主人公的原则占着主导地位。因为一切要素都是彼此互为制约的，某种建构主人公的原则总与一定的情节类型、对世界的一定的见解，与长篇小说的一定的布局结构相联系。"② 换言之，对小说人物的分析不能脱离其赖以存在和生长的土壤——叙事类型以及作者要表达的主旨，以及与之骨肉相连的其他因素如情节、时空等，否则，对人物的评论不免会陷入教条主义的泥淖。笔者受此启发，试图将麦卡锡小说中的人物置于其赖以生存的旅程叙事类型和作者的创作主旨中来具体分析。

　　① Cormac McCarthy, Interview, "Oprah's Exclusive Interview with Cormac McCarthy," by Oprah Winfrey, *Oprah's Book Club*, 5 June 2007. 20 March 2009. < http: //www. oprah. com/obc – classic/obc – main. jhtml >.
　　② ［俄］巴赫金：《教育小说及其在现实主义历史中的意义》，载钱中文主编《巴赫金全集》（第三卷），白春仁、晓河译，河北教育出版社1998年版，第215页。

麦卡锡小说主要人物的形象与命运同"道路时空体"紧密相连。在他们的旅途中，事件一个接一个地发生。这些事件构成了故事内容最重要的一部分，它们或考验人物或不断影响着主人公思想和情感的改变。根据人物在旅程中经历各种考验后是否经历成长或变化，麦卡锡小说中的主要人物可大致分为成长型与功能型两类。成长型人物的性格随着情节的发展而发生变化，他们在旅程中经历各种考验、完成思想变化与性格塑造，在与别人和自我心灵的交流中经历了物质空间与内心世界的双重旅行，是一次自我发现的成长之旅。《沙特里》中寻找自我的沙特里、《血色子午线》中的"少年"和"边境三部曲"的两位牛仔少年，他们的心理与性格随着不同空间的转换变化十分明显。功能型人物的性格随着故事情节的发展很少发生变化，因为这类人物在作品中的意义很大程度上是完成某种功能，即作者依靠这些人物，把一些缺乏内在逻辑联系的事件连接在一起，进而使小说形成一个艺术整体。例如，《外部黑暗》中的兄妹、《血色子午线》中的霍尔登法官、《老无所依》中的治安官贝尔、摩斯与齐格、《路》中没有姓名的父子，他们的性格随着故事情节的发展并未发生什么变化，而是"行动者化"的人物，代表某种心理、行动特点或者具有象征意义的一类人物。

一　成长型人物

成长型人物在旅程中所经历的生活"不仅仅是试金石，而且也是学校"。这类人物在经历各种艰难险阻与考验的同时，也经历着人生的成长过程。《沙特里》与"边境三部曲"中的主人公经历了旅程中的一系列考验和生活的磨难后，变得成熟，获得了对自我、人生、社会与世界的深刻认识，在冒险与追寻的过程中完成了自我身份建构。他们是典型的理想主义者，追求完美的精神世界和物质世界相统一的人生状态。因此，在他们形体流浪的故事表层结构下蕴涵着心灵漂泊成长的寓意。流浪的主人公经历了形体上的空间位移和精神上的漂泊的双重流浪。这种双重性质的漂泊流浪通过寻找身体栖居地的方式以期达到寻找精神归宿的目的。《血色子午线》中的主人公经历了从

"少年"到"男人"的身体和精神的双重成长之旅。他同成长小说中的人物一样历经旅程的各种考验后有一定程度的悟识和思想性格方面的变化。这些人物的成长背景是一次重要的冒险旅程，空间的位移与主人公的成长和自我建构有着密不可分的关联。

《沙特里》中的主人公沙特里是一位在路上的探索者和精神漫游者。他所生活的当代南方已是被工业化和商业化破坏的世界，彷徨、无根情绪以及支离破碎是生活的常态。内心孤独，甚至有点精神分裂的沙特里放弃了他父亲给他定位的制度化的社会空间——法庭、商业与政府机关，选择了流浪街头，暂居贫民窟，与父亲眼里无助与无能的人待在一起。他以漂泊的身体姿态对抗制度化空间的异化。街道作为开放式的、未被制度化的空间，对沙特里而言意味着行动的自由性和选择性。他与社会底层人物以酗酒、偷窃的方式对抗社会权威与现代文明秩序。他们之间相互关心，过着贫穷但快乐的生活。沙特里也学会了关爱他人。

在一位印第安人朋友的影响下，沙特里只身一人来到烟山，在荒野体验荒野精神，寻求灵感和精神力量，经历了人生的"顿悟"。他觉得周围的世界特别可爱，甚至与树木交流，感到了前所未有的轻松，因为"他身上的一切烦恼都已随风而去"（286）。当他从烟山荒野回到北卡罗来纳州的布赖森城时，"他的头脑出奇地清醒"（291）。当他与自然和谐地融为一体时，体验到了摆脱工业社会物质文明束缚的快感，找到了自我。沙特里在荒野中经历了成长和思想的蜕变。

故事临近结尾时，沙特里因风寒住院，他的一位牧师朋友前去看望他。他骄傲地对这位朋友说："只有一个唯一的沙特里。"（461）经历荒野朝圣后，沙特里结束了身心分裂的状态，实现了身心和谐。当他的酒友 J. 博恩到医院来接他时，问他是否要喝威士忌，他回答说："我想喝水。"（463）他不仅放弃了以酗酒来麻痹自己的生活方式，同时也离开了南方，踏上了西行的旅程，开始了新的人生道路。在这部小说中，空间参与了沙特里身体与精神的双重建构，而不仅仅是故事发生的场所。

《血色子午线》中的"少年"是个有争议的人物，关于这个人物的任何阐释都会影响读者对小说其他人物和作品主题意义的理解。目前评论界对"少年"有四种不同的解读。以布鲁姆为代表的评论者认为"少年"是与邪恶的法官对抗的英雄式人物①。耶鲁大学的艾米·亨格福德（Amy Hungerford）在其讲授这部小说的公开课中反驳了布鲁姆的观点，认为少年虽然与"格兰顿帮"的其他成员有别，有一些仁慈行为的表现，但并没有像《白鲸》中的以实玛利那样获得道德上的进步，读者也很少看到他的内心活动。她还指出，由于麦卡锡在这部小说中采用了貌似成长小说的叙事模式，有些评论者在分析该人物时被其迷惑，将成长小说人物的特征先入为主地带入人物分析，误将他归入成长型人物②。史蒂文·沙维诺则认为尽管"少年"没有像以实玛利那样在旅程中有不断的反思行为和逐渐发展的自我意识，最终也未能像以实玛利一样幸免于难，从永不停息的战争游戏之中脱身，获得自由，但两人有很多类似的地方，是参与者，但同时又是一个超然的旁观者③。国内学者张健然认为，《血色子午线》是对美国参加越战的回应，是一个政治潜文本，少年则是"为帝国事业在'新边疆'越南领土上奋力拼搏的美国大兵的原型"，是"盲目的暴力执行者"④；陈榕则认为，"在《血色子午线》中，浪漫的西部被哥特化了，麦卡锡借此对'美国亚当'的成长模式进行了解构"⑤。这些不同的评论因选取的角度不同而迥异。笔者拟结合文本细读，将"少年"置于他赖以生存的旅程来分析他的变化，这或许还算公允。因为少年在旅程中所经历的各种遭遇构成了小说的各个叙事单元，作者通

---

① Harold Bloom, "Introduction," in Harold Bloom（ed）*Harold Bloom's Modern Critical Views*: *Cormac McCarthy*, *New Edition*, New York: Infobase Publishing, 2009, pp. 6 - 7.

② 25 May 2011. < http: //oyc. yale. edu/english/engl - 291/lecture - 18 > .

③ Steven Shaviro, "'The Very Life of the Darkness': A Reading of Blood Meridian," in Edwin T. Arnold and Dianne C. Luce（eds）*Perspectives on Cormac McCarthy*, Jackson: University Press of Mississippi, 1999, pp. 15 - 16.

④ 张健然：《科马克·麦卡锡〈血色子午线〉中越战政治意蕴论析》，《当代外国文学》2013 年第 3 期，第 84 页。

⑤ 陈榕：《〈血色子午线〉中的哥特式边疆与男性空间》，《外国文学》2014 年第 4 期，第 71 页。

过他不断移动的足迹将旅途中发生的各种暴力事件串联起来，揭露了美国历史的阴暗面，他的成长历程和思想变化更是推动叙述的内在驱动力。

麦卡锡在小说开篇对"少年"的主要性格特征进行了介绍：

> 看这孩子，苍白瘦弱，身着单薄褴褛的亚麻衬衫。他在灶下添着火。屋外已变得漆黑的大地，残雪斑驳，港湾远处是更加漆黑的森林，尚有几只野狼仍在盘桓。人们都以为他出生劳苦家庭，但他的父亲其实是教师。此时他正醉卧着吟诵佚名诗人们的诗句。那小子蹲在灶火旁，望着他。

> 你出生那夜，一八八三年。狮子座流星雨。众星坠落，何其壮观！我仰望星空，寻找黑色的洞口。北斗破漏。

> ……

> 他守护在灶火旁，蓬头垢面。对于读书写字，他一窍不通，但血统里却滋长着对野蛮暴力的爱好。所有故事都在那张脸上，三岁看老。(3)

作者选择 1833 年作为少年的出生年是有独特用意的。据历史记载，1833 年 11 月 12 日，美洲地区出现了规模宏大的狮子座流星雨，成千上万的流星从天上坠落，而且大多是非常明亮的火流星。当时的人们认为这是天神所降下的惩罚，是世界末日来临的前兆。因此，少年的出生意味着基督的第二次来临。另外，11 月 12 日出生的孩子属于天蝎座。天蝎座的孩子虽然"血统里滋长着对野蛮暴力的爱好"，但善良，具有同情心①。文中"三岁看老"（"the child the father of the man"）出自威廉·华兹华斯的诗歌《我心雀跃》（"My Heart Leaps Up When I Behold"，1807）。"the child the father of the man" 除了有"三岁看老"之意，还有宗教意义，"the child" 常指基督，"the fa-

---

① John Sepich, *Notes on "Blood Meridian": Revised and Expanded Edition*, Texas: University of Texas Press, 2008, p. 51.

ther"是上帝，此句也常翻译为"基督是人类的救主"①。少年在小说中是有慈悲之心的人，与代表"恶"的霍尔登法官形成鲜明对照。

　　少年的暴力倾向在其一开始的旅程中便显现出来。他从田纳西州流浪到新奥尔良后，每到夜晚像童话里的野兽一般溜出去，跟水手们打架。他虽然个头不大，但身体结实，无论是动拳脚，还是抢瓶子使刀子，都毫不犹豫。他很快受了重伤，一名马耳他水手开枪击中了他的心脏正下方，但他侥幸活了下来。伤愈之后，他坐船去了得克萨斯州。到了得克萨斯州的纳科多奇斯后，他先是和未来的队友托德文打架，后又参与了杀人。到了比尔县，他继续采用暴力来解决问题。当他在酒吧受到酒保的轻侮时，用酒瓶把酒保脑袋砸得鲜血四溅。杀死酒保后，少年继续流浪。少年因杀人犯的名声被怀特上校看中征召入伍，并受到亲自接见。怀特上校向少年滔滔不绝地宣讲他为开拓帝国主义事业夺取墨西哥土地的雄心壮志和自豪感，"我们将是解放这片黑暗而动乱之地的力量。我们是先头部队"（34）。他还告诉少年他十分看好他，对他寄予厚望。可以说，怀特上校是少年流浪旅程中的一个"引路人"，可惜这位"引路人"不久后在与科曼奇人的交锋中丧命。小说中特别注意的一个细节是，少年对上尉的宣讲并不感兴趣，他感兴趣的是马和枪这些在西部暴力空间生存的装备。少年同暴兵队伍侵入墨西哥，但在途中遭到科曼奇人的袭击，全军惨遭屠杀，而他侥幸躲过此劫。尔后他加入了"格兰顿帮"，参加和目睹了诸多残暴行为。麦卡锡在这部小说采用了经典旅程叙事如《埃涅阿斯纪》《神曲》和《黑暗的心》等让主人公坠入黑暗作为学习经历之不可或缺的部分这一形式，让少年踏入充满暴力的人间地狱。少年遇上了另一个反面"引路人"霍尔登法官。法官称呼少年为"孩子"，将他们的关系形容为父子关系。其实早在少年和托德文在得克萨斯州纵火杀人时，法官就对少年的暴力行为十分欣赏，"也有几个人骑在马背上注视着火焰，其中就有法官。少年骑骡经过时，法官扭头注视着他。

---

① Shane Schimpf, ed., *A Reader's Guide to "Blood Meridian"*, Seattle: BonMot Publishing, 2006, pp. 61 - 62.

他回马，似乎也要让马注视少年。少年回头看时，法官笑了"。（14）
少年与法官的关系是理解小说人物性格和主题的关键。少年像许多成
长小说中的主人公一样，母亲早逝，父亲"无能、酗酒或粗暴"，他
的离家出走令他成了孤儿，如叙述者所言，"直到此时，这孩子终于
摆脱了自己的过去。身世和宿命渐行渐远"。（4）在其流浪的旅程
中，他会遇到扮演他父亲角色的人物。这个人物就是法官，但法官是
个化了装的恶魔，是来引诱少年灵魂的撒旦式人物。在少年成长的道
路上，法官扮演的是个负面的引路人。如果要成长，少年必须对他进
行反抗。那么，少年在其流浪的旅程中对这位"父亲"进行了怎样的
反抗？他的思想和行为又经历了怎样的变化？

　　小说对"少年"的思维和情感着墨不多，他的经历几乎就是不停
地被动参与暴力行径，在一定程度上受制于远征军暴力的"大
脑"——霍尔登法官的控制，但并未全心投入到"格兰顿帮"的暴行
中。随着小说的发展，我们能观察到少年的诸多变化。他逐渐学会了
放弃杀戮，想要保护弱者。当他的队友急需帮助时，只有他向他们伸
出援助之手；在流浪的旅途中他发现一位老妪，他想将她送到安全的
地方，但发现她是一具干尸。"格兰顿帮"在遭到尤马人的偷袭后，
仅法官、少年、牧师托宾等少数人幸存，他们在沙漠中逃难。当少年
和牧师在沙漠中发现法官在跟踪他们时，牧师多次督促少年杀死法
官。牧师对他说："你不会有第二次机会了，小伙子。动手。他赤身
裸体，且手无寸铁。老天在上，你以为他不这样你能打败他？动手
啊，小伙了。天啊，动手吧。动手啊，不然你肯定会没命的。"
（285）少年有充足的机会轻而易举地杀死手无寸铁的法官，但却多次
犹豫，最终放弃。这是令读者和评论者最疑惑的地方。其实，正是他
的仁慈让他没有这样做。作者在小说中早已给出了暗示。"格兰顿帮"
在加利福尼亚州的科拉利托斯镇遇到一杂耍者，他拿着塔罗牌为他们
算命。少年抽到圣杯四（94）。牌面是一个男人坐在树下看着眼前的
三个杯子，他身后云朵之中伸出的一只手握着第四个圣杯，而男子却
视而不见。抽中此牌的人三思而后行并没有坏处，但也要注意把握眼
前的机会。这也预示了故事最后少年没有抓住杀死法官的机会而被法

官杀死。另外，"四"这个数字在犹太教灵学中常指"慈悲"①。少年的慈悲之心让他错失了杀死法官的良机。

法官对少年的表现很是不满，无法容忍成长后的少年对他所宣扬的征服与扩张精神的背叛。多年后，法官找到少年，说少年的表现令他很失望，因为少年没有听从他的教诲，全身心投入到他的"战争之舞"中。法官多次指责少年对他的不忠。例如，"你不是杀手，也不是游击队员。你内心有不忠诚之处。你以为我不知道？只有你是叛变的。只有你在灵魂深处为异教徒们保留了仁慈"（299）。"只有一个要求，那便是每个人必须全心投身共同的事业，但有一个人没有做到。你能否告诉我这个人是谁？"（307）在杀死少年之前，法官又对少年说："我第一次见你就认出了你，你却让我失望不已。当时如此，现在也如此。即便如此，最后我还是发现你和我一起出现在这儿。"少年反驳道："我没和你一起。"（328）少年的回答直接挑明了他同法官不是一路人。他知道自己不是法官的对手，但仍然顽强反抗，用简明的答复——"你疯了""你什么也不是"（331）质疑了法官的权威，完成了精神上的"弑父"，获得了精神上的独立和成长。

另外，通过文本细读，我们不难发现少年与法官的关系是麦卡锡对马洛的《浮士德博士的悲剧》中浮士德与魔鬼关系的重构与改写。借此视角，我们也能看出少年的成长。少年加入"格兰顿帮"意味着他同浮士德博士一样与魔鬼式人物法官签订了协议，因为"格兰顿帮"头目格兰顿与法官签订了某种可怕的"浮士德式的契约"②。少年的队友告诉他，"他们有一个秘密的交易，某种可怕的契约。你留心一下，会发现我说的是对的"（126）。"格兰顿帮"在与阿帕契人冲突时陷入困境，格兰顿求助于法官，法官答应帮助他们，但格兰顿和他的手下必须出卖他们的灵魂，全身心投入到法官所宣扬的"战争之舞"中去，而法官则利用他的才智帮助他们，如帮他们制造火药，打败追赶他们的阿帕契人。"格兰顿帮"刚开始时只屠杀被墨西哥政

---

① John Sepich. *Notes on "Blood Meridian"*: *Revised and Expanded Edition*, Texas: University of Texas Press, 2008, p. 106.

② Ibid., p. 121.

府悬赏的阿帕契人，和法官签订契约后，不加区分屠杀各种印第安人和墨西哥人，变得更加疯狂、残忍。

与法官这恶的化身相伴而行之后，少年随时都有可能堕落为恶魔的奴隶。但少年并未将自己的灵魂出卖给法官，而是与他保持了一定的距离。在《浮士德博士的悲剧》中，魔鬼与浮士德签订的契约时间为 24 年，期满后他的灵魂被魔鬼劫往地狱。而在这部小说中，法官是在 28 年之后找到少年并以邪恶的方式将其杀死。法官指责少年叛变："你以前自告奋勇地参加一项事业。但你是对自己不利的证人。你列席审判自己的所作所为。你将自己的供词摆在历史的审判面前，你脱离了自己宣誓加入的团体，并危害它的每个计划。"（307）虽然最后法官杀死了少年，但却没有俘获他的灵魂。

综合以上分析，我们不难得出这样一个结论：《血色子午线》中的主人公不仅经历了从"少年"到"男人"的身体成长阶段，还同成长小说中的人物一样历经旅程的各种考验后有一定程度的悟识，从而完成思想变化。尽管他未像马克·吐温笔下的哈克有着大量的复杂心理活动，也未像《白鲸》中的以实玛利不断进行反思，更未像《黑暗的心》中的叙述着马洛那样善于表达自己的内心世界，但少年在流浪的途中经历了从主动参与暴力，到放弃杀戮、关怀他人、质疑法官的暴行和权威的变化，实现了从"少年"到"男人"的身体和精神的双重成长之旅。

"边境三部曲"的两位主人公如坎贝尔的专著《千面英雄》中的英雄离开了他们熟悉的家园，穿越美墨边境来到墨西哥这个未知的世界，经历了在他们成长之旅中占重要地位的阈限仪式。他们不仅在身体上跨越了阈限，而且在精神上也跨越了阈限。他们经历了成长小说的典型模式，即"天真——诱惑——出走——迷惘——考验——失去天真——顿悟——认识人生和自我"①。他们踌躇满志地将自己的理想付诸实践，但却与残酷现实发生了激烈的冲突，理想破灭，但却拒绝被社会异化。他们在空间的位移中经历了各种考验，同时也经历由天

---

① 芮渝萍：《美国成长小说研究》，中国社会科学出版社 2004 年版，第 8 页。

真到谙熟世事的成长过程。

　　"边境三部曲"的主人公们都在穿越美墨边境中经历了生死的考验、人世的冷暖，感悟了人生。美墨之间的边界对于两位主人公而言不仅是空间的，也是心灵的。他们的穿越之旅是自我认识之旅。《骏马》中的约翰在遭受朋友被杀、牢狱之灾、失去爱情等种种磨难后走向成熟，并反思其人生。《穿越》中，比利在三次穿越美墨边境中不仅未将母狼送回深山老林，还失去了父母与兄弟。比利的"成熟"主要体现在认识自我和思考人生方面。在第一次穿越美墨边境护送母狼回归深山老家的艰难旅程以失败告终后，比利经历了成长，"他也不知道自己在这一带经历了有多少天，但路上他在想，经历了所有这一切善善恶恶，他再也不会惧怕前方的任何事情了"（128）。护送母狼的过程是他人生的一次"穿越"，代表着他的成年仪式，狼的命运令他获得了顿悟，对生活的复杂性和生活的本质有了更深的认识。比利通过三次穿越美墨边境的经历，认识到梦想与现实的巨大鸿沟，从天真走向成熟。《平原上的城市》中，比利对约翰说："不光我一个人觉得这样。那边完全是另一个世界。我认识的每一个从那边回来的人，当初也都是抱着希望去那边的，或是自以为抱着希望去的。"（214）时间在他身体和精神上都留下了烙印，"这手骨节嶙峋，青筋暴露，布满了绳子勒出的伤痕和太阳晒出的黑斑。从这张手上可以读出他的经历和沧桑，可以看到上帝留下的印记和赐予，可以想见他颠沛劳顿、悲苦孤独的一生"（285—286）。

　　两位牛仔少年在旅途中所遇到的异教徒、隐士、盲人预言者等都是他们成长路上的重要引路人。"安排一位成年人给予年轻主人公以经验指导，或者为他指出探索的方向，是成长小说中常见的另一个结构要素。"① 这些引路人对他们讲述了自己关于存在的思考。牛仔们在艰辛而孤独的旅程中，遇见了很多人，也经历了很多事，身心经历了双重变化。

　　"边境三部曲"记录了牛仔少年充满理想、踌躇满志到经受考验、

———————————

① 芮渝萍：《美国成长小说研究》，中国社会科学出版社 2004 年版，第 95 页。

最后顿悟并走向成熟的过程。同功能型人物一样，"考验"是他们成长历程中的关键步骤，但与功能型人物不同之处在于"考验"是他们成长的学校，是通往"成熟"的必经之路，而非仅仅是试金石。牛仔少年们在经历空间的形体流浪的同时，也在心智和精神上经历了不同程度的发展。无论是为了田园梦想，还是为了爱情，他们在追寻之旅中完成了自己的成长。他们在路上的遭遇不仅推动了故事情节的发展，还令他们在思想、行为、情感等方面发生了变化。

二　功能型人物

《外部黑暗》《血色子午线》《老无所依》与《路》中的主要人物基本上属于功能型人物，旅程中所经历的事件与险情是考验他们的试金石。他们是具有某一类型特征的功能型人物，其性格特征一开始就被设定好了，并未随着故事情节的发展发生什么变化，而是在情节与境况中被逐步揭示出来。旅程中主人公们所遇到的事件构成的并不是他们的改变，而是他们的命运。作者主要通过人物不断移动的足迹，将旅途中发生的各种事件串联起来，或探析善与恶的问题，或分析人类的生存境遇。人物的内心活动与变化不是作家关心的重点。这类人物具有明显的类型化特征，在小说的公式里是一个常数，而非变数。他们是象征性人物，是某些思想、信仰或价值的代理，在小说中起着表达主题的重要功能。

《外部黑暗》中乱伦的兄妹是背负原罪的人类的代表。尽管他们流浪的路线一样，但最终未能相遇。在他们各自流浪的旅程中，外部世界是考验的舞台。林茜对自己所犯的原罪始终持忏悔与承认的态度，并以不畏艰辛、千里迢迢寻找孩子的爱的行动来赎罪。她在负罪流浪的旅途中经历了各种考验，饱受痛苦与绝望，但她那坦诚与淳朴善良的性格始终如一。正是这种性格令她赢得了路人的同情与关爱。然而，她哥哥库拉对自己所犯的原罪却持隐瞒态度。他残忍地将幼婴丢弃在林中的行为实乃"罪中之罪"。他在被放逐的流浪旅途中仍竭力隐瞒事情真相，拒绝承认他所犯的乱伦罪，对孩子漠不关心。因此，他从未受到他人的同情，而是诘责。他被排除在社会之外，受人指责，与社会格格不入，成为被弃于外部黑暗的人。小说结尾，库拉最后走到一片沼泽地，他试着踩了一下泥潭，发现很危险，于是往回走。傍晚，他遇到一位盲人，眼看着这位盲人朝着沼泽地方向走去，他却没有主动告知或领着盲人避开危险。他丧失了最后一次被救赎的机会，注定要永远负罪流浪。小说主人公的性格基本固定不变，没有发生实质性的改变，只有从不清晰到清晰，由不明确到明确的变化。

故事发生的具体地点和历史时间的阙如让《外部黑暗》成为了一部寓言式的哥特故事。实际上，麦卡锡在《外部黑暗》中主要探讨的是他一直所关心的"原罪"与"人类命运"、"善"与"恶"的问题。因此，小说中的人物除了起着推动情节发展的作用外，主要用于体现抽象道德概念。小说的寓言性质、宗教主题等决定了人物性格的恒定性。

霍尔登法官是《血色子午线》中的另一个重要人物，是麦卡锡在本书中浓墨重彩的一个人物，已成为文学恶魔人物长廊中一个极为夺目的形象。他身上有着与撒旦、浮士德、麦克白、库尔茨、亚哈船长等人物相类似的特征，但又不是这些文学经典人物形象的简单叠加。小说这样描述他："无论他的祖先是谁，他都不是他们形象的总和，也没有什么系统能将他分类，从而找到他的各种起源，因为他从未改变。"（309）法官既像是一个实在的人，又是一个象征性人物，具有多重喻指意义。

小说第一章对法官的出场进行了这样的描述："一个穿着油布雨衣的高大男人进了帐篷，摘下帽子。他的头似石头般光秃秃，胡子刮得一痕不留，眼睛上既没眉毛也没睫毛。他差不多有七英尺高。站在这个临时搭起来的教堂里，他甚至还吸着雪茄。"（6）显然，他的奇特外貌让读者意识到他不是一个普通的人物。尽管他身高超过七英尺，重达336磅，但走起路来却像猫一样轻盈。他精通多国语言，小提琴拉得比任何人都好，喜欢跳舞，左右手都能开枪，骑术一流；他学识渊博，知道每一块岩石的秘密，跟踪猎物的本事无可挑剔；他口才很好，能言善辩。牧师托宾向他的队友这样介绍霍尔登法官：

天啊！他是一个舞者，你的视线无法离开他。还有小提琴。
他是我听说过的最了不起的小提琴手。最了不起的。他能在荒野
中开拓道路、擅长射击、骑马与跟踪鹿。他曾周游全世界。他用
五种语言在法国或巴黎与首脑们交流，甚至坐谈到清晨。（123）

法官是高度文明化的象征性人物，是《浮士德博士的悲剧》中的
魔鬼。他博学多才，但嗜杀成性、残酷无情，是一个血腥的幽灵。作
者对法官的外貌和性格特征进行了概括性描述，随后他在旅程中所经
历的事情是这些性格的试金石，其性格并未随着故事的发展发生任何
变化。换言之，他同远征军所经历的暴力旅程证明了他是邪恶且无所
不能的魔鬼式人物。"格兰顿帮"的成员称他为"魔鬼"（125）。他
嗜杀成性，甚至连妇女儿童都不放过。他不仅猥亵和屠杀婴儿，还将
初生的小狗溺死。科技的力量是法官新的信仰，而非上帝。在一次同
印第安人的冲突中，法官率领远征军历尽艰辛爬上火山熔岩区，用刀
从火山熔岩中刮出硫黄，将之与鸟粪、尿混在一起制成黑火药。他们
用这种奇特的黑火药将那群印第安人全部消灭。

在麦卡锡笔下，法官不仅是现代科学世界观的代表，还是永不停
息的战争法则的代表。他这样评论战争："人们对战争怎么看无关紧
要。战争是不朽的。就像问人们对石头怎么看一样。"（248）他还发
表对战争的本质的看法："这就是战争的本质，战争是游戏，也是权
力与正当性。"他赞美战争，相信战争是万物之父，"战争之所以是终
极的游戏，是因为战争最终要将万物统一。战争是神"（249）。他蔑
视神灵，视战争为神。对法官而言，战争是一种文明的超道德仪式。
在小说结尾作者写道：

法官站在人群中显得特别高，他赤裸着上身跳舞，小脚灵活
敏捷。现在，他穿着紧身上衣，向女士们鞠躬。他身形巨大，脸
色惨白，秃头，看起来就像是巨大的婴儿。他说他从不睡觉。他
说他永远不会死……他从不睡觉。他说他永远不会死。他白天黑
夜不停地跳舞，而且很受欢迎。这位法官从来不睡觉。他不停地

跳舞。他说他永远不会死。（335）

这位长生不老的法官是史蒂芬·金笔下的"战争婴儿"。在《骷髅之舞》（*Stephen King's Danse Macabre*）中，史蒂芬·金提到了"战争婴儿"这一经典意象："我们是恐怖种子的沃土，我们是战争婴儿，我们成长于一个奇怪的马戏团的环境中——偏执、爱国、自大。"[①] 麦卡锡在小说最后一段将"他说他从不睡觉。他说他永远不会死"重复三次的用心昭然若揭。

另外，法官巧舌如簧，是狡诈的诱惑者，令人联想到《圣经》中的撒旦。小说开篇处，少年在纳科多奇斯镇听格林牧师布道。也是在这里，他初次遇到了法官。牧师警告教民："乡亲们，这里是地狱，地狱，人间地狱啊。就这儿，纳科多奇斯，上帝不能袖手旁观。"（6）恰如牧师所言，西部并不是"上帝的花园"，而是充满暴力和死亡的地狱。在牧师进行布道时，法官却挤到牧师所站的讲坛前，对牧师的教众讲话：

> 女士们、先生们，我觉得有义务告知各位，主持此次奋兴布道会的人是个骗子。他没有任何认证机构承认或临时提供的神学证明。他完全不符合被他所侵占的职责的最基本要求，而只是用心背下了《圣经》中的几个段落，其目的是为了给他的欺骗性的布道增添些许他内心所鄙夷的虔诚色彩。事实上，这位站在你们面前假装主之牧师的人不仅是个文盲，还在田纳西、肯塔基、密西西比和阿肯色州遭到了通缉。（6—7）

法官还指责牧师是强奸犯。牧师反驳法官撒谎，呜咽地叫道："就是他，魔鬼，就站在这儿！"（7）。如牧师所言，法官就是这个暴力猖獗的人间地狱中的撒旦，控制着黑暗世界，操控群魔乱舞，他要将这世界推向罪恶的深渊，但没人相信牧师的话，教民们如弥尔顿

---

① Stephen King, *Stephen King's Danse Macabre*, New York: Everest House, 1981, p. 23.

《失乐园》中受撒旦诱惑的叛军一样，已被法官的煽动性言辞迷惑，群情激愤，要求处死牧师。一位教民开枪打死了格林牧师，随后教民们摧毁了为布道临时搭建的帐篷。当教民们走进酒吧问法官怎么知道格林牧师的罪行的，他的回答令人吃惊："我今天是第一次见到此人。从来就没听说过他。"（8）法官完全是凭空捏造、歪曲事实，给牧师强加了莫须有的罪名。他用巧簧之舌诱使民众杀死了布道的牧师意味着他用他的法则取代了宗教信仰。法官与《圣经》中的撒旦一样，是狡猾的欺骗者、教唆人们犯罪的元凶，一个彻头彻尾的恶魔形象。这在随后的暴力之旅中得到了进一步的体现。例如，"格兰顿帮"在占领尤马渡口期间，队伍遭到了曾被加害过的尤马人的偷袭报复，几乎全军覆没，成员或死或逃。少年逃脱后离开了队伍，四处流浪。法官污蔑少年叛变，说这次惨败由他造成，指使士兵在一酒馆将他逮捕关进监狱。在法官探视时，少年质问他说了些什么。法官说："跟他们说了真相。说你是罪魁祸首。我并未告诉他们全部细节，但他们理解的是，这次灾难性行动中的各种事件都是由你一个造成的。你和野蛮人密谋策划了渡口那场屠杀。"（306）少年指责法官撒谎："撒谎，弥天大谎。"（307）

这个无比邪恶又博学多才的法官不免令读者想起《奥赛罗》中的伊阿古、《白鲸》中的亚哈船长和《黑暗的心》中的库尔茨。然而，虽说他们都是智能极高的变态、狂妄的"疯子"，但法官的存在却与他们不同，没有谁造就他，他是自我造就。他好像跟世界的原初连接在了一起，是黑暗与邪恶的象征。面对这样的"疯子"，任何道德说教都是无力的，只能选择与他对抗，杀死他或者被他杀死。恰如有的评论者所言："麦卡锡对法官不惜笔墨的刻画使其超越了普通历史人物的身份，而成为一种甚至多种符号。这个符号的所指为何，批评家和读者从各种视角都讨论过，但却难以穷尽各种可能。"① 法官的形象召唤读者阐释，但小说又将阐释复杂化和延迟。我们也不难理解汤

---

① 冯伟：《血色子午线：暴力背后的美学》，《文艺报》2013 年 6 月 21 日，第 004 版。

姆·诺兰对这部小说作如此评介：“这是一部关于邪恶本性的寓言。”①《血色子午线》已超越时空的拘囿而成为一种普世的寓言。

《老无所依》中的越战退伍老兵摩斯是容易受到诱惑却有良知的普通人。作为退伍老兵，他有丰富的作战经验和高超的生存技能。他在逃亡之旅中的空间位移和在其中经历的事件只是对他的能力进行了考验，并未改变他对世界和人生的认识，因此他本人并未经历改变。杀手齐格与其说是书中一个有着具体历史和身份的角色，还不如说是如霍尔登法官一样是世界邪恶力量的化身。他为所欲为的暴力行为不需要理由，只有他自己所谓的原则。他不同于以往西部小说中的恶人，他不贪财不好色，没有万能的弗洛伊德式的童年创伤性经历，代表的是一种不可抗拒、不可捉摸的纯粹的恶的力量，而不是有着复杂情感的个体。治安官贝尔是维护社会治安、保护公民安全的执法者，是人们心目中正义与英雄的形象。他也是小说题名中的“老人”（Old Men）的代表，指涉过去的道德理念和价值观。在与齐格所代表的恶的角逐中，他无法运用自己的智慧和经验获得胜利。小说中的这些人物所代表的只是一种社会类型，没有复杂的心理变化。

《路》中的父子没有名姓，他们总以“好人”自称，犹如《天路历程》中主人公的名字叫基督徒一样。麦卡锡对父子的命名方式显示了他的匠心独运。“我们是好人”贯穿整部小说。这对父子是善的品质的类型象征。孩子长满金色头发的脑袋仿佛是“圣杯”，作者写道：“孩子睡得规规矩矩。他在孩子身边坐下，轻抚着那头浅色的、凌乱的头发。金色的圣杯，合宜神居。”（75）对父亲而言，孩子已是充满上帝之灵的弥赛亚式的人物，他为人类造成的自我毁灭带来救赎，指引人类走出末日荒原。孩子的善在他们穿越地狱般世界的艰难旅程中犹如黑暗中的亮光，给父亲希望与动力。正如评论者所言：“《路》中的儿子犹如圣杯，将神性的内在本真送回堕落的人世。”②（224）

---

① Quoted in John Can, *Cormac McCarthy and the Myth of American Exceptionalism*, New York：Routledge，2008，p. 23.

② Lydia R. Cooper，“Cormac McCarthy's The Road as Apocalyptic Grail Narrative”，*Studies in the Novel*，Vol. 43，No. 2，Summer 2011，p. 224.

孩子在父亲眼里是荒原中的"神龛"：

> 黑魆魆的夜死一般的沉静。天气出奇地冷，以致他们冷得几乎说不出话来。他不停地咳嗽，男孩看着他往外吐血水。他们踉跄前行。全身脏兮兮，衣衫褴褛，毫无希望。他若停步倚靠推车，孩子会继续前行，而后止步往回看。他会抬起泪光闪闪的眼睛，看着孩子伫立在路间，从某个他想象不了的未来回头望着他，在废墟中闪闪发光如神龛。（273）

孩子的至爱和至善是末世的希望，他的出现是《老无所依》中治安官贝尔所期待的基督重临。

父子在艰难求生的旅程中偶然与他人的相遇是孩子善的品质的试金石。例如，当孩子在路途中看到一位男子被雷劈时，恳求父亲过去施以援助；当他听到远方传来的犬吠声时，他要求父亲保证不杀这只狗；当看见一个和他差不多年纪的男孩在他眼前跑过，转眼又不见了时，他担心那个男孩没人照顾，要求父亲同他一起去寻找，打算将自己的食物分一半给那个男孩。在这个以吞食弱者为唯一生存之道的末日世界里，父亲仍坚守着道德的底线——"绝不吃人"，做个"好人"，在废弃的房屋、超市里寻找干瘪的水果、过期的罐头等来维持生命。恶劣的末日环境挑战并考验着父亲生存下去并坚持做个好人的勇气与信念。父子仿佛是中世纪道德剧中代表善与恶等相关抽象观念的人物，起着表达主题的重要功能。

《外部黑暗》与《路》中历史时间的阙如令小说人物具有明显的"寓言"性质和深刻的象征意义；《血色子午线》与《老无所依》中的故事虽然发生在具体的历史时间里，具有历史性，但并不是小说化的历史记录，而是审视人类存在的具有历史维度和独特寓言性的文本。麦卡锡的这种概括化的努力值得我们注意，他根据创作主旨以及体裁特征有意将这些人物类型化，故他们的性格自始至终都没有什么变化。这些小说中的人物揭示了麦卡锡对传统旅程叙事组织人物形象的创作手法的继承。在希腊的传奇小说（adventure novel）中"主人公的一切行为，只能归结为在空间中的被迫移动（逃跑、追赶、搜寻），亦即归结为空间地点的改变"，人物并未随空间的变化经历成长，而是"竟能绝对完好如初，毫无改变"，"这种特有的一如旧我的性质，是希腊小说中组织人物形象的核心因素"。[①] 这几部小说的"道路时空体"、人物与空间的关系、寓言性质以及作者对人物存在境遇的关注等因素共同决定了人物的塑造方式与人物类型。这些主要人物在旅途中所经历的事件虽然改变了他们的命运，但他们本人的性格却未发生变化，没有成长或变化的过程。换言之，人物在空间的位移和在旅途中偶然意外的相遇都是用作考验主人公的手段，主人公们的性格都是"先定的"，旅程不过是为他们的性格在这个过程中逐步被揭示出来提供了一个舞台而已。人物的性格，甚至外貌特征，并未随时间的流逝和空间的转换而变化。他们都是定型的人物，或天生高尚，或天生邪恶。尽管这类人物没有乔伊斯式的内心独白，但他们并未因此而不够生动。"如果他们具有改变的特性，那只会限定他们的意义，而不是发挥他们的作用；他们一旦发生改变，就不再具有普遍意义。"[②] 这类人物形象体现了麦卡锡对史诗、《圣经》、希腊传奇小说等传统旅程叙事人物刻画手法的继承，而非他所处时代流行的光怪陆离的实验主义的人物刻画手法。

第三节　旅程情节

　　情节是一个发展着的概念，积满理论之锈。它的内涵以及在西方小说中的地位随着不同时代文学观念的演变不断发生着变化，是具有历史性的复杂概念，难以定于一尊。笔者拟在讨论麦卡锡小说的情节之前对情节理论的演化过程进行一番简要的梳理。

　　西方关于情节最早、最经典的论述可上溯至亚里士多德的《诗

---

　　① 巴赫金：《小说的时间形式和时空体形式》，载钱中文主编《巴赫金全集》（第三卷），白春仁、晓河译，河北教育出版社1998年版，第297页。

　　② Edwin Muir, *The Structure of the Novel*, London：L. & V. Woolf, 1928, p. 83. 参见申丹、韩加明、王丽亚《英美小说叙事理论研究》，北京大学出版社2005年版，第180页。

学》。亚氏在探讨悲剧时论及了情节："情节是对行动的模仿（所谓'情节'指事件的安排）。"① 他认为情节是对事件的安排，完整的情节包括开端、中间、结尾三部分，这三者通过因果逻辑关系连接，形成一个完整的整体。亚氏的情节观一直被奉为西方叙事的圭臬，绝大多数结构主义叙事学家的情节观传承了亚氏的衣钵。这种情节观有着两个对后世影响最大的核心观念：一是情节的整体观；二是情节的因果秩序观。尽管亚氏关于情节的论述只是针对悲剧而言，但开端、中间、结尾的三段式情节结构对后世叙事作品的情节构成影响深远，这在小说文体中尤为突出和明显。

亚氏的"情节"观所强调的因果关系对后来西方叙事学的"情节"观产生了很深的影响。20世纪20年代英国作家 E. M. 福斯特的《小说面面观》专门对"故事"和"情节"进行了区分："'国王死了，不久王后也死去'便是故事，而'国王死了，不久王后也因伤心而死'则是情节。"② 在福斯特看来，按照时间顺序安排的事件仅是故事，只有依照因果逻辑组织起来的一系列事件才能称为情节。虽然他用事件间的因果逻辑关系区分了故事与情节，但情节在这里还是指作品中所展现的一系列事件，只不过是有因果关系的一系列事件。福斯特的情节观影响较大，同时也颇具争议。

俄国形式主义者将"故事"与"情节"截然区分开。"故事"指的是作品叙述的按实际时间、因果关系排列的所有事件，而"情节"则指对这些素材进行的艺术处理或在形式上的加工，尤指在时间上对故事事件的重新安排。因此，故事就是作品内容，是作品描述出来的一系列事件，而情节则是一种方法，一种形式上的艺术手法，是对故事事件的安排、处理。情节是使"故事"得以陌生化、得以被人创造性扭曲并使之面目皆非的独特方式。形式主义的情节观在结构主义叙事学中又进一步得到了解释，"结构主义认为每部叙事作品都有两个组成部分：其一是'故事'，即作品的内容；其二是'话语'，即表达

① ［希］亚里士多德：《诗学》，罗念生译，人民文学出版社2000年版，第20页。
② ［英］E. M. 福斯特：《小说面面观》，苏炳文译，花城出版社1984年版，第75页。

方式或叙述内容的手法"①。在结构主义者看来，情节属于"话语"这一层次，它是在话语这个层面上对故事事件的重新组合。这里，情节就是小说艺术中与故事本身这种语义材料相独立的艺术性结构。但并非所有结构主义叙事学家研究的"情节"都处于话语这一层次。很多结构主义叙事学者如布雷蒙、格雷马斯与托多洛夫等在故事的层面对情节进行抽象的研究，将情节视作故事的抽象逻辑结构与深层叙事结构。他们认为某一类作品具有相同的结构模式，于是就试图寻找出一些能支配所有作品的情节模式。情节的研究也就变成了对作品结构的探索，只不过有的是对表层结构的探究，有的则是对作品深层结构的探究。

1950 年克莱恩在其论文《情节观念及〈汤姆·琼斯〉的情节》中对情节的概念进行了扩展。他以评论者们对菲尔丁的小说《汤姆·琼斯》的评介为例，指出他们对情节的界定狭义而抽象，仅限于对行动的形式描述，然而，情节的内涵远比这些要丰富得多，还应涵盖人物和思想因素。"任何一部小说或戏剧的情节是作者通过构成创作内容的行动、人物及思想而达到的独特综合体。"② 鉴于此，克莱恩提出他的主要情节观，即情节应该包含"行动情节、人物情节和思想情节"③。他反对将小说的行动、人物及思想三个基本要素截然分开的批评，呼唤一种能将这三者综合考虑的批评方法。克莱恩的情节观丰富了情节概念的内涵，大大地开阔了批评的视野。

英国文论家艾德温·缪尔（Edwin Muri）对情节结构中的时间和空间关系进行了建构性的论述，首次强调了故事空间与情节的关系：

> 当我们说某一部小说的情节建构在空间里的时候，并不是说它与时间无关……同样，当我们说某个情节属于时间，也不是说故事背景不是建构在空间中……说到底还是看空间与时间何者占

---

① 申丹：《叙述学与小说文体学研究》，北京大学出版社 2001 年版，第 31 页。
② R. S. Crane, "The Concept of Plot and the Plot of *Tom Jones*," in R. S. Crane (ed) *Critics and Criticism*, Chicago: The University of Chicago Press, 1960, p. 66.
③ Ibid..

据主要地位。某些情节倾向于通过扩展故事范围而得到发展，这种方式意味着空间成为该情节的一个发展纬度。另外一些情节注重事件的进一步发展，而发展同样意味着时间的延伸。两种情节模式都最终取决于它们的目的。注重空间发展的情节在结构上显得松散，注重时间的情节则呈现出因果逻辑。①

20 世纪末随着叙事理论对空间的重视，许多文论家开始重视情节与空间的关系，而不仅仅是与时间的关系。"小说情节与故事空间关系也成为理论家们阐述叙事类型的一个观察点。"② 埃里克·S. 拉布金（Eric S. Rabkin）在《空间形式与情节》一文中提出了情节兼具历时和共时的维度的观点，区分了两种具有典型的空间形式特征的情节，即主从结构情节和并列结构情节③。加布里尔·佐伦（Gabriel Zoran）在其 1984 年发表的文章《走向叙事空间理论》中指出："情节可以是'以空间为导向的'……无论情节在文本中的地位或作用如何，它不应仅仅被视作时间的建构，还应包括路线、移动、方向、空间与同时性等等，因此它是在文本的空间建构中起着积极作用的因素。"④ 德国叙事学家希拉里·P. 丹尼伯格在其专著《巧合与反事实：叙事小说中的时间与空间情节建构》（*Coincidence and Counterfactuality*: *Plotting Time and Space in Narrative Fiction*，2008）中探讨了情节建构的三种方式，其中就包括"空间情节建构"（spatial plotting）⑤。

总而言之，不同时期的文论家对情节的定义都做出了富有意义

---

① Edwin Muir, *The Structure of the Novel*, London: L. & V. Woolf, 1928, p. 64. 参见申丹、韩加明、王丽亚《英美小说叙事理论研究》，北京大学出版社 2005 年版，第 179 页。

② 申丹、王丽亚：《西方叙事学：经典与后经典》，北京大学出版社 2010 年版，第 138 页。

③ Eric S. Rabkin, "Spatial Form and Plot," in Jeffrey R. Smitten and Ann Daghistany (eds) *Spatial Form in Narrative*, Ethaca: Cornell University Press, 1981, pp. 90 – 98.

④ Gabriel Zoran, "Towards a Theory of Space in Narrative," *Poetics Today*, Vol. 5, No. 2, p. 314.

⑤ Hilary P. Dannenberg, *Coincidence and Counterfactuality*: *Plotting Time and Space in Narrative Fiction*, Lincoln: University of Nebraska Press, 2008, pp. 65 – 85.

的探索。不同叙事类型的小说有着占主导地位的情节建构原则。对情节类型的区分主要是为了讨论的便利，而不应成为教条与标准，还要根据具体的文本而定，不同叙事类型的小说有着不同的情节建构原则。

目前国外评论界对麦卡锡小说情节的评价主要是根据事件之间的因果律这一考量标准。显而易见，根据因果律在小说情节中起到的举足轻重的作用来评判，麦卡锡的小说大多不注重情节。这已成为评论界的共识。丹尼斯·多诺霍（Denis Donoghue）认为，"麦卡锡对小说情节好像丝毫不感兴趣……他的小说情节松散，是插曲式的……没有高潮，也没有结局"①。的确，按照传统文界奉为圭臬的因果律标准来考量，麦卡锡小说通常没有情节，事件之间缺乏因果关系，更多的是展现事件之间的偶然性，巧合取代了因果。例如，《外部黑暗》几乎没有什么情节，故事中的兄妹不停地流浪，在旅途中基于偶然与各色人物相遇；《沙特里》的情节松散，没有推动情节发展的动力，主人公沙特里在诺克斯维尔市漫无目的地游荡，时而钓鱼，时而酗酒、会朋友；《血色子午线》与其说有故事情节还不如说那是通过人物、暴力行为和奇怪的叙述转折而串缀在一起的一系列事件；"边境三部曲"的情节由一系列冒险、考验与巧合等构成；《路》是他所有小说中最缺乏情节的，父子大部分时间都在路上，寻找废弃的房屋或是谈论生死，他们有时会遇到其他人，但父亲总是觉得他们可能是坏人而远离他们。

难道真如一些评论者所言，麦卡锡不注重小说的情节，对情节间的因果关系不感兴趣？若要对麦卡锡小说的情节作一个较为公正的评价，首先必须考虑两个问题：其一，根据因果律来考量麦卡锡小说的情节是否合适；其二，以人物"在路上"为主要结构的小说中，空间对情节的建构与强调时间的情节的区别。以因果律的准绳来分析麦卡锡小说的作品必定会误入歧途。麦卡锡并非如一些评论者所言，对情

---

① Denis Donoghue, "Dream Work," *New York Times Review of Books*, 24 June 1993, pp. 6 – 10.

节丝毫不感兴趣。麦卡锡的小说秉承了传统旅程叙事的情节传统，他对情节的安排方式受着旅程叙事情节模式成规的影响，小说中较松散的缀段式结构范式正是旅程叙事的内在要求。旅程叙事的情节模式相比于其他叙事类型的情节，具有相当的独特性与特殊性。它以主人公旅程空间的转换来结构情节，表现为较松散的缀段式结构范式，而这正是旅程叙事情节的内在要求。对于一般叙事类型的情节，起承转合有着内在的必然规律和因果关系，而旅程叙事的情节发展都是出于偶然性的推动，事件之间没有密切的逻辑和因果联系。旅途中各色人物的相遇与故事情节的推动都源于偶然与巧合。偶然主导了情节的发展方向，偶然性当之无愧地取代了因果律成为麦卡锡小说情节的主调。偶然性与巧合性是生活的本然状态，麦卡锡以旅程叙事的方式将生活本身的复杂性复现。这种情节类型具有独特的美学意义。显然，因果律这个天平不适合称量麦卡锡小说中的情节。

　　小说家兼评论家艾维·康普顿－伯内特（Ivy Compton-Burnett）曾强调情节的重要性："假如我们将情节从小说中抽出，那么，小说中所剩下的一切就会显得松散而缺乏联系……情节犹如一个人的骨架，它虽不如脸部表情或符号那样有趣，但它支撑着整个人的结构。"[①] 换言之，如果将人物视作叙事的灵魂，情节则为躯体。那么，麦卡锡小说中的躯体是什么？又是什么将貌似毫无关联的事件连接起来？从因果律的标准来看，麦卡锡小说的情节松散，但主人公的旅程在小说中起着重要的情节作用，他们的足迹这根纽带将其在旅途中偶然遇到的人与事连接在一起。除此之外，贯穿小说的救赎、追寻、成长、殖民扩张等主题是使得缺乏因果关系的事件成为一个有机体的内在肌理和深层机构，是支撑小说整个结构的躯体。这在本书的第二章已有涉及，本章不再赘述。

　　麦卡锡的小说主要以人物在路上的行动为中心建构故事情节，虽然每个事件在情节上没有连贯性，但必定是围绕主人公的旅程和空间

---

　　① Ivy Compton-Bernett, "Plot the Support of a Novel," in Miriam Farris Allott（ed）*Novelists on the Novel*, London: Routledge & Regan Paul, 1959, p. 249.

的位移而展开，这就是"在路上"的情节结构，是艾德温·缪尔所说的建构在空间里的情节，此类情节"倾向于通过扩展故事范围而得到发展，这种方式意味着空间成为该情节的一个发展纬度"。虽然麦卡锡的小说包含了时间与空间，但突出的是故事中的空间。由于麦卡锡小说是以主人公的旅程为叙述对象，在情节建构上注重人物与故事空间的密切关系，使得故事情节通常显现为空间上不断变换的特点，空间构成了情节发展的有机成分。麦卡锡的小说继承了旅程叙事中依照人物活动场所之不同建构情节结构的叙事传统，人物、行动与空间变得密不可分。由于麦卡锡小说的情节特征受制于旅程叙事模式的内在要求，空间的位移和事件的偶然性在麦卡锡小说的情节中起着至关重要的作用，而非事件的因果律。

　　《外部黑暗》中兄妹的空间位移和旅途中的偶然事件主导了情节的发展方向。兄妹从原罪的始点——他们家附近的树林深处出发，经过不停地流浪，最后又回到原罪的始点，主要人物在这里偶然交集，负罪者库拉受到审判。故事空间表现了人物灵魂的堕落和挣扎。兄妹在旅途中与各色人物的相遇与故事情节的推动都源于偶然与巧合，事件之间缺乏因果关系。《沙特里》中主人公的空间位移经历了从城市到荒野，然后又回到城市，最后离开城市踏上西行之旅的空间变换。沙特里所处的不同空间影响着他的成长。城市中所发生的事情揭示了沙特里作为现代人所面临的生存困境和精神危机，而荒野的朝圣则是他探求自我存在的价值和意义的努力，沙特里所处的不同空间影响着他的成长。显然，空间是该小说情节发展的有机成分，而非事件之间密切的逻辑和因果联系。《血色子午线》也主要是以人物旅程空间的转换来建构情节。"格兰顿帮"在不断向西前行的旅程中与印第安人的偶然相遇与冲突推动着故事情节的发展，"少年"参与并见证了一系列残杀印第安人与墨西哥人的暴力行径，但这些暴力事件之间并无因果关系。"边境三部曲"中牛仔少年们的空间位移——穿越美墨边境以及旅程中偶然发生的事情推动着情节的发展，凸显了人生之旅的复杂性和不可预测性。《老无所依》中摩斯、齐格与贝尔三个主要人物之间所形成的逃亡、追杀与追捕之链推动着情节从一个空间扩展到另一个空间。偶然性也在该小说情节构成中占据着主导地位。摩斯在一次打猎时偶然发现毒品交易火并现场装有240万美元的箱子，因一时贪念，他做了一个大胆的决定，将现金据为己有。因良心发现，摩斯回到家后决定去给濒临死亡的司机送水。当他再次回到毒品交易现场，发现已有一伙人也到了那里，摩斯仓皇而逃，从此踏上了充满变数的逃亡旅程，最后偶然地死于一位墨西哥人手里。空间的变换和事件的偶然性增添了情节的曲折离奇。后启示录小说《路》的父子为了到达温暖的南方，在末日世界的路上不断艰难前行，偶然与他人相遇，或突然遇到坏人，遭遇危险，或偶然找到食物，遇到好人。总之他们不断移动的足迹将旅途中所发生的偶然事件串联起来，推动着情节的发展。

显然，麦卡锡并不是如一些评论者所指责的那样"对小说情节好像丝毫不感兴趣"。由于受制于旅程叙事类型特征的限制，麦卡锡小说的情节有别于建立在因果律基础上的情节类型，有着独特的结构功能和美学意义。如果我们机械地以因果律这一评判标准来考量麦卡锡小说的情节特征，则无异于缘木求鱼，遮蔽了旅程叙事小说情节建构的独特艺术特征。

小　结

"道路时空体"是撑起麦卡锡小说旅程叙事大厦的支点。在"道路"这个重要的支点下，时间与空间、人物以及情节都与之相互交融，体现了麦卡锡对旅程叙事传统的传承与创新。根据巴赫金的"道路时空体"来分析小说的时空关系有助于将形式与内容有机结合在一起，揭示小说中"道路"的丰富隐喻意义。同时，对人物的分析也离不开旅程结构，人物的形象与命运同"道路时空体"紧密相连，时间和空间在旅程叙事作品中获得了前所未有的存在意义。考验型和成长型人物的划分可避免以往评论中将人物从其唇齿相依的旅程剥离、进行挖掘式阐释的做法。麦卡锡小说的情节模式也是典型的旅程叙事模式，以主人公的行走历程来建构情节，具有独特的美学特征。通过对

麦卡锡小说旅程叙事要素的分析，我们不难看出麦卡锡借人物的旅程
这一媒介将小说的形式、内容与创作意图有机地结合起来，使传统的
旅程叙事焕发出了新的生命力。

第四章

时代的影响：麦卡锡小说旅程
叙事的后现代主义特征

由于麦卡锡小说旅程叙事在诸多方面传承了旅程叙事传统中的特点，譬如缀段式情节结构、重视故事性等，以致他小说中的后现代主义特征被忽视。例如，巴克利·欧文斯（Barcley Owens）在其专著《科马克·麦卡锡的西部小说》中指出，读者只要随意翻阅一下任何当代文学选集和期刊就会发现，就创作倾向和技巧方面而言，一半以上的作家都可归类为后现代主义作家，但麦卡锡却不属于此类作家①。在美国文学史著作中，麦卡锡的名字从未出现在后现代主义作家的名单之列，这与同他一起被哈罗德·布鲁姆列为当代四大小说家的其他三位不同。众所周知，品钦、德里罗与罗斯是美国后现代主义小说宗师，与他们相比，麦卡锡可谓是"一位身着传统外衣的后现代主义者"。J. 坎特（J. Cant）对麦卡锡的小说给予了这样的评价："麦卡锡的小说显示的不是用新形式表达新内容的信念，而是重新利用旧形式以表达个人观点的信念。"② 在小说形式上，麦卡锡并未像同时代的后现代实验小说家那样偏好新奇的写作手法，刻意凸显形式游戏，因此，他的小说既没有迷宫般的情节，也没有后现代主义作家钟爱的"元小说"创作模式与纯粹的语言游戏。然而，麦卡锡并非生活在"真空"中的作家，自 20 世纪 60 年代在美国盛行的各种后现代主义思潮对麦卡锡的影响也是明显的，他小说中的旅程叙事有着隐性但却

---

① Barcley Owens, *Cormac McCarthy's Western Novels*, Tucson：University of Arizona Press, 2000, p. xii.

② John Cant, *Cormac McCarthy and the Myth of American Exceptionalism*, New York：Routledge, 2008, p. 107.

清晰可辨的后学印记以及各种后现代主义思潮的折光。

就麦卡锡作品的形式而言，占主导地位的仍然是传统旅程叙事的因素，在叙述形式上大体与传统旅程叙事模式认同，这或可看成是麦卡锡所坚持的"旧瓶装新酒"里的"旧瓶"，而旧瓶中的新酒——他所受到的后现代主义思想的影响，主要体现在他的世界观。这在麦卡锡后期西部小说的旅程叙事中十分明显。众所周知，不同历史时期的作家由于受到不同的科学与哲学思潮的影响，对于世界和人类自身的认识也是不一样的，因此，随着思维范式的转换，不同时期的作家笔下有着不同的"世界图景"。尽管麦卡锡小说的主人公们如传统旅程叙事中的人物那样遵循着召唤——出走——冒险——回归——继续流浪的传统旅程模式，但他们对人与世界、个人意志与命运的认识却大相径庭；尽管他们在旅程中也像传统经典旅程叙事中的人物一样遇到盲人预言者、隐士、神甫等各类人物，但这些人所发表的关于世界、人与自然的观点却颠覆了人们对世界的本质、人和客观世界的关系等的传统看法。可见，麦卡锡小说的旅程叙事是旅程叙事传统形式与后现代主义世界观结合的"特色"结晶。麦卡锡是如何通过人物的旅程这一媒介赋予其作品"旧瓶装新酒"的特色？他的小说又蕴含了怎样的后现代世界观？这些问题将是本章论述的重点。

第一节　混沌理论整体世界观：世界的
"返魅"与复杂性

尽管"混沌"一词有着古老的血统，但作为一门新兴学科，混沌理论诞生于 20 世纪 60 年代。1963 年，美国麻省理工学院的动力气象学家爱德华·N. 洛伦兹（Edward N. Lorenz）提出了著名的"蝴蝶效应"（The Butterfly Effect），指在一个动力系统中，初始条件下微小的变化能带动整个系统长期的巨大连锁反应。他用了富有诗意的蝴蝶来阐述他的理论，即一只南美洲亚马逊河流域热带雨林中的蝴蝶，偶尔扇动几下翅膀，可能在两周后引起美国得克萨斯州的一场龙卷风。洛伦兹发表的关于混沌理论的开创性研究在被冷落了 12 年之久后才得到广泛承认，引发了混沌理论研究的热潮，由此诞生和发展起了一门新兴学科——混沌学，成为当代新兴学科的代表，确立了复杂性、非线性与随机性在后现代科学中的地位，对以牛顿经典力学为核心的机械论科学图景进行了深刻的变革。

作为科学术语的"混沌"，指的是貌似随机的事件背后存在着的内在联系，貌似随机实则有序。混沌科学主要关注"隐藏的模式、细微的差别、事物的'敏感性'，以及那些不可预测的事物千变万化的'规则'"①，并非人们习以为常的杂乱无章状态与纯粹随机的表现。它表达了这样一种悖论，即有序来自无序，无序来自有序。混沌来自简单，简单来自混沌。混沌理论包含非线性（Nonlinearity）、蝴蝶效应、奇怪吸引子（Strange Attactor）等重要概念。非线性（Nonlinearity）是混沌理论中最重要的概念之一，世界从本质上讲是复杂的、非线性的。它指一个系统中的各种关系的呈现并非严格地成比例。牛顿科学最重要的原则是假定因果具有成比例的关系，因此，在初始状态的微小变化也就产生一致性的微小改变；混沌理论却认为非线性才是自然和人文社会的常态，任何事物和现象间常因交互影响与作用，形成错综复杂的混沌状态。蝴蝶效应强调系统的动力系统运动轨道对初始条件的极度敏感和依赖性，这种敏感性将导致系统长期时间行为的不可预测性与内在随机性。一个微小的事件可能引发不可预见的后果和巨大的变化。洛伦兹提出的"蝴蝶效应"就是对这种敏感性的突出而形象的说明。奇异吸引子是混沌运动的主要特征之一，它的出现与系统中包含某种不稳定性有着密切关系。混沌理论是复杂性科学研究的重要组成部分。它将不稳定性与不可预测性纳入宇宙图景，从根本上改变了人们的决定论观点，对于我们重新认识宇宙以及人类在宇宙中的地位有着重大意义。自然世界不再是我们能够任意支配的客体，我们必须尊重它，与之和谐相处。

牛顿经典科学的线性观与因果论勾勒出了简单性、确定性和还原

---

① John Briggs and F. David Peat, *Seven Life Lessons of Chaos*: *Timeless Wisdom from the Science of Change*, New York: Harper Collins Publishers, 1999, p. 2.

性的世界图景，而混沌理论作为系统科学的一个重要组成部分，遵循着整体论与有机论的原则，是对经典科学线性观与还原论的扬弃，揭示的是有序与无序、确定性和随机性、简单与复杂共生互存的世界图景。18世纪与19世纪科学界占统治地位的牛顿经典力学致力于探索宇宙运动的规则，将世界看成一个巨大而复杂的钟表，提出了钟表机械宇宙观，认为万事万物就像钟表的齿轮，虽然复杂精致，但会完全按照预测的方式运行。机械论世界观推崇蕴涵在完美机器形象中的性质——规律性、预测性与控制性，认为世界是有序的，都是按照严格的定律来运行的，其行为完全可以预测，由因果关系决定。混沌理论的发现是科学史上的转折点，预示着科学的后现代转向，它粉碎了牛顿经典力学所代表的可预测性与决定论的现代科学的美梦，将现代科学所排除的多样性、无序性、个体性等因素引进科学的视野，将不可逆性、偶然性、不稳定性、突现性、非线性等大量新概念运用到科学研究之中。

　　混沌理论掀起了继相对论和量子力学以来基础科学的第三次大革命，“相对论排除了对绝对空间和时间的牛顿幻觉；量子论排除了对可控制的测量过程的牛顿迷梦；混沌则排除了拉普拉斯决定论的可预见性的狂想”[1]。混沌理论不仅引发了自然科学界的变革，而且日益渗透哲学、人文社会科学领域。混沌理论打破了长期存在于学科之间的藩篱，从而创造了一种学科之间互动的新方向。从某种意义上讲，混沌科学带来的是一场方法论或者思维方式的变革，它“威胁着我们的标准世界观，即依然建立在延续性和稳定性概念之上的那个世界观”[2]，打破了从牛顿力学以来一直统治和主宰世界的机械线性思维方式，彻底改变了人们对世界的看法，成为一种后现代思维范式。它粉碎了现代世界观的认识论基石，削弱了对确定性的追求。代表现代范式世界观的牛顿自然科学认为世界是有序的、可预测的、能为理性所

----

　　① ［美］詹姆斯·格雷克：《混沌：开创新科学》，张淑誉译，高等教育出版社2004年版，第5—6页。

　　② ［英］斯图亚特·西姆：《混沌理论、复杂理论及批评》，载朱利安·沃尔弗雷斯编著《21世纪批评述介》，张琼、张冲译，南京大学出版社2009年版，第121页。

把握的，强调世界的线性确定性和因果决定论，而混沌科学的发展在哲学和方法论方面引起了深刻的变革，为人们提供了一种认识复杂世界的新的思维范式。

混沌理论诞生之后，不少美国作家对其表现出浓厚的兴趣。巴思曾这样描述混沌理论对他以及同时代作家的影响："如列维·斯特劳斯的结构主义和雷内·托姆的突变理论，混沌理论是一种内涵太丰富的概念，一种太强大的隐喻，它像美国郊区草坪上的杂草四处蔓延，跨越了原来的界限进入其他领域。"① 的确，如巴思所言，混沌理论思维范式对美国当代文学的影响亦如对科学的影响一样重大，它迅速渗入许多作家的创作当中，被当作一种哲学思想来隐喻充满不确定因素的后现代社会，成为表达对现实的看法、思考当今复杂而多变的世界的有力工具。托马斯·品钦这位有着物理学背景的当代作家认为："混沌是自然法则；秩序是人类的幻想。"② 小说家唐·德里罗在一次采访中曾说："科学给了我们一种可利用的新的语言……科学是新名称的来源，是联系人们与世界的新纽带。"③ 他在其小说《白噪音》中就直接提到混沌理论："'真是妙极了。'我对他说，'关于不确定性、不可测性与混沌，算你大获全胜了。这真是科学的美妙时刻。'"④ 混沌理论成为一种世界观进入美国社会的主要思潮，文学家也利用混沌来隐喻世界的多元性与不确定性，进而成为后现代派小说的主题和结构。

混沌理论并非首次在文学领域留下足迹的科学观念。在混沌理论之前的进化论、热力学与量子力学都对文学创作产生了广泛的影响。例如，进化论曾经全面刷新了文学创作与批评的各个领域，深受达尔

---

① John Barth, *Further Fridays: Essays, Lectures, and Other Nonfiction* 1984 – 1994, Boston: Little, Brown and Co., 1995, p. 284.

② W. M. Plater, ed., *The Grim Phoenix: Reconstructing Thomas Pynchon*, Bloomington & London: Indiana University, 1979, p. 5.

③ Tom LeClair et al. eds., *Anything Can Happen: Interviews with Contemporary American Novelists*, Urbana: University of Illinois Press, 1988, p. 84.

④ Don Delillo, *White Noise*, New York: Penguin Books, 1999, p. 24.

文主义影响的作家就可列出长长的名单：乔治·艾略特、H. G. 威尔士、约瑟夫·康拉德、托马斯·哈代、左拉、诺里斯、本内特和杰克·伦敦等。20 世纪后半叶，混沌理论对于美国当代文学的影响也绝不亚于进化论之于 20 世纪前半叶的文学，受其影响的美国当代作家也可列出长长的清单：托马斯·品钦、约翰·巴思、唐·德里罗、科马克·麦卡锡、理查德·鲍尔斯、罗伯特·库佛、哈里·马修斯等。这些作家主要以混沌理论的核心概念如蝴蝶效应、奇怪吸引子、非线性等为基础，利用其丰富的隐喻意义和哲学含义进行创作，从不同维度对世界的确定性进行多重解构。

麦卡锡是深受混沌理论影响的著名当代作家。他与同时代作家品钦一样有着工程物理专业的学习背景，对科学领域的诸多理论有着浓厚的兴趣，是一位密切关注科学发展的作家。导演道格拉斯·韦杰曾这样评价麦卡锡："他知识渊博，特别是在哲学与科学方面。他有很强的跨学科综合能力。"[1] 他与混沌理论的结缘还得从他与物理学家穆雷·盖尔曼（Murray Gell-Mann）的认识说起。1981 年麦卡锡获得麦克阿瑟基金"天才"奖金，他到芝加哥参加了一个宴会。会上他发现自己同科学家们很投缘，而非文人墨客，其中就有诺贝尔物理学奖获得者穆雷·盖尔曼。尽管麦卡锡与盖尔曼的学科背景不同，他们却成了挚友。盖尔曼是著名的粒子物理学家，麦克阿瑟基金的负责人，圣塔菲研究所（Santa Fe Institute）的创建人之一。美国圣塔菲研究所成立于 1984 年 5 月，是一个以圣塔菲为平台的流动的研究集体，吸引了全世界各学科精英学者的参与，是世界混沌理论与复杂性问题研究的中枢。麦卡锡对圣塔菲研究所所提倡的跨学科综合研究问题的方法很感兴趣，时常前往那里与研究人员交流和拜访朋友盖尔曼。几年后，他干脆从得克萨斯州搬到了圣塔菲，成了研究所会员。在《老无所依》的致谢部分，麦卡锡特别感谢了圣塔菲研究所。2007 年 5 月他接受的第一个电视采访《奥普拉秀》（*The Oprah Winfrey Show*）就

---

① Quoted in R. Wallach, ed., *Myth*, *Legend*, *Dust*: *Critical Response to Cormac McCarthy*, Manchester: Manchester Univ. Press, 2000, p. 145.

是在该研究所的图书馆里进行的。由于麦卡锡是圣塔菲研究所会员中唯一的小说家，2005 年麦卡锡在接受伍德沃德的第二次采访时谈到，许多读过他作品的著名科学家最初对他来圣塔菲研究所感到不解，但很快就习惯了。盖尔曼对麦卡锡的印象是，"他对许多事情都保持长期的兴趣，知识特别渊博"①。麦卡锡充分利用在这里的机会与来自世界各地的著名科学家交流，受益匪浅。"你问他们问题，他们会给你详细解答。简直太好了！"② 麦卡锡在该研究所还以校读科学家们的书稿出名。来自哈佛大学的物理学家莉萨·兰德尔（Lisa Randall）告诉美国《滚石》杂志记者，麦卡锡曾对她说有兴趣校读她的书稿。对她而言，由文坛巨匠来校读她的书稿真是难得的机会。她兴奋地告诉记者："他将校对后的书稿邮寄给我，每页都做了标记。"③ 显而易见，麦卡锡在圣塔菲研究所的工作经历和他对科学领域的关注使他对物理学方面的新科学混沌理论非常熟稔。混沌理论是一种后现代范式，包孕着一种新的世界观，"混沌观念的应用已经远远超出产生它的科学领域，从一个科学理论演变成新的文化隐喻"④。这种思维范式对麦卡锡影响至深，为他提供了观察世界、了解社会、解析人生的重要视角，赋予了他极为独特的思想维度和世界观，对他的小说创作产生了不可忽视的影响。尽管他并未像托马斯·品钦在《万有引力之虹》与《熵》中那样直接地运用深奥的科学术语，混沌世界观却深深地渗入其小说创作中。

萨特曾指出："一种小说技巧总是与小说家的哲学观点相联系，批评家的任务是在评价小说家的技巧之前首先找出他的哲学观点。"⑤

---

① Cormac McCarthy, "Cormac McCarthy: Cormac McCarthy Would Rather Hang Out with Physicists than with Writers," by Richard B. Woodward. *Vanity Fair*, 1 August 2005, p. 98.

② Cormac McCarthy, Interview, "Cormac McCarthy's Apocalypse," by David Kushner, *Rolling Stone*, 27 December 2007. 20 August 2011. < http://www.members.authorsguild.net/dkushner/work3.htm >.

③ Ibid..

④ John Briggs and F. David Peat, *Seven Life Lessons of Chaos: Timeless Wisdom from the Science of Change*, New York: Harper Collins Publishers, 1999, p. 6.

⑤ ［法］萨特：《萨特文论选》，施康强译，人民文学出版社 1991 年版，第 1—2 页。

毫无疑问，麦卡锡对人与自然、自由意志与命运的理解与思考受到了混沌理论与复杂性科学的影响。迄今为止，从混沌理论视角研究麦卡锡小说的著述较少，只有美国学者戈登·E. 斯勒索格教授（Gordon E. Slethaug）在他的专著《美丽的混沌：美国当代小说中的混沌理论与元混沌学》（Beautiful Chaos：Chaos Theory and Metachaotics in Recent American Fiction，2000）对此有所涉及，且仅局限于《血色子午线》与《骏马》这两部作品。斯勒索格认为《血色子午线》与《骏马》体现了混沌理论中的蝴蝶效应与奇异吸引子这两个重要概念。他分析指出，《血色子午线》的"目录式"章节标题虽然是 19 世纪小说家常用的写作方法，却体现了混沌理论中的迭代成型、重叠与压缩[①]；《骏马》中牛仔少年的旅程路线就像"变形的环面吸引子"[②]。虽然此种阐释不乏新意，但笔者认为混沌理论对麦卡锡小说的影响主要体现在世界观方面。混沌理论与复杂性理论为麦卡锡提供的是一种新的世界观，一种重新看待人与自然、人与人、人与世界的新的视角，而不是对我们已熟知的文学和文化中的某些方面进行科学论证。麦卡锡从混沌理论中获得了新的文学表现源泉与理解世界的方式。混沌理论与复杂性理论在作家笔下的运用是一种隐喻性的扩展。若将麦卡锡的小说进行整体观照，我们不难发现混沌理论对他创作的影响主要体现在以下两点：一是通过对机械论现代世界观的批判，麦卡锡从混沌整体论与有机论的后现代世界观重新审视了人与自然的关系；二是通过对小说中人物的自由意志能在多大程度上控制自己的命运或环境的思考，麦卡锡揭示了个体的命运如同历史的缔造过程，是必然性和偶然性、有序与无序的共同作用的结果，对人与世界的关系进行了哲理性的思考。

一　对机械论现代世界观的批判

混沌理论对麦卡锡世界观的影响主要体现在他从混沌有机论的自

---

① Gordon E. Slethaug，*Beautiful Chaos：Chaos Theory and Metachaotics in Recent American Fiction* New York：State University of New York Press，2000，pp. 133 – 134.

② Ibid.，p. 151.

然观重新审视人与自然世界的关系。混沌科学是"返魅"的科学，由此引发的世界观的改变导致了人类位置的改变。作为非线性科学主体的混沌理论引发了哲学观念和自然观的变革，令人们认识到世界是一个相互依存、影响、制约并有着错综复杂联系的有机整体。混沌科学强调一个相互的、动态的系统，这个系统有着不可逆转的发展方向，而绝非是机械的。它是对自然"返魅"的后现代科学。德国社会学家马克斯·韦伯（Max Weber）在批评现代性时提出了"世界的祛魅"（the disenchantment of the world）的观点，为后现代思维范式的确立指明了方向。他指出："理智化与理性化的增进，并不意味着我们对自己生存环境的一般知识也随之增加。但这里含有另一层意义。它指的是这样一种知识或信念：只要我们想知道，我们任何时候都能够知道；从原则上说，再也没有什么神秘莫测、无法计算的力量在起作用，我们可以通过计算掌握一切。而这就意味着为世界祛魅。"① 正如韦伯所言，根据培根的科学方法、牛顿物理学和笛卡儿哲学所建构的机械论现代世界观将复杂的世界视作是由可以分割开来的部件组成的一台机器，一种机械系统。机械论现代世界观祛除了自然之魅，为这一过程提供主要驱动的则是现代科学。技术工具理性主义认为所向披靡的现代科学让人成为自然的征服者与主人。机械论自然观为人类无限制地开发、掠夺和操纵自然提供了伦理基础。关于自然的机械论的哲学最终导致了整个世界的祛魅。对祛魅问题的后现代探讨涉及了科学本身的返魅，混沌科学是还自然之魅的科学，它所提倡的不是回到古代对自然顶礼膜拜的"附魅"时代，是对人与自然和谐关系的理性重建。麦卡锡的小说正是通过人物的旅程重新审视了人与自然的关系，揭示了生态危机的根源所在——人类现代性的文化危机，体现了混沌有机论与整体论世界观对他的影响。

　　在麦卡锡的第十部小说《路》中，末日世界满目疮痍，没有动物，没有植物，没有城市，一切人类文明随着环境的崩溃而瓦解、不

---

① Max Weber, *Max Weber's Complete Writings on Academic and Political Vocations*, ed. John Dreijmanis, trans. Gordon C. Wells, New York: Algora Publishing, 2008, p. 35.

复存在。人类几乎灭绝，只有极少数幸存下来。作者对导致人类走向末日巨大灾难的原因并没有明确交代，读者不禁会追问，到底发生了什么？为什么会变成这样？从文中提供的种种细节读者可推测事故原因可能是地震等自然灾害引起的核爆炸。若将麦卡锡的小说进行整体观照，我们就会在麦卡锡以前的作品中发现答案。父子的艰难求生之旅看似由长期被视作是外在于人类活动的偶然的自然灾害引起，实际上却是源自人类长期对生态系统的干扰破坏——《沙特里》中的城市化以及在田纳西流域建设的水电站、防洪堤坝与水坝、《血色子午线》中白人拓居者对印第安人赖以生存的野牛的大肆屠杀、"边境三部曲"中占用西部牧场发展石油开采业、政府征用牧场建立核试验基地等。换言之，这是人类控制自然的"蝴蝶效应"，因为混沌理论告诉我们，某些开始看起来微不足道的事物最后往往起着举足轻重的作用，正如斯蒂芬·贝斯特与道格拉斯·科尔纳在《后现代转向》中所言：

> 混沌理论则警告我们，某种初始化的变化能引起巨大的变化结果……混沌理论的结论是，没有什么是确定的，一切仅仅是可能性，复杂的过程不可能被完全地认识、正确地预见、或者充分地控制。人类想控制自然世界的企图经常造成相反的结果，这是因为我们对某种复杂生态关系的初始化条件的无知。我们建筑防洪堤坝和水坝来控制河流，但是这种对于微妙的、还没有被认识的生态自身过程的干扰，便有可能因我们的疏忽而导致埃及和美国中西部的连年的洪水泛滥。①

在《路》中，地球上生灵涂炭，但曾用来控制河流和发电的大坝却清晰可见。父子之间有这样一段对话：

> 那是什么，爸爸？

---

① ［美］斯蒂芬·贝斯特、道格拉斯·科尔纳：《后现代转向》，陈刚等译，南京大学出版社2002年版，第354页。

是大坝。

大坝是做什么用？

造湖。建大坝之前，下面本来是条河。河坝利用拦截到的水推动一种叫做涡轮机的大风扇，就可以发电了。

……

大坝会留在那里很久吗？

会吧。大坝是用水泥修建的，应该会留存几百年，甚至几千年。

你觉得湖里会有鱼吗？

没有，湖里什么也没有。（19）

美国自 1902 年以来在西部 17 个州建设了包括胡佛水坝、大古力水坝等在内的 600 多个水坝和水库，由此可推测父子所看见的大坝是位于西部地区。"大坝"的建设是人类改造自然、征服自然的诸多活动之一。大坝改造了自然，提供了电力，但也给环境带来很多不利影响，不仅改变了河流的自然流向与洪水自然泄洪的方向，还影响了鱼类的自然分布和气候的极端变化。麦卡锡在《沙特里》中提到了由田纳西河流域管理局从 20 世纪 30 年代起为治理田纳西河流域并推动当地经济发展而建立的诸多大坝。在罗斯福新政下对田纳西河流域的治理推动了当地经济的发展，解决了经济萧条时期的许多问题，但也令这个地区的环境污染严重。小说中田纳西河已变成了北美最肮脏的河流之一，被工业和人类垃圾严重污染，"来自高水位线上的油污、污物与避孕套像交织在一起的水蛭在支流中摇摆聚集着"（116）。《路》中父子提到的大坝不仅指那些真实的"水坝"，还是人类征服与改造自然而形成的现代科技文明与现代性的象征，如《血色子午线》中屠杀野牛的新式猎枪；《骏马》中毁坏牧场、迫使约翰离开家乡的采油机，"河谷旁边耶茨油田的采油机沿着远方的地平线，伸展开来。那一起一伏地转动着的机器宛如是一群机械鸟。这些由钢铁焊成的样子就像是远古时期的'原始鸟'就群踞在原始鸟过去曾经一度栖息过的地方"（302）；《穿越》中的核实验基地；《平原上的城市》中的水泥管子、雷达跟踪站。混沌理论"提醒我们这个敏感和脆弱的世界的可能性，因而我们必须改变我们思考和对待它的方式"①。人类想控制自然世界的企图之所以经常造成相反的结果，正是由于我们对某种复杂生态关系的初始化条件的无知和对科技理性的盲目崇拜。

《血色子午线》中的法官就是机械论现代世界观的代言人，集智化与理性于一身的人物。在追杀印第安人的途中，法官射杀了许多漂亮的鸟，然后用火药将其皮层剥离，再把干草团塞进剥好的皮里，最后将这些标本放进他的夹子里。随行的托德文问法官这样做的目的何在，法官回答说他要做"自然的君主"（199）。小说中法官与托德文之间的一段对话体现了作者对法官所代表的机械论现代世界观的揭示和批判：

> 法官将手放到地面上。他望着询问者。这所有权是我的，他说。然而，这上面却到处点缀着自主的生命。为了让它为我所占有，未经我特许，任何事情都不允许在这上面发生。
>
> 托德文交叉着穿着靴子的双脚坐在火旁。没有人能认识世界上的一切事物，他说。
>
> 法官偏过来他那个大头。相信世界是神秘的人永远活在神秘和恐惧中。迷信将拖垮他。雨水将腐蚀他一生的行为。但给自己设定从壁毯里挑出秩序之线的任务的人，将单凭这个决定而掌控世界，只有通过这样的掌控他才能有效地强行规定他自己命运的条款。
>
> 我不明白那与捕鸟有啥关系。
>
> 鸟的自由是对我的冒犯。我要将它们关进动物园。
>
> 那将是一个地狱般的动物园。
>
> 法官笑了笑。对，他说。即便如此。（199）

---

①　Harmke Kamminga，"What Is This Thing Called Chaos?，" *New Left Review* 181，May/June 1990，p. 58.

　　法官在谈论人与自然的关系时所用的词，如"自然的君主""占有自然"与"掌控自然等"，与机械论现代世界观创始人之一笛卡儿的著名论断"人在万物之上，是大自然的主人和占有者"① 相契合。"征服与控制""掌握控制权"的欲望与理念已经成为人们痴迷与上瘾的一种行为。法官的所作所为正是这种世界观的体现。作者赋予法官的名字"Holden"的深刻寓意昭然若揭，"hold"有"控制"与"支配"之意义，这与他的世界观和所作所为相一致。"从壁毯里挑出的秩序之线"的观点正是机械论世界观中认为凡事都能被秩序化、被控制、被管理的观点，不相信世界上存在着任何神秘的、不可测知的力量，认为任何事情都可以通过技术性的方法来计算和解释，对待自然应该采取工具理性的方式，而不是怀有敬畏与神秘感觉。法官是典型的以机械论来阐明其恶行合理性的魔鬼式人物，他以真理代言人的角色自居，以征服世界或对世界的简化为荣，讥讽敬畏自然、相信自然之神秘的人将永远活在恐惧中。除了"少年"，托德文有别于那些归顺与盲从法官所代表的机械论世界观的远征军队员，他所说的"没有人能认识世界上的一切事物"与"那将是一个地狱般的动物园"，对法官的话语权威进行了挑战和质疑。对法官而言，以现代科技为武器，人类就没有认识不了的自然奥秘，也没有驾驭不了的神秘力量。世界对他而言，仅仅是牛顿机械论式的存在，自然世界的神秘面纱被剥落，被永远"祛魅"。法官的言论不免令人想起美国作家丹尼尔·奎因（Daniel Quinn）的小说《伊什梅尔：精神与心灵的冒险》中的一段话：

　　　　只有一件事情能拯救我们，那就是不断加强对自然界的控制。尽管对自然界的征服必然会损害环境，但我们不得不这样做，直到有一天我们能对自然界进行绝对的控制。到那时，我们具有完全的控制权，万事大吉。我们将拥有热核能。没有环境污染。我们将能呼风唤雨。我们将在一平方厘米的土地上收获到一蒲式耳

---

① 21 May 2011. < http：//www. todayinsci. com/D/Descartes_ Rene/DescartesRene - Quotations. htm > .

的麦子。我们将让沧海变成桑田。我们将控制天气——不再有飓风，不再有龙卷风，不再有干旱，不再有霜冻。我们将让云把水释放到陆地，而不是倒入海洋。地球上所有的生命历程都恰在其位——正如众神所安排的那样。我们将以程序员操控计算机的方式控制自然界。①

机械论现代世界观对技术理性的崇拜使技术理性在本质上已经与宗教中的"上帝"毫无二致，人类利用科技让"地球上所有的生命历程都恰在其位——正如众神所安排的那样"。托宾这位曾经做过牧师的人向"少年"讲述了法官如何带领他所在的"格兰顿帮"穿越西部荒野的经历，说法官曾指着荒凉的山脉发表了一番演讲："他最后总结说，我们的母亲，也就是大地，形状像鸡蛋，她里面包含着无穷的宝藏……我们跟在他后面，就像是一种新的宗教的信徒。"（129—130）托宾在转述法官的话时加入了自己的观点，在他眼里，大地是母亲，有自己的生命价值和尊严，具有主体性、经验和感觉，他以敬畏、虔诚的态度看待自然，而在法官眼里，大地却是无生命力的、取之不尽用之不竭的资源，本质上不过是客体，认为人类可利用科技开采自然资源。科技已成为新的宗教信仰，法官就是宣讲这种新信仰的神父。科技作为新的宗教信仰对世界的"祛魅"在《平原上的城市》得到进一步揭示，比利"坐在水泥管的圆口边，往黑暗的深处张望。西面的荒原上竖着一座房子，初看以为是一座古旧的西班牙教堂，再仔细看，才发现是一座有白色拱顶的雷达跟踪站"（283）。曾经的教堂已被代表科技的雷达跟踪站所取代，技术理性已成为新的宗教。

人一旦失去了对自然的敬畏心，就会变得肆无忌惮、"疯狂残忍"，人性中的贪婪与自私就会无限膨胀。法官所率领的远征军对印第安人的残暴就是有力的例证。"少年"与他的队员托宾谈论法官时，他说他以前曾在得克萨斯州北部城市纳科多奇斯见过法官，"托宾笑

---

① Daniel Quinn, *Ishmael: An Adventure of the Mind and Spirit*, New York: Bantam, 1992, p. 80.

了笑。队伍里每个人都说在其他什么地方见过这个黑心肠的恶棍"
（124）。故事结尾时，"男人"问法官为何单单要杀他，法官回答道：
"你在灵魂深处为异教徒们保留了仁慈。"（299）面对死亡的威胁，
"男人"并未屈服于法官所代表的机械论世界观话语的淫威，给出了
看似简单却有力的回击，对法官说，"你疯了""你什么也不是"
（331）。

《血色子午线》的故事情节以法官杀死"男人"、声称他将永生不
死而结束，但作者在小说结尾处却增加了看似与故事本身无关的一段
尾声：

> 拂晓时分，有一位男子在平原上不断前进，他在地面上凿出
一个个洞孔。他使用的是一件有两个手柄的工具。他将其放置于
洞中，通过这个铁制工具引爆洞中的石头，他逐洞凿出上帝放置
于石头里的火。他身后是一些在平原上寻找骨头的流浪者和一些
前行的人。这些人在晨曦中蹒跚而行，仿佛是运动受制于摆轮与
托盘的一些机械装置，以至于他们看上去像是受制于没有内心感
受的理性或沉思。他们沿着地面上洞孔的路线前行，这些洞孔一
直延伸到举目望去所能看到的地面的边缘。这些洞孔与其说体现
了一种连续性，还不如说证实了一种原则，验证了一种序列和因
果关系，每个完美的圆形洞孔将它的存在归因于它前面的那个洞
孔。平原上四处可见散落的骨头以及拾骨者与非拾骨者。他在洞
孔中凿石取火，然后取出铁制工具。然后，他们又不断前行。
（337）

评论家哈罗德·布鲁姆称这段尾声是最奇特的[1]。如其所言，这部小
说的尾声如同《平原上的城市》中的尾声一样，因其在全书中相对独
立的地位和玄奥的特点而令读者难以理解。评论者对这段尾声有着不

---

[1]　Harold Bloom，"Introduction," in Harold Bloom（ed）*Harold Bloom's Modern Critical Views*：*Cormac McCarthy*，New York：Infobase Publishing，2009，p. 7.

同的阐释。这个手持铁制工具、敲击岩石的人是谁？布鲁姆认为他
"是一个与法官对抗的新的普罗米修斯式人物"①，是火的传薪者。笔
者认为根据文本细读，并结合美国西部开发的历史，我们可推测这位
男子是法官式的人物，是机械论世界观的代表。他用手中的工具在地
面凿出一个个洞来改造并控制自然。这些洞孔的寓意深刻，它们"与
其说体现了一种连续性，还不如说证实了一种原则，验证了一种序列
和因果关系，每个完美的圆形洞孔将它的存在归因于它前面的那个洞
孔"。这正是机械论现代世界观的核心观念——因果决定论，即"事
物的现有状态完全由事物前面的状态所决定的；同样，这前一状态亦
是由更前面的状态所决定的，并以此类推"②。源于 19 世纪牛顿物理
学的机械论、还原论与决定论世界观认为，万事万物之间都存在着因
果关联。因此，在规律的支配下，一定的原因就会引起可预知的、确
定的结果。自然犹如一架按照规律精准运行的机器。我们只要根据观
察到的事实，运用数学方法对之进行计算和演绎，就可以推知事物发
生的原因。只要洞晓了这些因果联系，我们就能把握自然界有限的若
干条普遍规律，进而掌握自然规律。麦卡锡对这些洞孔的描述揭示了
产生于西方 19 世纪的科技理性主义的因果法则论。早在《血色子午
线》故事的开头部分，麦卡锡通过"少年"在流浪旅途中所遇到的一
位老人所说的话对机械论现代世界观进行了批评："你能在最不起眼
的动物中发现卑劣，但是，当上帝造人时，魔鬼就在他身边。人是无
所不能的动物。制造机器。机器又制造机器。恶会猖獗一千年，没必
要去控制它。你相信吗？"（19）

　　小说尾声实则以寓言的形式概括了法官所代表的机械论世界观给
美国西部造成的一段灾难性历史。1846—1853 年，美国政府通过武
装夺取和"购买"等手段将西部国界一直推进到太平洋沿岸。为开发
西部，美国在 1851 年至 1910 年的 60 年间掀起了铁路建设的高潮。

---

① Harold Bloom, "Introduction," in Harold Bloom（ed）*Harold Bloom's Modern Critical
Views：Cormac McCarthy*, New Edition, New York：Infobase Publishing, 2009, p. 7.

② ［美］大卫·格里芬编：《后现代科学——科学魅力的再现》，马季方译，中央编译
局出版社 1995 年版，第 181 页。

小说尾声中"手持铁制工具的人"还喻指铁路勘探队、筑路员工和矿工等。在修筑铁路期间，铁路公司大量杀害野牛以保证筑路员工的野牛肉供应。铁路修成后，为了保证火车的运行安全，铁路公司雇用猎人对野牛进行大规模射杀。曾在西部大平原上纵横驰骋的成千上万头野牛遭到了铁路公司的野蛮大屠杀，近乎绝种。这在小说第 23 章有描述。1878 年，已成长为男人的主人公流浪到得克萨斯州北部时遇到一位猎人，这位猎人向他讲述了捕杀野牛的事情：

> 他隐蔽在某高地的凹陷处，死去的动物七零八落。牛群因受惊而四处逃窜。来复枪枪管发烫，裹着子弹的纸片塞入枪膛时咝咝作响。被射死的野牛成千上万，野牛皮革被钉在数平方英里的地面上，剥皮者队伍不停地轮流值班。数周数月地开枪，最后膛线都被磨光了，枪托也打松了，双肩到手肘都发黄发青。二十或二十二头牛拉着的串联货车在大草原上吱嘎离开，干皮革成吨甚至成百吨地运走，肉在地上腐烂，空中苍蝇、秃鹰和乌鸦的声音不绝于耳，夜里半疯的狼群嚎叫和吃食，并在腐肉里打滚，十分恐怖。（316—317）

经过如此野蛮的大屠杀，野牛在西部近乎绝种。猎人说："它们没了。上帝创造了它们，但它们，但它们一个一个都没了，好像从来就没存在过。"（317）大量野牛被枪杀后，留在平原上的是遍地的白骨。这些白骨成了铁路公司的重要财源，被运到东部磨成粉末作为肥料出口。许多贫穷家庭靠收集野牛骨生存，他们就是小说尾声中在草原上"寻找骨头的漫游者"。小说主人公自己在随后的流浪途中也遇到了拾骨者，看到了成堆的牛骨头，"他骑上马继续前行。骨头或成列堆积，十英尺高，数百英尺长，或堆成巨大的锥形山丘，上面放着主人的标识或牌子"（318）。西部草原上野牛和印第安人之间的生态平衡受到严重破坏，生活以野牛为依靠的印第安人陷入了严重的生存危机。小说选择1878 年作为故事结束时间有着重要的历史意义。1878 年"带刺铁丝"在西部平原被推广用作围篱，"预示着美国旧西部的结束，现代牧场的开始"①。随着西部印第安人被联邦政府军队逐出广袤的草原，千万余头野牛被有组织地屠杀殆尽，投资者在西部大力发展畜牧业。19 世纪晚期，美国西部大草原到处都是"带刺铁丝围篱"，这些密如蛛网的"网围栏"把一望无际的西部大草原实行了人为的切割，草原的自然风貌和生态平衡受到严重破坏。西部畜牧业的发展是以破坏草原自然风貌和生态平衡、驱逐、杀戮印第安人以及剥夺他们的土地为代价的，留下了很多难以弥补的惨痛历史教训。有学者指出，美国的边疆开发集合了当时最主流的近代机械主义自然观念和最先进的科学技术②。

从以上分析我们不难理解，这段看似与小说故事情节无关的尾声，实则体现了作者对故事主题进行升华的用意：对法官所代表的机械主义自然观的狂妄进行批判，令读者反思美国西进运动中对自然环境的破坏、对印第安人的征服与杀戮这一最黑暗、恐怖的历史，给读者有益的警示。

法官所宣扬的对自然进行掠夺和操纵的机械论世界观在《沙特里》、"边境三部曲"与《老无所依》中继续延续，如《血色子午线》中的老人所言，由工具理性所导致的恶将继续猖獗。《穿越》中母狼的遭遇便是典型的例子。在美国西部开发史上，开拓者采用了竭泽而渔式的方法来消灭狼，从最初的施放毒饵、布设捕捉器、高额赏金捕狼到完全现代化的方法，如用飞机和机关枪扫射③。《穿越》在开篇不久就对人类残杀狼的野蛮行径和贪婪行为进行了严厉谴责：

> 这些被人类猎杀的动物的残存物，似乎在它们体内还有着残
> 存的梦魇，被人类追杀的梦、凄惨亡命的梦，这噩梦已经缠绕了

---

① David J. Wishart, *Encyclopedia of the Great Plains*, Lincoln: University of Nebraska Press, 2007, p. 35.

② 付成双：《从环境史的角度重新审视美国西部开发》，《史学月刊》2009 年第 2 期，第 118 页。

③ ［美］唐·霍顿等：《酷狼：美国西部拓荒传奇》，章士法编译，中国国际广播出版社 2004 年版，第 4、12、14 页。

　　它们十几万年。十几万年以来，它们一直梦见这些小恶神，挺着
　　苍白无毛的身子，从异地来临，暴殄天物，大肆屠杀它们的异族
　　和族亲，把它们驱赶出自己的天赐家园。这些贪婪、残暴的凶
　　神，兽类的血和肉永远也灌不满、填不饱他们的巨大食囊。(16)

这段话深刻地揭露了人类为满足自己无止境的物欲对动物所犯下的不
可宽恕的罪责，可谓句句深刻、字字义透。对自然进行"祛魅"的机
械论世界观导致了人类为了自己眼前的利益和日益膨胀的物欲对其他
生物肆无忌惮地进行毁灭。《穿越》中以比利父亲为代表的牧民的思
想就是这种世界观的体现。当母狼捕杀牛畜后，比利的父亲让他想尽
办法捕狼。狼在比利父亲眼里是恶魔，因为它的存在威胁到了能给他
带来利润的牛畜的生命。在送狼回家的旅途中，比利被路人当作疯
子，他们无论如何也不理解比利对狼的这种爱护行为。因为在他们眼
里，狼是祸害、是可以随意处置的动物，只有工具价值，他们只对狼
皮、狼肉最有兴趣。
　　当比利拜访阿努尔弗老人，向他讨教捕狼的技巧时，这位老人对
他说：

　　狼是一种极有悟性的生灵，它懂得人类所不懂的事情，它懂
　　得这个世界本无秩序，只有死亡才给它带来了永恒的秩序……在
　　这个世界里，风暴在吹刮，树木在风中摇摆，上帝创造的所有的
　　动物在来回奔跑。然而这么大的一个世界，人们却视而不见。他
　　们只看见他们自己手上的行为，或者他们只看见被他们命名的东
　　西，并互相指点着、呼叫着这些东西。但是这之间的一个大世
　　界，他们却看不见。(46)

不难看出，麦卡锡借老人之口对机械论现代世界观进行了批判。近代
科学试图以简单的因果关系解释纷繁复杂、"本无秩序"的自然现象，
将自然简化为物质化、单一化的实体，以机械论的思维框架认识自
然，忽视了自然的系统性存在，如法官所宣称的那样，从复杂的世界

中挑出秩序之线从而掌控世界。混沌理论告诉我们，复杂性、不确定性是自然图景当中更深层次的本然色彩，是世界的真实面貌。

美国西部荒野在作为大规模移民开发的西进运动中惨遭破坏。土地、畜牧业、矿业是美国西部开发的三大重心，生态问题也就一直如影相随。"19世纪80年代，密执安、威斯康星和明尼苏达地区一半面积为森林覆盖着，但几十年内惨遭破坏，木材砍伐量为生长量的35倍，到20世纪初，这些地区的森林资源就差不多枯竭了。"① 荒原上的矿场星罗棋布，大片森林化为乌有。美国的西进运动曾被书写成一种民族神话，以歌颂和诠释美国拓疆精神。通过开发和拓展西部疆域，荒原、丛林变成了农田、城镇，摆脱了"野蛮"，进入了"文明"。《穿越》通过从墨西哥流窜到美国新墨西哥边境的一只母狼的悲惨命运，对美国"西部神话"进行了解构。"它在马德拉谢拉山岭的东山坡上游荡了一个星期。它的祖先们曾经在这片地面上追杀过大如骆驼，小如原始小型马一类的动物。但如今它在这里几乎无可充饥。几乎所有的猎物都被赶尽杀绝；几乎所有的林木都被砍伐，填进了矿山捣矿机的庞大锅炉。"（24）《穿越》深刻揭示了造成生态危机的根源所在——控制自然、做自然的主人的机械论世界观。在《平原上的城市》中，作者通过牛仔少年比利流浪的足迹揭示了西部生态环境的破坏："比利不停地从一个地方流浪到另一个地方，哪里都找不到工作。到处牧场的大门都敞开着无人看管，沙石被风吹出来，大路给埋没了。没几年，整个草原几乎看不到牛羊的踪影了。"（258）

麦卡锡在《路》中对曾一度占有至高无上地位的机械论世界观给予了彻底的颠覆。末日世界里，父子既不是大自然的主人，因为自然已被毁灭，世界已变成荒原，也不是历史的主人，因为文明已变成废墟。人类在"科学万能"的道路上越滑越远，物种大灭绝之火已烧向人类自身，只有少数人幸存下来。在世界因人类的贪婪被推上毁灭的道路后，这部小说并未像流行末日后启示录小说那样乐观地结尾，被

---

① ［美］雷·艾伦、比林顿：《向西部扩展：美国边疆史》（下），商务印书馆1991年版，第367页。

毁灭的自然世界最终可以被重新恢复到正常状态。无论是小孩的未来，还是地球的未来，依然充满着未知。小说结尾，叙述者对人与自然的关系发表了混沌思维范式的看法：

> 深山溪谷曾有鲑鱼。你能看见它们在琥珀色的水流中用白色的鳍悠闲地游动。将它们放在手上，你能闻到苔藓的香气。它们光滑、强健，扭动不止。鱼背上弯曲的鳞纹犹如天地变换的索引，是地图，是迷宫。一切都不能被恢复，一切都不能被校正。在鲑鱼曾悠游的峡谷里，万物比人类的历史更悠长。它们轻声哼唱着自然的神秘。（286—287）

鲑鱼是大自然的象征，在美国作家笔下，鲑鱼、流水、阳光所组成的诗意般的画面往往是田园神话的代表。该小说的故事主要采用第三人称叙述，但在结尾处却出现了第二人称"你"。一个"你"字看似显得突兀，但却凸显了作者的独特用心。"你"在这里有加强作者与读者的交流之功能。作者采用第二人称不仅唤起了读者对大自然的爱与思，还起到了激发读者对当前日益严峻的生态环境问题进行深刻反思的作用。

　　根据机械论世界观，人类对自然的破坏若失控，人类可以利用科技的力量控制局面，因为以往人们总是认为科学技术手段是万能的。然而，"混沌理论告诉我们，大自然并非一个准备屈从于我们一致的简单系统，大自然也会反击的"①。人类的干预是有限的，期望科技的发展帮助收拾我们正在制造的残局只是一个危险的幻想，正如麦卡锡所言，"一切都不能被恢复，一切都不能被校正"。在《穿越》中，阿努尔弗老人对比利谈及人类对狼的捕杀时说："如果你抓住它，你就永远失去了它，而且它一旦消失，永不回头。即使上帝也无法让它回来。"（46）麦卡锡借老人之口表达了他的混沌理论思想。老人所

---

① ［英］扎奥尔·萨德尔、艾沃纳·艾布拉姆斯：《视读混沌学》，孙文龙译，安徽文艺出版社2007年版，第149页。

说的"如果你抓住它，你就永远失去了它"寓意深刻，富含哲理。当
人类以"自然的主人"控制自然界的万物时，就意味着人类将毁灭自
然，因为"想抓住"深刻体现了人类控制自然的欲望，而这种控制欲
带来的灾难将是毁灭性的，即使造物主上帝也无法使之恢复。例如，
许多物种的灭绝就是典型的例子。混沌理论强调不可逆性，人类对大
自然的控制与干扰将招致毁灭性灾难，因为"它预先假定有一个不再
被认为是被动的、有序的和顺从的自然界，这个自然界很不稳定，不
可预知，会对我们的干预作出反应，而我们对这些反应又是无法预测
和控制的"①。相信技术理性能解决一切问题的观念只能是幻象，因为
自然现象遵循着不依赖于人类意志的自然规律。在牛顿机械论的决定
观世界中，"自然界是可以控制的，它是一个受人意志支配的惯性客
体"，而混沌理论所强调的不稳定性与不可预测性促使人类"更谨慎、
更小心地对待周围世界，因为人不能准确地预测将会发生什么"②。人
类企图控制、重塑自然世界的努力最终将不堪一击。小说结尾句"它
们轻声哼唱着自然的神秘"体现了麦卡锡对自然的神秘性与主体性的
强调，对机械论、还原论的世界观的批判，对现代性的反思，以唤起
人类对自然之根的回溯与自觉皈依。

　　麦卡锡通过其笔下人物的旅程，以后现代思维表达了他对现代文
明的反思。对现代文明造成的毁灭性不可逆后果的忧患显示出混沌理
论对他的后现代世界观的深刻影响。

二　对命运与自由意志的思考

　　混沌理论这个物理学的新发现颠覆了我们关于现实本质的某些坚
定信念。虽然混沌现象最初用于解释自然界，但在人文社会科学领域
中，由于事物之间相互牵引，混沌现象也尤为多见，如人生的平坦曲
折、教育的复杂过程与股票市场的起伏等，混沌理论的哲学内涵对人

---

① ［英］凯特·里格比：《生态批评》，载朱利安·沃尔弗雷斯编著《21 世纪批评述
介》，张琼、张冲译，南京大学出版社 2009 年版，第 212 页。

② ［比］I. 普利戈津：《不稳定的哲学》，亦舟译，《国外社会科学》1992 年第 4 期，
第 2 页。

文社科也产生了深远的影响。其中，"蝴蝶效应"最受人文科学青睐。作为存在的个体的命运不仅受制于自由意志，还受制于我们看不见却总在操纵我们命运的一种神秘力量。经典科学范式的典型特征是强调世界的线性确定性和因果决定论，使谜一般的世界一下子变得秩序井然。这种简化论的世界观正满足了人类需要用秩序的观点去解释谜一般的世界的诉求。混沌科学的发展在哲学和方法论方面引起了深刻的变革，为人们提供了认识复杂世界的一种新的思维范式。个体的命运如同历史的缔造过程，是必然性和偶然性共同作用的结果。混沌理论强调初始条件和不可预测性，一个微小的事件可能引发不可预知的后果，在表面的平静之下可能酝酿着巨变，从而产生混沌，即有序和无序的统一的状态。在麦卡锡看来，人生何尝不是如此？

混沌自然科学对麦卡锡小说创作的影响主要体现在他对个体的自由意志与命运、人生的偶然和必然的复杂关系的后现代主义思考。麦卡锡的旅程叙事让读者打消将充满偶然与神秘的人生简化的强烈愿望。麦卡锡不仅通过主人公的旅程揭示了人生是必然性和偶然性共同作用的结果，还通过他们在旅途中所遇到的来自各个阶层的人物的言论呼应了这个主题。

"边境三部曲"与《老无所依》中人物的旅程是麦卡锡切入世界的基点。人物旅程与命运的不确定性淋漓尽致地展现了现代人赖以生存的世界是一个混乱、无序、复杂的荒诞世界，充满不确定性和随意性，是由无法理喻的偶然性组成。小说中的主人公们都是带着具体目标和怀着必胜的信念踏上旅程，认为他们能够控制外部因素并掌握自己的命运，但最终却因旅程与命运的不确定性而未实现目标，不但事与愿违，甚至还牺牲了自己的生命和失去了家人、朋友。他们想在生活中建立一条线性道路的努力最终全部偏离了预期的方向，决定他们命运的道路却是他们无法掌握的力量——偶然性与先定性，而非他们的自由意志与做出的任何努力。由于深受混沌理论的影响，麦卡锡认为，对人类而言，虽然客观上我们能自主地做出选择，但操纵和支配人与历史命运的却是一种看不见的神秘力量。麦卡锡正是通过其小说主人公的旅程对世界的本质与人的存在进行了深刻的探寻，凸显了他的混沌世界观。

《骏马》中的牛仔约翰·格雷迪与罗林斯希望在墨西哥能找到自由自在的牛仔生活。他们的家离美国边境不过一百多里，因此他们认为到那里的旅程是安全的，一切都是可预知的，但发生在他们身上的事情却是不可名状的恐怖。约翰与罗林斯在前往墨西哥的旅途中论及命运，罗林斯说："有个人在阿肯色或是什么别的地方醒来打着喷嚏，这喷嚏还没打完呢，战争就爆发了，世界大毁灭，到处都像地狱一样。你根本不知道下一分钟会发生什么事。所以我说，上帝幸好照应我们，不然咱们连一天也活不下去。"（91）这就是气象学家洛伦兹提出的著名的"蝴蝶效应"。尽管罗林斯知道世间的事情很难预测，却乐观地认为他们的旅程将是幸运的、会按他们所预期的那样顺利。然而，他们却高兴得太早，随后他们在旅程中遭遇了一系列始料未及的变故：布莱文斯、约翰与罗林斯先后被关进监狱，经历了难以想象的折磨与暴力，布莱文斯最后被一名上尉拖到林中开枪打死。这些都是他们旅途中不能控制的偶然性事件，犹如混沌的随机性与"奇怪吸引子"。

麦卡锡还通过阿莱詹德拉的姑婆阿方莎的讲述对命运、人生、个人的选择以及行动进行了哲理思考。阿方莎对约翰讲述了她年轻时与两位热血青年兄弟古斯塔沃与弗朗西斯科的故事。这两位兄弟出生贵族，在法国和美国受过高等教育，接受了民主思想，回国后致力于墨西哥的民主改革。她与古斯塔沃的爱情遭到了她父亲的强烈反对，她被强行送往欧洲学习。古斯塔沃与弗朗西斯科后来遭受阴谋家的陷害被处死。这两位兄弟的革命热情与悲惨的命运让阿方莎对个体意志以及它对世界的影响的问题进行了长期的思考。她对约翰说：

> "……如果生活里存在一种模式，我们凡人的眼睛是看不到这种模式是如何形成的。经常使我感到困惑的问题是，我们在生活中所看到的这个世界是否打从开天辟地之初就一直是这般模样？还是在胡乱的偶发事件成为既成事实之后，才被称为是一种模式？若不然的话，我们在这个世界上也就微不足道了。你相信

命运吗？"

　　"我相信，夫人。"

　　"我父亲坚持认为世上万物之间都有联系。我不敢肯定我也有此看法。他老人家认为，一旦作出决定，就应该承担责任而绝不能轻易放弃，一切只能归诸人类的决定，其结果，可能远非始料所及。他以掷硬币为例。这枚硬币过去是造币厂的一个待加工的金属片，造币者将这片从盘中拿出，压到印模上。紧接着他这一工序，其他工序也随之而来。要么是钱币的正面，要么是反面。不管翻转多少回不管金属片有多少，最后轮到我们的机会来了，我们的机会又过去了。"（229—230）

阿方莎的话"如果生活里存在一种模式，我们凡人的眼睛是看不到这种模式是如何形成的"富含混沌后现代世界观——非决定性和预测的有限性。麦卡锡将混沌理论对自然科学的最新研究隐喻性地运用到对人生的历程思考中。一个人的生活模式如气候的变化并不能被事先预知，因为生活中充满诸多不可预测的偶然事件，而这些偶然事件又形成了我们凡人的眼睛看不到但又确实存在着的模式。这正是混沌理论的核心观念，即"貌似随机的事件背后存在着的内在联系，貌似随机实则有序"。她父亲认为"世上万物之间都有联系，人类一旦做出决定可能远非始料所及"的观点是"蝴蝶效应"所强调的自然界的万事万物都有联系的后现代世界观在人生中的哲理运用。"掷硬币"的比喻也正是混沌理论科学家用来阐释非线性系统内的随机性的典型例子。洛伦兹在《混沌的本质》中用掷硬币的例子来解释随机性：

　　　　一个常用来解释随机性的例子是掷硬币。在此，可能事件只有两种：正面或反面，它们都可能在下次发生。假如过程确实是随机的，那下次投掷出现正面的概率（比方说百分之五十或任何其他值）应精确地等于任一次投掷同一硬币而出现正面的概率；这一概率不会变，除非因投掷力量过大而使硬币变了形。如果已知这一概率，那么即使知道上次投掷结果，也不会增加我们猜对下次结果的机会。①

混沌学用"掷硬币"的例子纠正了牛顿力学中可预测性假设的错误。阿方莎正是通过引用她父亲的"掷硬币"的比喻来说明人生是偶然性与必然性的耦合。麦卡锡借此对命运、人生、个人等问题进行了深刻探讨，阐释了世界的复杂性与个体自由意志之间的关系。阿方莎随后又举了一个例子来说明人生与历史的不确定性与复杂性：

> 我在学校读书时学过生物。我得知科学家们在做实验时，总是将一组实物细菌、老鼠或人置于某种特定条件下进行观察。而又将第二组同样的东西置于正常状态下观察。并对二者的结果加以比较。这第二组叫做控制组。科学家据此对实验结果进行判断。然而，在人类历史上，并不存在什么控制组之类的东西。从来没有人告诉我们可能发生什么样的事。（238）

人生与历史是一个复杂系统，充满偶然与变数，具有不可预测性。复杂性和不可预测性是混沌理论与复杂科学的核心观念。阿方莎的世界观正是麦卡锡在其小说中所要展现的混沌的后现代世界图景。

《穿越》中，比利最初认为将母狼送回墨西哥的深山老家是一件简单而确定的事情，是一件可以凭借其坚强的意志实现的事情。一路上他历经千辛万苦，但凭借顽强的意志坚持下来，最终到达美墨边境地区。然而，这只狼却被地方官绅掳去关进斗兽笼，与一群猎狗博杀，以招徕看客。不忍听到母狼的哀嚎，比利只得以一粒子弹结束了它的痛苦。随后比利遭遇了一系列的人生变故。埋葬母狼后，比利回到家乡新墨西哥州，却发现父母被杀、全家遭抢，他十四岁的弟弟博伊德侥幸躲过了劫杀。于是比利带着弟弟重新向墨西哥山区进发，去追讨他们家被抢的马匹。这是小说中的第二次穿越。兄弟两人凭借勇

---

① ［美］E. N. 洛伦兹：《混沌的本质》，刘式达等译，气象出版社 1997 年版，第5页。

敢和毅力找到了他们家被抢的马匹，比利本想同弟弟博伊德一起回故乡，但他的弟弟和一位曾被他们救助的墨西哥女孩相爱，随后不辞而别。比利苦苦寻找却无结果，不得不再次返回美国。此时第二次世界大战的硝烟弥漫，比利决定报名从军，却因心脏病屡屡遭拒。在随后的两三年间，他孑然一身，到处漂泊，然而心里却始终牵挂着远在异国他乡的博伊德。于是决定第三次穿越边境去寻找失散的骨肉兄弟，最后找到的却是弟弟的骸骨。

　　麦卡锡不仅通过比利自己所经历的多次穿越之旅揭示了人生是必然性和偶然性共同作用的结果，还通过他在旅途中所遇到的来自各个阶层的人物对他的讲述和告诫呼应了这个主题。在第一次穿越中比利遇到的一位神甫在向他讲述一位老人的悲惨故事时说："他已经不相信人们能够自主地明智行事的力量了。他确信每一个行为都会很快逸出它的鼓动者的控制，而这种控制将被那不可预见后果的喧闹热潮冲刷得荡然无存。他深信在这个世界上还有另外一种日程，另外一种秩序，和这种力量一起存在的是他所持有的看法。同时他也等待着一种全然不知的考验。"（142）在第二次穿越边境到墨西哥的旅程中，比利在一个镇子的广场上遇到的一位男子对他说："计划是一件事，旅途又是另一件事。"（179）这位男子的话富含哲理，不仅是对比利过去生活经历的总结，也是对他即将面临的人生变故，即失去兄弟做出了预言。一位吉卜赛女郎对他们兄弟说，长途旅行经常会迷乱的，道路都有着它自己的方向和目标（225）。虽然比利与弟弟有选择踏上冒险旅程的决定权，但随后在他们的旅程中所发生的事情却超出了他们的控制。正如那位吉卜赛女郎所言，道路有它自己的方向和目标，不为旅者所控制。比利在第三次穿越美墨边境到墨西哥寻找失散的骨肉兄弟时，他去找曾医治过他弟弟的医生以打听他的消息，医生的仆人告诉他，医生已去世。这位仆人对他说："这世界上谁也不知道谁会发生什么事情。"比利回答道："这是真的。"（321）在比利的几次穿越中，混乱与不可预测性、机会与命定普遍存在，而且经常是蝴蝶效应的结果。比利在经历多次穿越之旅后，对人生也有了深刻的认识，得出了这样的结论："在人们声称他们了解的所有的事情中，有一件事你是知道的，那就是任何事情都没有一个确定必然性，包括战争的来临及任何事情。"（335）比利在最后一次穿越美墨边境以将兄弟的遗骨带回故乡安葬时，遇到了一帮履行协议的吉普赛人，他们历经艰险，正将造成老人儿子死亡的失事飞机残骸从深山里运出来。其中一位吉卜赛人对比利说："事实上，这世界的道路没有在任何地方被设计好，这怎么可能设计呢？"①（398）无疑，麦卡锡正是通过人物的旅程这个媒介对命运与自由意志的关系进行了思考，凸显了他的混沌世界观。

在《平原上的城市》中，约翰的朋友——盲人乐师得知约翰不顾朋友们的反对、邪恶势力的威胁坚持要将妓女玛格达琳娜赎出来时，对他说了这样一番颇具哲理的话：

> 人们常说命运是盲目的，是不能计划，没有目标的。可这里的又是一种什么命运呢？世界上任何一个举动，既是一旦做了就不可能悔改逆转的，又是有另一个举动为其先导的，而这个先导举动之前又有一个举动做先导。这样形成一个无边无际的庞大的网。人们常以为他们可以对面临的问题自由地做出选择，其实，他们只能在给定的前提下做出选择，而在世世代代形成的巨大迷宫中，你的所有选择都身不由己。在这个迷宫中的每一个举动本身又都是一个新的束缚和限制，因为它不但排除了其他的可能性，而且更牢固地依附在构成整个生活的那些限制条件上。（192）

盲人在诸多旅程叙事作品中是不可或缺的重要角色，他们或预言主人公的命运，或对人生进行哲理性评论。麦卡锡借盲人乐师的话不仅对"边境三部曲"中的两位牛仔英雄的命运进行了评介，而且对自由意志与命运的关系发表了饱含混沌世界观的看法。世界是偶然与必然、命运与规

---

① 笔者根据中译本译文略作改动。中译本将"the road of the world"译为"这世界的生活方式"，笔者认为将此句译为"世界的道路"更贴切。

律织成的错综复杂的网。混沌理论认为，事物的性质由关系决定。同样，我们生活在一个具有内在联系和相互影响的"无边无际的庞大的"关系网中，个体的抉择和命运都受制于其中诸多因素的相互牵制与影响。我们既不能绝对相信人类的自由意志，也不能盲从命运的安排。

"边境三部曲"的主人公们在经历充满艰辛的冒险流浪之后，他们本身的遭遇和旅程中所遇到的人物的讲述促使他们的世界观发生了很大的变化，经历了成长。他们最终意识到世界上的事情与他们的人生轨迹是不可预测的，充满不确定性与偶然性。他们对世界与人生的看法体现了麦卡锡的混沌世界观。

麦卡锡的混沌世界观还在《老无所依》中得到精彩演绎。他将混沌理论中的"蝴蝶效应"引申到人生的历程中——每个人的生命轨迹中都有"蝴蝶效应"，一次看似微不足道的选择，都会带来意想不到的结果和巨大的变化。在该故事中，必然与偶然、确定性与不确定性相互交织和转换，颠覆了传统的二元对立关系。"在混沌系统中，随机性和先定性同时存在，这就导致了一个违反直觉的结论，即它们的活动既可预测又不可预测。"① 混沌理论这个物理学的新发现颠覆了我们关于现实本质的某些坚定信念。在牛顿力学的现代思维范式中，秩序/混沌、确定性/不确定性所代表的二元论将较高价值赋予前者，建构了前者对后者的统治逻辑，换言之，秩序与确定性是占统治地位的因素，而混沌与不确定性是微不足道的。在这部小说中，麦卡锡以混沌理论中关于秩序与混沌、确定性与不确定性共存并相互转变的观念取代了现代主义的二元对立观。

越南战争退伍老兵摩斯的命运是偶然与必然相互交织并共同作用的结果。在一次打猎时偶然发现毒品交易火并现场装有240万美元的箱子，因一时贪念，他做了个大胆的决定，将现金据为己有。因良心发现，摩斯回到家后决定去给濒临死亡的司机送水。当他再次回到毒品交易现场，哪知已有一伙人到了那里，摩斯仓皇而逃，从此踏上了

---

① ［英］斯图亚特·西姆：《混沌理论、复杂理论及批评》，载朱利安·沃尔弗雷斯编《21世纪批评述介》，张琼、张冲译，南京大学出版社2009年版，第122页。

充满变数的逃亡旅程。在这两次逃亡过程中，摩斯坚信他能凭借越南老兵的素质逃脱齐格的追杀，甚至拒绝齐格提出的只要他交出钱，就不杀他妻子的条件。毋庸置疑，他的逃亡迅速而且有条不紊。作者对他的反追踪能力进行了细致的描写。例如，当他带着巨款入住一家汽车旅馆时，他将钱箱藏在两个房间空调管道的结合部，随后上街购买枪械工具。这之后他并未急于回房间，而是让的士司机绕着旅馆转了一圈，当发现了陌生汽车后又异常冷静地入住他先前入住房间的隔壁，准备从空调管道里取出钱箱。可见摩斯头脑冷静清晰，他的逃亡计划异常缜密，极少有疏漏。这一切似乎预示着他胜券在握。然而，在经历了与杀手惊心动魄的较量之后，摩斯却意外地死在了一位墨西哥人手里。摩斯的死又是必然的，因一时贪念而将赃款据为己有的决定必然会给他的人生带来巨大的灾难。摩斯最初觉得自己可以控制事情的发展，但最终事件的发展却超出了他的意料之外。

《骏马》中阿方莎提到的硬币现在落到了《老无所依》中的杀手齐格的手中。齐格不同于以往西部惊悚犯罪小说中的杀手，他有自己的一套原则，即拿出硬币让人猜正反面以决定其生死。故事在确定与不确定中层层推进，就像杀手的硬币一样不可预测又成为必然。小说中，齐格两次以掷硬币决定他所遇到的人的生死时所发表的言论体现了作者的混沌世界观。

当齐格在一家加油站的杂货店购物时，他从口袋里掏出 25 美分的硬币，抛起硬币，然后将之扣在自己的小臂上，用手捂着它，要杂货店老板猜硬币的正反面。老板与齐格有这样一段对话：

> 猜吧。
>
> 让我猜？
>
> 对。
>
> 为什么？
>
> 快猜吧。
>
> 可我得知道我们这是在赌什么啊！
>
> 那又能改变什么？

　　　　你必须得猜。我不能替你做主。这样会不公平。甚至是不对
　　的。快猜吧。

　　　　可我什么也没赌。

　　　　你赌了。你把你的一辈子都赌上了。只是你自己不知道。
　　（56）

麦卡锡通过老板与齐格的这段对话表达了他的混沌世界观，即人生充
满了偶然性，人的一生都在下注，只是我们不知道而已。

　　摩斯的妻子克莱拉·琼参加完母亲的葬礼后回到家，发现齐格正
在等她。齐格告诉琼，他在这里等她的原因是摩斯之前没有答应他的
条件，即交出钱就不杀他妻子。齐格给琼一个猜硬币的机会，如果猜
对就可以活下来，但是琼拒绝猜硬币，她说杀或者不杀最终是由杀手
决定的，硬币不会说话，齐格却发表了这样的一番言论：

　　　　我在这件事情上没有发言权。你生命中的每个时刻都是一次
　　转折，每一次转折都蕴涵着一次选择。随后发生的一切都因这个
　　选择所致。计算过程是精准的。人生的轨迹已形成。每一步都不
　　能被抹去。我不相信你有能力让硬币按你要求的那面降落。你能
　　做到吗？一个人在世间的生命轨迹很少改变，突然改变更是不可
　　能。你人生的轨迹从一开始就已经明晰。（259）

尽管以上言论出自齐格这个反面角色之口，但我们不得不承认这些言
论中的后现代思想火花。虽然它们看似荒谬，却充满哲理，引发了读
者对人的命运的思考，究竟是什么左右了我们的生命轨迹？诚如他所
言，琼此时与他的碰面看似是偶然的、随机的，但实际上这里存在着
必然的因素，必然性隐藏在偶然性里，这是她最初选择嫁给摩斯的结
果，如洛伦兹所言："我用混沌这个术语来泛指这样的过程——它们
看起来是随机发生的，而实际上其行为却由精确的法则决定。"① 人生

---

① 　[美] E. N. 洛伦兹：《混沌的本质》，刘式达等译，气象出版社1997年版，第3页。

中的必然与偶然就像硬币的正、反面是同时存在的。

齐格认为不是他决定所遇到的人物的命运，而是他们自己。他与琼有这样一段对话：

> 你明白吗？当我走进你的生活时，你的生命历程就意味着结束。生命有开始、中间与结束三个阶段。此刻就是你生命的尽头。你会说事情本不应该是这样，而应是别的结果。那又有什么意义？结果就是事与愿违……你明白吗？
>
> 是的，她说。我明白了。我真的明白了。
>
> 好的，他说。不错。然后他向她开了枪。（260）

齐格的话匪夷所思，却又不乏哲理。尽管我们能在沙漠中留下足迹或沿着别人的足迹前行，但我们却不能掌控未来或迫使事件按我们的要求而发生。琼的命运是由丈夫一时的贪念决定的，在临死前她同意了摩斯的观点。因此，在麦卡锡笔下，齐格已超越西部犯罪小说的杀手形象，不仅是恶的象征，还是人的生命旅程中不可预测、不可控制的神秘力量，被赋予了一种哲理意蕴。麦卡锡将他对人生的哲理思考和混沌人生观包裹在西部犯罪片这个流行外衣之内。

在麦卡锡的第十部小说《路》中，麦卡锡对人类的整体命运进行了总结性评论。这部小说中的父子在旅程中也如《外部黑暗》《穿越》中的主人公们一样遇到了一位盲人预言者。麦卡锡借这位盲人之口发表了混沌世界观和存在主义哲学观："人老想为明天做准备，我不信这套。明天不会为人做准备，明天根本不知世上有人。就算预先做安排，事到临头还是无所适从。"（168—169）诚如这位预言者所言，在一个充满不稳定性与不可预测性的世界里，对人类未来命运的绝对控制是不可能的。

麦卡锡对人类意志与命运关系的看法不仅不同于史诗与《圣经》等书中的宗教宿命论色彩的命运观，即人的一切幸与不幸都是安排好了的，也迥异于《鲁滨逊漂流记》中强调人的绝对意志的现代西方传统理性主义命运观。麦卡锡对人生的偶然性与必然性的辩证看法正是混沌理论与复杂性理论所蕴含的后现代主义世界观，是对牛顿现代世界观将必然性绝对化的挑战。麦卡锡笔下的人物是戴着枷锁的舞者，虽然有选择的自由，但枷锁却无处不在。他们无法掌握自己的命运，但也无法停止这种努力。人生中诸多看似偶然的事件与我们的命运相互关联，纷繁的事件背后潜藏着既不能为我们所预测，也不能被发现的秩序。人生如旅，途中的经历我们无法预设，无法安排。显然，麦卡锡小说中人物的自由意志与命运、人生的复杂性被赋予了一层哲理意味。

第二节　"迷宫中的线团"：地图与世界

在麦卡锡的多部小说中频频被提及的地图以及它们之于旅行者的意义是一个值得注意的细节，但却往往被研究者忽视。在《骏马》中，牛仔少年约翰和他的朋友罗林斯在穿越墨西哥的旅程中通过地图来确定方位，这张地图是罗林斯在一家小餐馆里无意捡到的，是一份石油公司的公路图。无独有偶，《路》中的父子在其艰难旅程中所携带的也是石油公司出的公路地图。"这本破破烂烂的、由石油公司出的公路地图曾用胶带粘在一起，可现在成了一张张活页，仅在页脚标上了数字，方便整理。他从这些残破的图纸中抽出能确认目前方位的几页，展开来。"（42）《血色子午线》中，法官带领他的"剥头皮"远征军在西部前行，某天晚上他来到火堆边，坐到雇佣军旁，问了他们一些问题，"他在地上画了一个地图，并仔细审视了一番。然后站了起来，用脚上的靴子将地图踩没，清晨所有的队员仍如以前一样继续前行"（138）。

对于麦卡锡笔下"在路上"的人物而言，他们也像传统旅程叙事中的人物一样离不开地图，地图便于他们按图索骥。麦卡锡通过小说主人公以及他们在旅程中所遇人物的言论与经历表达了对地图的后现代主义看法。人们对地图最普遍的要求就是客观真实，然而，后现代主义者认为地图并非实存客观世界的模拟，而是其临时的替代品。地图如语言文字一样是人类为了满足自身认识世界的渴望而发明的便利媒介，它是描绘世界的一种语言。尽管地图能给我们的生活带来方便，但它是对客观世界的一个相当贫瘠与初步的图像。我们可用生活中最常见的一个例子来说明：当你被邀请参加一个聚会，而聚会的地点你又不清楚时，主人可能给你画一个地图，它在给你定向方面可能是非常有效的，但在标识沿路到达目的地的环境方面却是非常不准确的。地图是一个符号系统，是世界的表征媒介，借助地图来了解某个地方就像借助语言来研究世界一样。在地图中所使用的符号系统与语言学中的符号系统一样，包含能指与所指，它们之间的联系也是约定俗成的。地图语言如同文字语言一样，有自己的语言法则。地图是用符号、色彩与文字等图形视觉语言来勾勒并建构现实。地图作为符号系统，不可能标记出外部世界的一切对象和完全地表征外部世界，否则将不成其为地图了。地图是符号的表征，由于表征的不完全性，地图不能等同于实际地理的客观状况。对后现代主义思想大师们如雅克·拉康、米歇尔·福柯、罗兰·巴尔特和雅克·德里达等来说，符号与世界、能指与所指之间的关系并不是对等和谐的关系，而是充满障碍与断裂。米歇尔·福柯在其名著《词与物》中以"知识型"的演变历史对人文科学的发展历程进行的总结体现了不同时期的人们对符号能指与所指之间关系的不同认识，因为"知识型的根源在于词与物之间的关系，人们在词与物之间建立不同的联系，符号能指与所指呈现不同的状态，就导致了不同知识型的产生"①。根据福柯的思想，文艺复兴时期词与物是统一的，"物在这个符号总体中能像在镜子中一样被映照，以便在其中逐个叙述它们的特殊真理"②。此后，词与物开始分离，发展到结构主义的时候已被完全分离。麦卡锡以"地图"为媒介，对符号与世界的关系进行了哲思。

　　《穿越》中，比利与弟弟博伊德要到卡萨斯格兰德斯去，于是请一位老者在地上为他们画一幅他们要去探寻的地区的地图。"老者在

---

① 于鑫：《后现代主义背景下的语言符号研究——读福柯的〈词与物〉有感》，《解放军外国语学院学报》2004 年第 2 期，第 33 页。

② ［法］米歇尔·福柯：《词与物——人文科学考古学》，莫伟民译，上海三联书店2001 年版，第 47 页。

地面上草绘着河流、山岬、印第安村庄及山岭等。他又开始画树，画房子、云彩甚至一只鸟。他甚至画出了少年骑手们两人同鞍的情景。"（178）比利付给了老者一个比索。这位老者将钱装进口袋里，转身离开。当老者走后，坐在长凳上的几个男子却开始笑起来。其中一个站起来更仔细地看了看这张"地图"，说道："这是一张鬼影图。"比利惊诧不已，问道："他画得不对吗？"这位男子说了一番颇有哲理和认识高度的话：

> 他说他所看到的至多不过是这地皮上的一点装饰而已。但他又说，这还不是一幅好地图或坏地图的问题，而是所有地图的问题。他还说，在那个地区常有火灾、地震和洪水的破坏。因此一个人必须要了解那个地区的本身实情，而不仅仅是地图上的标记。"而且，"他说，"那个老头子最后一次去这些山里是什么时间？或者他去了别的什么地方？他画的图与其说是一幅地图，还不如说是一幅旅行图。但这是哪次旅行？又是什么时间呢？"（179）

麦卡锡借这位男子的话对地图发表了后现代范式的思考，地图是对复杂的现实世界的简化。地图不能表征复杂多变的现实客观世界，不论是看上去多么精准的地图，还是粗糙的地图。长期以来，人们习惯于将地图视作镜子，是对世界的真实复制。然而，地图并不是地域本身、世界之实在，机械地相信地图的旅行者会走入歧途，遇到更大的麻烦，因为现实世界的复杂性、多变性和不可知性是地图无法表征的，就如言说无法呈现世界一样。地图作为广义的语言媒介，是人类用于陈述世界的诸多方式之一。熟知地图上的标记并不意味着对实际地域情况的了解，因为地图是用符号来"建构世界，而非复制世界"①。在谈及符号与世界的关系时，安德烈·布林克用马格里特的一

---

① ［美］丹尼斯·伍德：《地图的力量》，王志弘等译，中国社会科学出版社 2000 年版，第 24 页。

幅名画的题名进行了生动的阐述，"这幅画画的是一支笛子，但画的题目却是'此画非笛'。严格地说来，这样题画当然是对的；我们眼前所面对的不是一只笛子，而是一支笛子的画"①。麦卡锡通过这位男子的话彻底否定了传统的"再现"理论，揭示了任何事物都不会在符号中充分表现出来的后现代主义思想，将指涉的本质、词与物、话语与经验的关系问题化。另外，如老人所言，任何地图都是过时的，既不能反映过去的时刻，也不能反映未来的时刻。《骏马》中主人公约翰与其外祖父关于骏马图的对话也体现了麦卡锡关于符号与客观事物的关系的后现代主义思想。约翰被挂在餐厅的一幅骏马图所吸引，他从未见过如此健美的宝马良驹，于是向外祖父询问那是什么品种的马，可外祖父说这不过是画册上的马。约翰并未理解外祖父的言外之意，却坚持要找到画中的马。约翰像堂吉诃德那样踏上了寻找"词与物的相似性的旅程"，但他最终却发现"相似性已靠不住，变成了幻想或妄想"②，最终理解了外祖父的言外之意。

尽管麦卡锡深刻地认识到地图如语言符号一样不能真实、清晰地表现客观世界，但并未否认地图对出行者的作用。麦卡锡借用男子的话说："轻视那个老头想引导他们的善意也是不对的，因为这种良好愿望也会在他们的旅途中给予他们决心和力量。"（180）这就是人类面临的一种永远无法摆脱的困境和悖论。最具讽刺意义的是，在《路》中的末日世界里，"整个世界浓结成一团粗糙的、容易分崩离析的实体。各种事物的名称缓缓伴着这些实体被人遗忘。色彩。鸟儿的名字。事物的名字。最后，人们原本确信的名称，也被遗忘了"（88—89），但父子还得求助于地图。尽管地图已不能为他们准确定位，但地图却给予了父子艰难南行的决心和力量。"向晚，两人身上的衣物干透，他们开始研究片片破碎的地图，然而他对他们所处方位一无所悉。"（125—126）虽然最初孩子对已七零八落的地图不感兴

---

① ［南非］安德烈·布林克：《小说的语言和叙事：从塞万提斯到卡尔维诺》，汪洪章等译，上海人民出版社 2010 年版，第 5 页。

② ［法］米歇尔·福柯：《词与物——人文科学考古学》，莫伟民译，上海三联书店 2001 年版，第 63 页。

趣，对地图中的内容提出了质疑，但在父亲的感染下，地图也给了他
继续向南前行的动力。父子之间有这样一段对话：

> 我们从这边过桥，离这里大概八里远；这是河，向东流；我
> 们循山脉东坡沿路走到这儿；这是我们走的路，图上画黑线的地
> 方，就是州内公路。
>
> 为什么要叫州内公路？
> 因为以前归州政府管；以前都说州政府。
> 现在没有州政府了？
> 没了。
> 发生什么事？
> 我也不确定；这是个好问题。（42—43）

面对孩子的质疑，父亲无法回答，但聪慧的孩子对父亲说：

> 但公路还在这儿。
> 对，还会在这儿一阵子。
> 一阵子是多久？
> 不知道，大概很久。不可能把路连根拔走，所以暂时不会有
> 问题。
> 不过汽车跟卡车不会再出现了。
> 不会了。
> 好吧。
> 准备好了吗？
> 男孩点点头。举袖口擦擦鼻子后，背上小包，男人折好地图
> 片，便起身，领孩子穿越树的遮拦，回到大路旁。（43）

父子希望手中的地图能够给他们指引，但事实上却几乎完全不可
能了。他们手中的地图所表征的世界已不复存在，但它给艰难前行的
父子以希望。孩子在父亲的感染下有了继续前行的动力。夜晚，男孩

儿坐在火堆旁，将几片地图放在双膝上，"他记住小镇、河川名称，天天量测行旅的进度"（214—215）。地图上所标示的位于南方的蓝色海洋使他们有了生存下去的勇气和信念，促使他们去寻找未知的希望。孩子在认真研究地图时，父亲想起自己"小时候也曾如此钻研过地图"（182）。然而，当他们历经艰辛最终到达南方的海边时，海已不是地图上的蓝色，而是暗淡如铅，海水也是冰冷的，没有想象中的温暖的阳光。父亲觉察出孩子脸上的失望，对他说："抱歉，不是蓝色。"懂事的儿子回答道："没关系。"（215）

　　麦卡锡通过旅行者所需的地图有力地阐释了人类认识世界时所面临的悖论。在比利带着他弟弟的尸骨返回美国的旅途中，他遇到了一位名叫基哈达的印第安人，向这位印第安人讲述了他弟弟的故事。他告诉这位老者，他的责任是要将他的弟弟带回去，埋在他自己的国家。作者对基哈达的回答叙述道：

　　　　基哈达没有回答。过了好长时间他才动一下。他朝前倾斜身子，抬起那只白色的瓷钵放在手掌上瞧着。"世界本是没有名称的，"他说，"那山、岭、沙漠的名称只是存在于地图上。我们给它们起名字是为了不会迷路，但也是因为路已经迷失了，我们才给它们命名。其实世界是不会迷失的。迷失的只是我们自己。由于这些名称和坐标是我们来制定的，它们便不能拯救我们，它们也无法为我们找寻道路"。

　　　　"一幅旅行图，"他说，"一次古老的旅行，过时的旅行"（374）。

地图被我们用来防止迷路，但即使用了地图，我们还是已经迷路。麦卡锡借基哈达充满哲理的话深刻地揭示了人类在认识世界所面临的困境和悖论，即不可能逃离符号的藩篱和永远"迷路"的宿命。地图还没有出现的时候，纷繁复杂的世界是迷宫。为了认识世界，作为已迷失于迷宫般世界的匆匆过客的人类，在世间旅行时不得不对客观世界的事物进行命名、定义、概括和描述，通过语言这个中介为事物命名并赋予世界以秩序的方式来建构世界。地图是人类走出迷宫的阿里阿德涅线团。但这些被人类用来定义、命名客观事物的符号，仅仅是人类对该事物的认知和体认，并不是该命名之下事物本质内涵的全部。因此，人类迷失于"符号的藩篱"，仍旧处于"迷路"的状态。符号对于事物的终极内涵是无法表达的，无名才是世界的本然。意义是人类自造的，与一切真实无关。命名之于作为世间过客的人类的意义仅仅类似于地图的作用，只能提供大致的方向，正如尼采所言，"一个深陷迷宫的人所探求的永远不会是真理，而只能是他的阿里阿德涅"①。麦卡锡对于地图之于人类认识世界的作用发表了辩证的看法：我们需要地图，但绝不能迷恋地图。我们希望、祈求手里的地图能够给我们指引，但却不能盲信，这是人类永远无法摆脱的困境。换言之，出行者离不开地图，但借它把握世界仅仅是一个幻象。

　　这种困境在《平原上的城市》中得到进一步的强调，任何类似地图的符号系统都不能表征纷繁复杂的生活。故事结尾，比利遇到一位流浪汉。这位流浪汉对他说道：

> 我觉得我活了半辈子的时候，把以前走过的路、去过的地方都描在了一张地图上，仔细研究了好久，想从中看出点特别的名堂来。因为我想，如果我能看出什么名堂，能辨别出它的形状，那我大概就能明白我下一步怎么走、知道我的路在哪里，能看清楚我的后半辈子了。（262）

比利于是问道："那你看出了点什么？"流浪汉回答说："跟我原先想的不一样。"（262）流浪汉对地图与生活的看法体现了当代法国符号学家罗兰·巴尔特的观点，"人类生存的这个世界并非一个由纯粹事实构成的经验世界，而是一个由各种符号形成的意义世界"②。比利对

---

① 参见〔美〕W. J. T. 米歇尔《图像理论》，陈永国、胡文征译，北京大学出版社2006年版，第282页。

② 参见赵一凡等主编《西方文论关键词》，外语教学与研究出版社2006年版，第137页。

图画与生活的关系的看法蕴涵后现代主义思想："它不过是一张图画，并不是你真正的生活。一张图画就是一张图画，根本没多少意思。"（67）图画符号仅指涉其他符号，而不指涉外界事物，词与物的关系完全分离。诚如比利所言，我们并不能直接认识我们的生活，我们只能通过符号来感受我们的生活。流浪汉也十分赞成比利的观点，说道：

> 说得好！可你的生活又是什么呢？你能看见它吗？生活一出现，马上就开始消失，一点一点地，一直消失到再也没有什么东西。你仔细看看这个世界，在什么时刻你看见生活中发生着的东西变成了你记忆下来的东西了呢？这两者又如何区分呢？生活，你既不能拿在手里让人看，又不能标在地图上，也不能表现在你画的图形里。而我们又只能努力去做这一切。（267）

　　符号化的思维和符号化的行为是人类生活的基本特征，为了认识世界，我们"努力地"用地图这个代表人类在力图认识世界时所发明的符号系统来描述我们的生活，但它们皆不能表现纷繁复杂的生活世界。任何东西都不会在符号中充分表现出来。我们所使用的符号指的是对某种存在物进行抽象概括的总体，而绝非某具体存在物本身。麦卡锡通过比利和流浪汉的对话否定了传统的再现理论，揭示了符号表征危机的后现代主义思想。正如德国哲学家卡西尔所言："人不再生活在一个单纯的物理宇宙之中，而是生活在一个符号宇宙之中。语言、神话、艺术和宗教则是这个符号宇宙的各部分，它们是织成符号之网的不同丝线，是人类经验的交织之网。人类在思想和经验之中取得的一切进步都使这符号之网更为精巧和牢固。人不再能直接地面对实在，他不可能仿佛是面对面地直观实在了。"① 符号世界在本性上同实体世界有着根本性的不同，这又使得人类在认识符号世界时出现了许多困惑。当比利问这位流浪汉他所画的图到底有什么用处时，流浪

---

① ［德］恩斯特·卡西尔：《人论》，甘阳译，上海译文出版社1985年版，第33页。

汉说：

> 现在我只能说，我那时一直在寻找一种办法，能够把经历过
> 的生活和地图联系起来。这种办法当然不是很可靠，但能在一定
> 条件下，过去的生活和未来的生活间总该有某种共同的联系或者
> 相通的地方。如果情形的确的话，那么我描绘出的图形应该多少
> 能为我指出方向，而未来生活中出现的事，就应该在这个方向
> 上。你说一个人的生活不可能用图画表现出来，这可能是我们两
> 人所指不同。一张图画总是力图用自己的形态和语言来捕捉、固
> 定和反映外在事物和意象，我们的图形与时间毫无关系，它本身
> 没有能力反映秒、分、时等时刻，它本身的存在就意味着，既不
> 能反映过去的时刻，也不能反映未来的时刻。但是，这图形的最
> 终的样子与它所追踪的生活足迹，却在最后交汇统一了起来。
> （267）

正如这位流浪汉所言，地图所代表的符号是人类为了认识世界而创造
的走出迷宫的线团，人类需要它来为生活指出方向，尽管它与时间无
关。任何地图都是过时的，如老人所言，地图"既不能反映过去的时
刻，也不能反映未来的时刻"。

在《路》的结尾，作者又提到了地图，但这地图已不是父子手
中那张人类强加给自然、承载了意图和目的的文化的产物，而是不
能被符号表征的天然地图，它就在鳟鱼的后背上，"鱼背上弯折的
鳞纹犹如天地变换的索引，是地图，也是迷宫"（287）。人类文明
史的过程是人对自然的符号化过程，符号的网络是人给自然建构的
网络，自然因为这个网络而成为世界。麦卡锡认为，客观世界是迷
宫，是我们无法用语言、讲述、历史或任何其他的能指与标记所表
征的。

同样，在《血色子午线》中，法官有这样一段话，"世界上许
多事物的存在都远远超出我们的知识范围。你所看到的秩序是你强
加给它的。这种秩序犹如进入迷宫的线团，这样，你就不会迷路。

存在物有它自己的秩序，而任何人的思维都不能理解，那思维本身也只是众多现实中的一个"（245）。此段话中提到的进入迷宫的线团出典于古希腊故事，阿里阿德涅从代达罗斯那里得到了一个线团，交给忒修斯，叫他进入迷宫时将线团的一头拴在门上，然后一边放线一边前行，一直走到最隐秘的深处，随后一边收卷引线一边返回，于是忒修斯沿着这个线团走出迷宫。线团因此常用来比喻走出迷宫的方法和路径，与地图的作用类似。客观世界纷繁复杂，生活其中的人类为了不"迷路"，需要"线团"与"地图"这类"秩序之线"解释谜一般的世界。人类通过命名事物强制性地建构自己周围世界的秩序，将某种规则强加给世界，又用这种规则来建构世界。我们的秩序从来就不是世界的秩序。麦卡锡对人与世界的关系的认识与蒲柏的相似。早在 18 世纪，英国诗人蒲柏就对符号与客观世界的关系、人类认识世界所面临的困境有着深刻的认识。他的哲理诗《人论》中有一句名言，在初稿中为"巨大的迷宫，没有指示图"（"A mighty maze of walks, without a plan"），在定稿中被改为"巨大的迷宫，不是没有指示图"（"A mighty maze! but not without a plan"）①。蒲柏对这句名言的修改深刻说明了世界的纷繁复杂同人类用符号表征与认识世界的欲望。

　　麦卡锡正是通过地图的例子有力地说明了"表征的危机"这一后现代主义思想和人类在认识世界时所面临的困境。人类为了认识和把握外部客观世界而创造了一套符号系统，自信地认为这一表征媒介可以再现客观世界。然而，符号并不可靠，能指符号不能准确描述外在的经验，无法再现和真正企及客观世界，但人类又不得不求助于符号。换言之，人类既不能拘执于符号，否则会失去对真理的洞见；也不能没有符号，否则就会陷入无边的黑暗。这不禁令人想起尼采关于"语言的牢笼"的名言："如果我们拒绝在语言的牢笼里思考，那我们就只好不思考了，因为我们最远也只能走到怀疑我们所见到的极限是

①　Bruce McLeod, *The Geography of Empire in English Literature*, 1580—1745, Cambridge: Cambridge University Press, 1999, p. 167.

否真是极限这一步。"① 在论及符号与现实、符号与个体经验之间的关系方面，麦卡锡的小说烙上了后现代主义思想的深深印记。

第三节　"一切均为讲述"：存在、历史与讲述

后现代主义产生的一个重要的哲学背景是 20 世纪西方哲学的"语言学转向"。后现代语言哲学认为，存在或世界都是建立在语言之上的，语言是存在之本，它规约了我们的想象与思考方式。我们虽然生活在物质世界中，但物质世界只有进入到人的认知，即语言范围内才有意义。人的存在对语言的依赖就像孙行者跳不出如来佛的手掌，作为"语言存在物"的人类从语言那里寻觅"存在"的意义和家园。我们只有通过语言来理解世界，表达人与世界的一切关系。人永远是以语言的方式来拥有世界，并生活在陈述的世界里。巴赫金在《对话》中论及人类经验中的"世界"到底在多大程度上是由语言构成时，有这样一段论述：

> 讲述者的话题在日常生活中有着巨大的影响力。现实生活中，我们随处都能听到有关言说者和他们的讲述的谈话。我们甚至可以说，现实生活中人们谈论最多的是别人谈论的东西，他们传播、回忆、思考、评判着别人的言谈、意见、观点与信息；他们会因别人的言辞而烦恼，或同意、质疑、参考这些言论。②

如巴赫金所言，讲述既是语言的本质，也是人类的存在本质。人的存在与身份建构只有在讲述以及同他者的对话与交流中才能完成，绝对的孤立和孤独是不可能的。

---

① Friedrich Nietzsche, *The Will to Power*, ed. Walter Kaufmann, trans. Walter Kaufmann and R. J. Hollingdale, New York: Vintage Books, 1968, p. 283.

② M. M. Bakhtin, "Dicourse in the Novel," in Michael Holquist (ed) *The Dialogic Imagination: Four Essays*, trans. Caryl Emerson and Michael Holquist, Austin: University of Texas Press, 1988, p. 338.

　　关于语言与存在的关系，海德格尔如是言："存在在思想中达乎语言。语言是存在之家。人居住在语言的寓所中。"① 我们不难得出这样的结论：讲述是存在的家。每个人见证别人的事情，同时也被别人见证。人类借故事生存，每个人讲述故事并听别人讲述故事。每个人通过向别人讲述自己的故事来构建自己的经历与身份。尽管我们不必像《一千零一夜》中的皇后山鲁佐德那样靠讲故事来延续自己的生命，但我们确实无法离开讲述而存在。我们生活在讲述的世界中，讲述是人类与生俱来的一种基本本能，是人类最基本的话语方式，它建构了人的存在，是人类在世界存在的根本方式。讲述是我们存在的家园，我们在讲述中构筑着世界。讲述不仅渗透到我们对事物的认知，而且构建我们生活世界的存在。就像鱼儿生活在水中一样，作为人类，我们的存在离不开讲述：

　　　　如果没有讲述，人类将寸步难行。我们每晚入睡前，给自己"讲"过去的一天的故事，这个故事我们也许会讲给别人听……一天开始时，我们又将自己的种种期盼、计划、欲望、幻想和意图，讲给自己也可能讲给别人听……自己岁月的故事与自己岁月中的故事，在人类都忙着写作或改写的自传中，密合无间地掺和在一起。②

　　见证、倾听与讲述构成了我们的生活。我们通过讲述认识和参与我们所在的世界。可见，人类对讲述须臾不离的依赖状态是其基本生存状态之一，人类生活是叙事，是故事。讲述构成了人类的本原存在。概而述之，讲述是人与人之间的基本沟通手段，是人的基本存在方式，是对生活世界的经验的总结，也是权力运作的工具。

　　作为身处后现代主义思潮风起云涌的时代的作家，麦卡锡不可避免地受到了后现代语言哲学的影响。《纽约时报》记者理查德·B. 伍

①　［德］海德格尔：《路标》，孙周兴译，商务印书馆 2001 年版，第 366 页。
②　Barbara Hardy, *Tellers and Listeners*, London：Athlone Press, 1975, p. 4.

德沃德采访麦卡锡后对他有这样的评价："比起谈论他自己和他的书，他更愿意谈论响尾蛇、分子电脑、乡村音乐与维特根斯坦。"① 众所周知，维特根斯坦是后现代思想的先驱和鼻祖，他的"语言游戏"概念是后现代主义哲学家用以"解构"现代哲学思维方式和"宏大叙事"的"万能武器"。麦卡锡在《穿越》中借一位神父之口提出了这样的观点："一切均为讲述，对此不必怀疑。"②（149）讲述的意思是叙述或讲解。美国戏剧导演道格拉斯·韦杰（Douglas Wager）在回忆他与麦卡锡的交谈时说："他谈论了叙述对所有人而言是多么的必不可少，甚至被活埋的人是如何通过回忆生活中的故事来保持清醒。他说向别人讲述自己的故事是基本的生活方式；我们所了解的真实来源于我们创造的叙述，而不是经历本身。"③ 诚如其所言，每个人的生活离不开讲述自己的故事和听别人的故事。我们通过向别人讲述自己的故事来建构我们自己的人生历程和身份。历史也需通过讲述来呈现。生活是讲述，讲述是生活；历史是讲述，讲述是历史。若对麦卡锡的小说进行整体观照，我们不难发现"一切均为讲述"是麦卡锡用以探讨人与人、人与世界的重要哲学观点。

一　存在与讲述

麦卡锡小说的故事情节主要集中"在路上"，主人公们亦如传统旅程叙事文学中的人物，在他们的旅途中同样不可避免地遇到来自不同社会阶层的形形色色的人物，如牧师、商人、官兵、革命者、农民、流浪者等。这些人或向他们讲述五光十色的故事、或预言不久将发生的事情、或给他们忠告，他们自己也通过讲述建构身份和与他人

---

① Cormac McCarthy, Interview, "Cormac McCarthy's Venomous Fiction," by Richard B Woodward, *The New York Times Magazine*, 19 April 1992. 13 February 2011. < http: //www. ny-times. com/1992/04/19/ magazine/ cormac – mccarthy – s – venomous – fiction. html >.

② 笔者根据中译本译文略作改动。中译本将"All is telling"译为"所有的故事都只是一个讲述"，笔者认为将此句译为"一切均为讲述"更贴切。

③ Quoted in R. Wallach, ed., *Myth*, *Legend*, *Dust*: *Critical Response to Cormac McCarthy*, Manchester: Manchester University Press, 2000, p. 145.

交流。讲述不仅是麦卡锡笔下人物对他们生活世界经验进行总结、建构其身份的媒介，还是他们与他人交流的基本沟通手段，是他们认知世界的工具。麦卡锡正是通过小说主人公们与他们旅途中所遇人物的交流与讲述探讨了存在与讲述的关系。在麦卡锡小说的"道路时空体"里，贯穿着巴赫金的对话精神，即在道路上相逢的双方有可能克服阶层、身份、地位、民族、信仰和年龄等方面的差别的制约，在一种平等的层面上以讲述的方式进行对话。

在早期南方小说《外部黑暗》中，麦卡锡就通过兄妹的旅程揭示了讲述与命名是建构人的身份以及与他人关系的重要途径。在他们流浪的旅程中，面对别人的询问，库拉选择了沉默与回避，其身份无法得到建构与确定，因此遭到他人的怀疑，而妹妹讲述了事情的原委和真相，通过讲述，她的身份得以建构，赢得了他人的同情与帮助。故事结尾，当库拉哀求由三位神秘歹徒组成的"陪审团"对他的小孩手下留情时，其中一个歹徒问他是否知道小孩的名字，库拉回答说不知道。歹徒说他没有权利说这小孩是他的。库拉马上说抱走他丢弃在林中的亲生孩子的修补匠可能给他取名了，歹徒却说："孩子不该由他命名。另外，名字随着命名者的死亡而死亡。死者的狗是没有名字的。"（235—236）歹徒的话听似荒唐，但又不乏哲理。库拉将自己刚出生不久的孩子丢弃前并未给他命名，因此他与孩子的关系无法建构。

"边境三部曲"之二《穿越》被认为是麦卡锡小说中艺术成就最高的一部，尤其是第一章少年比利·帕勒姆与狼周旋搏斗的场景，令熟悉文学经典的人很容易联想到麦尔维尔的《白鲸》或福克纳的《熊》。麦卡锡的"一切均为讲述"的哲学观点也正是在这部小说中得到了最深刻的体现。小说的背景仍旧是 20 世纪中叶的美墨边境，主要讲述主人公比利在四年当中连续三次骑马穿越边境，为追求生活理想和维护生命尊严而历经磨难的故事。作者在比利三次穿越边境的故事中又穿插了三个他听别人讲述的故事，并借故事人物之口对存在与讲述发表了哲理性的评论。

第一个故事是一位神甫向比利讲述的一位老人的悲惨经历。故事主角的父母在卡波尔卡教堂里躲避入侵美国歹徒的时候遭到炮弹袭击，不幸身亡，而他却幸存了下来。他被好心的人们从废墟中救出并带到了维夏切皮卡城，在这个城镇他长大成人，结婚生子。有一天他带他儿子出门办事，他先到巴维斯匹城，把儿子留下由孩子的教父照看，独自一人骑马去了巴托皮德。次日他办完事赶回巴维斯匹城时，儿子却在发生于当地的地震中遇难。他悲痛欲绝，人也变得有些疯癫。他四处流浪，想知道上帝为何要毁灭这座城市。有一天他流浪到卡波尔卡教堂，这座教堂被泛滥的河水毁坏，教堂的屋顶悬挂在残存部分上，岌岌可危。他在屋顶下搭了一个草床，准备去接受那个逃避了他的东西。因为在这里，在教堂的废墟中，七十年前他就是在这些灰尘和瓦砾中被救出来，被推上了生活之路。他在这里喃喃念叨着他的圣经，与他的上帝说话。他的行为引起了人们的关注，他们请来神甫与之对话。这位老人向神甫讲述了他的过去和现在的生活，神甫将这一切记在心里。当神甫遇到比利后，便以第三人称叙事视角讲述该故事。

　　神甫听了有关老人的故事，于是这个故事留在他的记忆里。当他向别人讲述着这些故事时，它们已变成他自己的故事。神甫对比利说："故事是没有居所的，它只有在讲述中活着。讲述就是故事的家乡。因此，我们永远也不可能讲完一个故事，故事也永远不会结束。不论是在卡波尔卡，还是在维夏切皮卡，也不论是在其他叫什么名字或没有名字的地方，我再说一次，所有的故事都是一个，只要你会听，所有的故事都是一个。"（139）这番话可谓洞见。正是通过不断地重复讲述，每个人的生活与他人的生活发生了联系，而所有的故事都只是一个。当神甫走到老人的床边，老人抓住了他的手，就像抓住一位亲密伙伴的手，他说："这真是神的恩赐将我们都拴在世界的编织线上。"他把神甫的手握在自己的手中，要求神甫看着他们交握着的两只手。老人说："你看它们多么相像。这肉体只不过是个象征，然而它透出了真理。最终每个人的道路也都是其他人的路。没有什么分离的旅程，因为在旅程上的人都不是分离的。所有的人都是一样的，因为也没有另外的故事可讲述。"（151）故事是人与人以及人与世界联系的媒介，一切故事最终合力形成网络将人与世界连接在一起。我们虽然生活在客观世界，但只有讲述才能赋予客观世界和人的存在以意义，正如神甫所言："这个世界虽然看似由石头、花朵和鲜血组成的，它也不是一个物件，而是一个故事。它全部的内容都是故事，而每一个故事都是一些小故事的总和。而且这些故事都是完全一样的，都包含着所有的内容。"（138—139）我们既生活在客观世界，又生活在讲述的世界。

第二个故事是一位主妇向比利讲述的她丈夫如何被挖去双眼的悲惨遭遇。当比利在车站附近的一户人家寄宿时，房屋的女主人告诉比利她丈夫是位盲人，他的眼睛是为一场革命而瞎的。她告诉比利她丈夫于1913年参加了反抗墨西哥政府暴行的战争，但不幸失败，这些义军被政府军队所俘。他们被绑栅栏的铁丝像狗一样地拴在一起站在街上。一位叫沃茨的政府军上尉从他们面前走过，弯下腰来挨个盯着他们，注视着他们眼睛里死亡的阴影，因为枪杀就在他身后执行着。上尉经过她丈夫时对着他说，只有那些可怜的傻瓜才会为着一个既荒唐又短命的事业去死。她丈夫听了后朝上尉脸上吐了一口。这个上尉做了一件十分奇特的事，他非但没有恼怒，反而笑着把她丈夫啐在他嘴边的唾液慢慢舔光。残忍的上尉假意去亲吻他的面颊，却将他的双眼抠出，使之陷入无边的黑暗深渊。麦卡锡并未让盲人亲自讲述他的经历，而是选择让他的妻子来讲述。这看似有违让当事人来讲述故事的基本原则，但这实际是与整部小说要表达的重要主题之一相呼应，体现了作者的匠心独运。当盲人向他妻子讲述自己的遭遇时，作为倾听者，这些遭遇已留在他妻子的记忆里，成为她生活经历中的一部分。当她向比利讲述她丈夫的经历时，她已在讲述中加入她自己的理解。同样，她所讲述的内容又留在比利的记忆中，成为他生活中经历的一部分。盲人的亲身经历会像一粒种子在讲述之链中流传下去。这与上一个故事的主题相一致，即通过一个故事的讲述，每个人的生活与他人的生活便发生了联系，而所有的故事都只是一个故事，因为"生活是一场记忆，当这记忆也消亡的时候，所有的法则都会写在一粒种子里面流传下去。"（140）瓦尔特·本雅明指出："记忆创造了传统的链条，使一个事件能代代相传。"① 这些讲故事的人取材于自己亲历或道听途说的经验，听者在日后某时间向别人重述这个故事，那么这种经验又转化为听故事人的经验，故而"在一粒种子里面流传下去"，代代相传。选择以第三人称，而不是由当事人以第一人称来讲述故事的原则在麦卡锡的《血色子午线》中得到充分体现。这部小说是麦卡锡根据赛缪尔·E. 张伯伦（Samuel E. Chamberlain）的回忆录《我的自白：暴行回忆录》（*My Confessions：Recollections of a Rogue*，1996）改编而成的。在该书中，张伯伦坦率地回顾了他参加墨西哥战争的血腥冒险，以及战后的所作所为。麦卡锡采用了第三人称叙事而非第一人称叙事来讲述这个西部殖民故事。其实，作者在阅读这部回忆录时，也仿佛如同《穿越》故事中的人物一样成为这个故事的"见证者"，在讲述这个故事时不可避免地加入了自己的理解。

最后一个故事是比利遇到的一群吉卜赛人讲给他的关于飞机的故事。比利在最后一次穿越边境，将兄弟的遗骨带回故乡的旅途中遇到了那些吉卜赛人。他们赶着由六头牛拉的一辆大拖车，拖车上运的竟是一辆被拆卸了的飞机。这帮吉卜赛人告诉比利他们签了约要为一位老人把他儿子失事的飞机残骸从深山里运送出去，并讲述了关于飞机的三个故事。吉卜赛人强调了讲述与故事之于事物的重要意义，"物件如果离开它们的故事便没有意义了。它们只会有形态、特定的大小和颜色以及特定的重量。当它们对我们失去了意义的时候，它们甚至不再有名称。另一方面，故事永远不会从它在这个世界上的位置消失，因为那是它的位置。这就是我需要在这里找到的东西，一首民歌、一个传说，而且像所有的民歌一样，它们最终都是讲述着一个故事，因为只有一个可讲述的故事。"（138）

这些故事同比利自己的经历交织在一起成为他的世界，"他好像在一幅慢慢展开的挂毯上看到了往日已见过和未见过的影像在缓缓通过。他看见了那只母狼死在山里；他看见了那只鹰隼的血滴在石头

---

① ［德］瓦尔特·本雅明：《启迪：本雅明文选》，阿伦特编，张旭东、王斑译，生活·读书·新知三联书店 2008 年版，第 108 页。

上……他看见那个孤独的教堂执事在一场地震之后站在城市的荒墟中；他看见那位衰老的隐士立在卡波尔卡教堂的残破的袖廊下；他看见……"（316）作者连用多个"他看见了"旨在说明无论是比利自己经历的事情，还是他在旅途中所听到的故事，都变成了他所"见证"的事情。比利在旅途中不仅听别人讲故事，他自己的旅程经历也成为别人讲述的故事。"他又向北骑过了平顶山上的小泥房，骑过了阿拉莫和加里亚纳。这都是以前他来过的居民点。在这些地方，他的返回被村民们谈论着。他自己的旅行倒生出了一些故事为人传说。"（321）故事之网在作为匆匆过客的人与人之间的交往中形成，正如《平原上的城市》中的流浪者所言："在我们醒着的世界里，各种事件一旦发生就发生了，它们是由情节这条轴线贯穿起来的，是人来把这些事件编组成故事的。世上每一个人都是他自己的故事的咏唱者，人就是这样与世界联系纠缠在一起的。"（277）

麦卡锡在"边境三部曲"之三《平原上的城市》继续通过主人公的流浪冒险旅程探讨了存在依附于语言与讲述的关系。人对自身及其所处的外部世界的认识主要依赖于语言作为认知中介的描写与解释。约翰与比利这两位牛仔英雄在《平原上的城市》相遇，他们向对方讲述各自的经历，不仅互相了解，同时也建构了各自的身份。约翰·格雷迪在与妓女玛格达琳娜幽会后，向她讲述了自己的身世。作者写道：

> 他对她讲了他以前给库阿特罗·亚埃那卡斯牧场干活的事；讲了他和老牧场主女儿之间的事情；讲了他与她的最后一次见面；讲了他在萨里提洛被关了监狱的事；以及他一直说要告诉她的脸上伤疤的事。他还讲了他在圣安东尼奥大剧院看妈妈演戏的事；以前常和父亲骑马到圣安吉洛北山里去的事；讲了他的祖父、祖父的牧场，横穿牧场西边的科曼奇人的古道，以及他小时候在秋天的月夜里纵马驰骋在古道上的情景；那些古科曼奇人的幽灵在路上一批批从他身边驰过，奔向另一个世界，去寻找他们在阳间活着的时候终生追求而没有获得的东西……（202）

此段多个"讲了"凸显了作者强调讲述在身份建构和存在方面的重要
性的匠心独运。我们正是通过讲述自己的过去与世界和他人建立
联系。

比利在埋葬好友约翰·格雷迪之后，离开了牧场。他骑着马不停
地往前走，一直走到老态龙钟，走到了白发苍苍。在流浪途中比利遇
到一位流浪汉，这位流浪汉向比利讲述他的梦，并发表了对生活、存
在等富含后现代主义哲理的评论："无论他是什么人，从哪儿来的，
只要他出现，就必定有其经历，有其生活。而且，他的经历和生活的
基础是与你、我的一样的，因为人的存在本身以及人的一切，都完全
是由他的被描述的生活来确定的。"①（268）因为每个人的经历与生
活都是通过讲述这个生命存在的表现形式表现出来，所以每个人都栖
居在讲述所构筑的居所中。换言之，我们生活在关于我们自己和我们
的世界的大量的故事中，对实在的各种表征之中。流浪汉又说道：

> 我们前辈的生活就包含在我们的生活之中，千代万代地传下
> 来的。一个没有历史的事物是不可能延续、不可能永存的。没有
> 过去的东西，就不会有将来。生活的核心就是历史，而生活也就
> 是历史所构成的。在生活的核心里没有什么固定的概念，只有认
> 知的活动。（275）

人不仅与动物一样生活在物理的、自然的客观世界里，还生活在一个
由人类世代累积地运用讲述进行文化创造建构起来的观念的世界。世
界是由故事之网构成，我们正是通过讲述参与这个"故事之网"或
"符号之网"的编织。流浪汉对比利说："整个世界的故事，也就是我
们所了解的世界。"（281）我们不仅生活在客观物质世界中，而且还
生活在"由讲述构建的世界"中。我们所认识的世界并非客观世界本
身，而是由讲述建构的世界，世界以我们表征它的方式存在于我们之

---

① 笔者根据中译本译文略作改动。中译本将"the predicate life"译为"具体的生活"，
笔者认为将之译为"被描述的生活"更贴切。

中。生活本身不能揭示某种主题，只有当它被看、被当作一个特定的
故事来讲述时，人们才将主题预设给它。伊·巴贝利曾对故事与生活
的关系如是评论道："精心构造的故事无须像生活，倒是生活在竭尽
全力使自己与精心构造的故事相像。"① 与其说故事反映了真实世界，
不如说是它建构了真实世界。我们对世界的认识是借助于通过讲述编
织而成的"故事之网"，"无论如何，一个人是很难完全站在自己的想
法和意念之外，只看到事物本来的面貌的。"（263）

　　麦卡锡在《平原上的城市》的结尾给出了这样的献词：

　　　　我已年迈，似又回到了儿时，
　　　　而你，则正重温年轻时的我。
　　　　世事变得冷峻又无情，
　　　　人间亦复无信而狂野。
　　　　好啦，故事讲完了，
　　　　翻过书页合上吧，读者！（287）

这个献词再次强调了存在与讲述的关系。作者创作小说就是通过讲故
事的方式将他对世界的认识传递给读者，读者不仅是故事的倾听者，
也将是故事的讲述者。每一个人何尝不是活在自己和他人的故事中，
故事建构了人的存在。

　　《路》中的世界已分崩离析，但父亲的回忆和讲述构成了父子两
人的世界，他不时提醒自己将记忆中的事情变成故事，"列一张清单。
背诵一段祷告。记住"（31）。记忆与讲述成了维持父亲生命的源泉之
一。父子用来求生存的手推车里放着故事书，儿子不时地要父亲给他
念故事听。故事成为父子坚持走下去的动力之一，讲述在这部小说中
也起着救赎的作用。儿子一出生所面临的是荒芜、人吃人的残酷世
界，父亲用故事为儿子建构一个有着道德秩序的世界。"二人坐在温

----

　　① 参见［俄］鲍列夫《美学》，乔修业等译，中国文联出版公司1986年版，第
280页。

暖的小窝里，男人给孩子讲起了故事，都是些他能记得的关于勇气和正义的故事。"（41）

讲述是人们认识和体验世界的方式，是存在的家园。麦卡锡正是通过小说主人公在流浪旅途中所遇到的各个阶层的人物的讲述，有意识地规避了基于主流意识形态的宏大叙事，揭示了个体内心的渴望、挣扎与痛苦。这些人物通过对他们自己以及他人讲述的故事参与了符号世界之网的编织。

二　历史与讲述

麦卡锡认为，"我们所了解的真实来源于我们创造的叙述，而不是经历本身"①。这与后现代思想家的历史观契合。"传统历史观认为历史是客观事实的产物，虽然它不得不以记录的形式存在，但叙述本身不过是透明的载体，无损于其所呈现事物的真实性。"② 这种历史观受到了后现代思想家的质疑，他们"追问历史是什么，追问它是真实的过去，还是关于过去的话语"③。米歇尔·福柯在《词与物》中对作为宏大叙事的连续性历史观提出了挑战，指出连续不断进步的历史是一种话语表述，强调了历史的文本性。后结构主义历史学家海登·怀特从历史与话语的关联质疑了传统的历史再现论，"将历史作品视为叙事性散文话语形式中的一种言辞结构"④，认为历史文本本质上与文学文本一样具有"叙事性"，揭示了历史的文学性。"事实上，叙述始终是、而且仍然是历史书写的主导模式。"⑤ 解构主义大师雅克·德

---

① Quoted in R. Wallach, ed., *Myth, Legend, Dust: Critical Response to Cormac McCarthy*, Manchester: Manchester Univ. Press, 2000, p. 145.

② 陈榕：《新历史主义》，载赵一凡等主编《西方文论关键词》，外语教学与研究出版社 2006 年版，第 671 页。

③ ［美］伯克霍福：《超越伟大的故事：作为文本和话语的历史》，邢立军译，北京师范大学出版社 2008 年版，第 5 页。

④ Heyden White, *Metahistory: The Historical Imagination in Nineteenth-Century Europe*, Baltimore: The Johns Hopkins University Press, 1973, p. ix.

⑤ ［美］海登·怀特：《后现代历史叙事学》，陈永国、张万娟译，中国社会科学出版社 2003 年版，第 294 页。

里达则指出："在场的历史是关闭的，因为'历史'从来要说的只是'存在的呈现'，作为知和控制的在场之中的在者的产生和聚集。"①客观的历史只能在理论上存在，任何历史事件一旦进入叙述者的意识，就不可避免地烙上了叙述者的思想意识，因为这些事件在被叙述者认识、记忆和叙述时，经历了一个筛选与重构的过程。米歇尔·德塞都（Michel de Certeau）认为，"历史本身依赖于叙事、语言和意识形态的常规，以便讲述'真实发生的事情'"②。在后结构主义思想家看来，历史与文学都是话语的产物，不可避免地受到意识形态的影响。讲述是话语的一种模式，是权力运作的工具、意识形态的寓所。历史是书写或讲述的产物，是一种建构。麦卡锡以其小说独特的旅程叙事形式对由主流意识形态造就的历史话语霸权以及被这些话语所"净化"的美国历史进程和世界图景进行了质疑与挑战。

麦卡锡在《外部黑暗》中通过亚当式人物库拉的旅程对美国"新的伊甸园"神话进行了解构。库拉这个亚当式人物不同于美国历史神话与美国文学中出现的质朴率真的新亚当形象，而是残忍地丢弃刚出生不久的婴儿的罪人，他在黑暗中的流浪揭示了他所代表的美国亚当并不是"上帝选民"。小说题目"外部黑暗"也揭示了美国从最初就不是所谓的"新的伊甸园"，而是暴力起源的空间，旧世界的罪恶在此继续延续。库拉的原罪彰显了美国的原罪，即对黑人的残酷奴役和对印第安人的种族灭绝。这在《沙特里》、《血色子午线》、"边境三部曲"与《老无所依》中得到了进一步揭示。例如，治安官贝尔在他的独白中这样评价美国历史："对我而言，这个国家有着独特的历史，但也是极其血腥的历史。"（284）麦卡锡正是通过其创作掀开了美国历史残忍与血腥的一面。库拉在流浪旅程中对自己的罪行极力隐瞒，因此遭到他沿途所遇到的人物的诘责。麦卡锡借库拉的旅程影射了美国对罪恶、暴力隐瞒、辩护与粉饰的态度，彻底颠覆了"美国例外

---

① ［法］雅克·德里达：《声音与现象》，杜小真译，商务印书馆2002年版，第131页。

② 参见［加］琳达·哈琴《后现代主义诗学：历史·理论·小说》，李杨、李锋译，南京大学出版社2009年版，第111页。

论"这个美国民族形象的原初假定。

如果说麦卡锡的南方小说《沙特里》在文风方面秉承了福克纳的衣钵，但在对待美国南方历史的态度方面却与福克纳截然不同。麦卡锡通过追溯美国南方历史的罪孽对"南方神话"进行了解构与颠覆，而非像福克纳那样竭力恢复其荣耀。沙特里透过南方文明与进步看到的是野蛮与恐怖的内核，而非优雅与崇高。小说中多次出现的"死尸"意象，如意外出现在沙特里床上的尸体和田纳西河漂浮着的死尸等，这些意象象征了美国南方历史的腐朽与肮脏。在沙特里的流浪途中，他经过了一个曾建在种植园中的废弃的房子。"他从大厅走到餐厅。破旧的门上的油漆已出现裂缝，像旧瓷器一样发黄。不仅仅是时间在这里流逝。在这个餐厅里，以前举行盛宴的场所，沙特里默默无语地感怀着有几分显赫的先辈。"然而，这里储存的却是先辈们的丑陋与粗野，"身着戎装的食客们狼吞虎咽地进食，钢制餐具叮当作响，排骨滴着污血，他们用眼角扫视着周围。看家护院的狗和饥饿的叫花子在草堆中争抢着剩饭"（136）。小说通过沙特里的流浪旅程对清教徒在美国新大陆建立起一座照亮世界的"山巅之城"的宗教梦想进行了解构，"所有这些腐质都来自山巅之城"（411）。同诸多后现代主义作家一样，麦卡锡并不否认历史的存在或贬低历史的作用，而是站在历史上受欺凌、被剥夺了话语权的弱势群体一方，重新思考历史文件的性质，以表现弱势群体一方的历史。

《血色子午线》是麦卡锡根据参加过美墨战争的作家兼军人赛缪尔·E. 张伯伦的回忆录蓝本进行的艺术加工和再创作，体现了麦卡锡的后现代历史观。霍尔登法官是拥有记录、阐释并篡改历史而将世界"文本化"能力的人。他在旅途中有记笔记的习惯，但他却将过去曾真实发生过的事实根据他的意愿而改编，其目的是通过书写来掌控过去。他说："无论什么存在……但都不能在未经我同意的情况下存在。"（198）他和队员在寻找阿帕契人的下落时，发现了他们刻在石头上的精美绘画，他把自己需要的绘制到他的书中，完成之后，却"握着一小块碎硅石，把其中一幅刮掉，抹掉其痕迹"（173）。他还将他从印第安部落中抢来的记载着部落历史的工艺品摔碎，扔到火中销毁，以除去他们以独特方式所记载的历史，让印第安人无法言说他们自己的历史。法官代表决定什么被记住或者什么被篡改甚至被删除的权势者，是官方意识形态的代言人。他甚至宣称："人类的记忆并不可靠，真实的过去和不真实的过去差别甚微。"（330）法官还强调书写能力是建立和保存权力的关键因素之一，声称"词语即事物"（85）。对法官而言，知识与话语是权力运作的工具之一。法官博学多才，通晓所有艺术与科学，他的权力是通过知识和话语获得，并借此对历史赋义。他拥有随意删改历史事件的话语权力。这与米歇尔·福柯的"话语即权力"的观点相契合。小说结尾对少年有这样的评价："有人把他当作某种布道者，但他不是他们的见证人，也不是当前之事或未来之事的见证人，他只是一个最普通的人。"（312）这句话看似矛盾，但体现了作者的后现代历史观。虽然"少年"同《白鲸》中的以实玛利和《黑暗的心》中的马洛一路经历和见证了不少事件，小说中也有不少"他看见……"的段落，但从历史书写的角度而言，他却不是历史的见证人，因为他是个文盲，没有读写能力，不能记载所发生的一切。此外，作为普通人，少年也没有书写历史和阐释历史的权力。

尽管少年没有书写历史的能力和权力，但他目睹了法官的种种暴行，他就是法官眼中的"最后的真实者"（327）。在杀死了少年之后，法官成了"格兰顿帮"中的最后幸存者。被广泛接受的由法官所代表的官意识形态所书写的美国西部历史实际上是弥天大谎。长期以来，少年所代表的弱势群体的话语被官方叙事淹没。因此，少年的死有着深刻的喻指意义。

麦卡锡通过法官的言辞对历史的文件来源进行了严肃的审视，突出了历史叙述的话语本质，消解了官方历史叙述的力量，对其背后隐藏的意识形态和权力运作进行了解码。"西部神话"的建构正是法官这类代表国家意识形态的人通过书写完成的，有意将过去某些事件排除在外，隐瞒了美国西部殖民历史中的血腥与暴力，是"美国例外论"话语实践的结果，是特定历史条件下美国政治的衍生物与话语霸权的产物。麦卡锡通过法官的话语解构了传统历史的真实性，揭示了

"西部神话"存在的理由。"神话和常规因为某种理由而存在，后现代主义所调查的就是这一理由。"① 这里的神话并非是人们通常所理解的那些传说，而是"各种文学、文化符号所生产的意识形态观念以及文化符号生产意识形态并将其'自然化'的内在机制"②。麦卡锡在这部小说中通过讲述"少年"所参加的由约翰·格兰顿为首的远征军对美国土著部落阿帕契族的屠杀书写了一个充满暴力、血腥的西部，撕破了"西部神话"的神圣伪装，质疑了美国边疆拓展的合法性，对以往西部殖民开拓历史的书写进行了解构。小说以一种偏执的细微暴露了历史事件中令人震惊的丑陋的一面，蚕食着"美国例外论"神话的宏大叙事。

虽然小说是根据张伯伦的回忆录改编，麦卡锡并未采用历史小说或旅程叙事作品最常用的第一人称叙述，而是采用第三人称限知视角来叙述。如何选择故事的视角是"小说家要做的最重要的决定，因为这会从根本上影响读者在情感上和理性上对小说人物及其行为的态度"③。麦卡锡采用第三人称限知视角，不仅让读者同叙述者一样在整部小说频繁的恐怖事件中居于目击者的主体位置，暴露"西部神话"的悖论，还让旅途中不同人物的话语被呈现出来。小说中有两种看上去力量悬殊的话语，但却一直处于博弈的状态。它们分别是以霍尔登为代表的帝国意识的强势主流话语——"他说他永远不会死"和以"男人"为代表的对前者的质疑与批评的弱势者的话语——"你疯了"。"无论是戏剧、电影还是小说，人物话语都是叙事作品的重要组成部分……表达人物话语的方式与人物话语之间的关系是形式与内容的关系。同样的人物话语采用不同的表达方式就会产生不同的效果。这些效果是'形式'赋予'内容'的新的意义。因此，变换人物话

---

① ［加］琳达·哈琴：《后现代主义诗学：历史·理论·小说》，李杨、李锋译，南京大学出版社 2009 年版，第 67 页。

② 郝永华：《罗兰·巴特文学文化批评中的"神话学"方法》，《江西社会科学》2009 年第 2 期，第 205 页。

③ ［英］戴维·洛奇：《小说的艺术》，卢丽安译，上海译文出版社 2010 年版，第 30 页。

语的表达方式成为小说家控制叙述角度和距离，变换感情色彩及语气
等的有效工具。"① 麦卡锡以间接引语和自由直接引语的方式分别呈现
两种话语的用意很明显。第三人称叙述者的转述"他说他永远不会
死"体现了叙述者的叙述干预，不仅扩大了霍尔登与读者的距离，让
读者充分体会人物话语中的荒唐成分和叙述者的讥讽语气，还暗含了
作者对霍尔登所代表的意识形态的排斥、讽刺与否定，因为"在间接
引语中，叙述者冷静客观的言辞又在一定程度上压抑了人物的主体意
识，减弱了人物话语中激动夸张的成分"②。与此相反，以不带引号的
自由直接引语形式表达"男人"对霍尔登的反驳不仅揭示了"男人"
理直气壮的语气，自由直接引语具有的直接发声的效果突出了"男
人"的话语"你疯了"所具有的振聋发聩的评论作用，容易让读者与
他的想法产生某种共鸣。麦卡锡变换人物话语的表达方式无不体现了
他作为小说家在解构"美国西部神话"与帝国话语所做的独具匠心的
巧妙选择和尝试，达到了引语形式与文本主题意义的有机关联。

　　小说还让"格兰顿帮"其他成员"发声"，对法官的"战争永恒
论"提出了批判和质疑。当法官向坐在他身边的队员发表关于战争的
观点时，叙述者呈现了队员们的不同看法和反应。"他扭头看了一眼
布朗，因为他从布朗那里听见了低声的贬低或异议的声音。"（248）
他接着问戴维是否认同他的观点，戴维说"那是你的看法"。布朗给
出了最直接的反驳："你这个疯狂的霍尔登，终究是疯狂的。"（249）
欧文也发表了他的看法："强力并不意味着正义，某场战斗中的胜利
者并不一定是道义上的赢家。"（250）

　　在"边境三部曲"中，麦卡锡正是利用旅程叙事结构的独特功
能，有意安排牛仔们在旅途中所遇到的各色人物讲述他们亲身经历的
历史事件，让被排斥在权力话语之外的"被缄默"的他者发声，以呈
现不同于官方记载的历史，注重个体生命的体验。《穿越》中，比利

---

① 申丹、王丽亚：《西方叙事学：经典与后经典》，北京大学出版社 2010 年版，第
144—146 页。

② 申丹：《有关小说中人物话语表达形式的几点思考》，《外语与外语教学》1999 年
第 1 期，第 36 页。

的弟弟博伊德和他从强奸者手中救出的一个墨西哥女孩均在除暴安良、劫富济贫的义举中被杀害，成了人们歌中所咏唱的英雄。比利在寻找弟弟的旅途中遇到的那位名叫基哈达的印第安人对比利说："这歌唱了它所想唱的一切。它唱出了使这故事流传的全部生活，这民歌是穷苦人的历史。它不需要忠实于历史学家的真理，而是要效忠于人民的真理。它讲述了那个孤独的人的故事，他也代表了所有的人。"（373）在麦卡锡看来，民歌所代表的个体叙事有别于历史学家笔下服务于权力的主流正史的宏大叙事，是从个体生命的角度来言说普通大众的历史。《平原上的城市》中，麦克老爹向约翰所讲述的他亲身经历的美墨之间的战争充斥着暴力与残忍，"他说到一串串城镇的名字和乡村的名字，说到用泥土修建的印第安人村落，说到那里对着土墙枪毙人的情景；枪声一响，鲜血喷溅到土墙上，盖在原有的黑色血迹上；人倒下去，后面的土墙上的弹孔里沙土还在簌簌落下；枪口的硝烟徐徐飘散，街上死人的尸体四处横陈"（62）。正是通过牛仔少年们在流浪旅程中所遇到的不同人物的讲述，麦卡锡敞亮了被宏大历史所放逐、压制或边缘化的普通个体的声音，讲述了不同的西部历史。对麦卡锡而言，由于"历史的文本性"，讲述不仅意味着权力，更意味着权利。只有通过讲述，人们才能参与历史文档这个巨幅"壁毯"的编织，才能避免成为《骏马》中阿方莎所说的"被牵线的木偶"（230）的命运，因为文本"对我们与历史的接触具有重要影响：我们只能通过文本了解历史：历史文件、证据甚至目击者的叙述都是文本"①。

《路》中的父子在艰难求生之旅中讨论了讲故事的话题。这个讨论体现了麦卡锡绝大部分作品的实质和他的历史观：

是呀，不过故事理应是幸福的。
但并不都是这样。

---

① ［加］琳达·哈琴：《后现代主义诗学：历史·理论·小说》，李杨、李锋译，南京大学出版社 2009 年版，第 21 页。

你总是讲快乐的故事。

你没有不快乐的吗？

他们才更像现实的生活。

但我的故事不是这样。

你的故事也不是。

不，那个男人看着他。真正的生活有那么糟糕吗？

你觉得呢？

嗯，我认为一切正常，很多坏的事情发生了，但是我们仍然在这儿。（268—269）

麦卡锡的小说所讲述的故事是不同于以往文学家与历史学家的叙述所构建的象征自由、进步与梦想的故事，而是关于美国历史中野蛮与残忍的一面，是"更像现实生活"的不快乐的故事，是对美国历史宏大叙事的"解构"。一切均为讲述，作家与历史学家笔下的历史都是"叙述的历史"，是一种话语形式，如同琳达·哈琴在其专著《后现代主义诗学》中所表述："后现代的历史、文学作品使我们懂得，历史和小说都是话语，两者构建了表意体系，我们借此制造过去的意义。"①

麦卡锡通过他的作品对以往文学与历史所崇尚和构筑的"美国神话"这类官方大写的历史权威进行了解构和重写，对事实曾经存在的方式进行了质疑。麦卡锡以不同的视角书写被官方文化叙事所排除的历史事件与历史主题，令读者看到的是不同的美国历史之路。麦卡锡的"一切均为讲述"的历史观与后现代主义者的历史观如出一辙，历史与传统是话语的建构，它们本身就需要被重新界定与阐释。他以后现代方式思考过去和对过去的书写。就此点而言，麦卡锡小说是在传统旅程结构的外衣下包裹着后现代历史观。

---

① ［加］琳达·哈琴：《后现代主义诗学：历史·理论·小说》，李杨、李锋译，南京大学出版社 2009 年版，第 121 页。

小　结

　　麦卡锡在汲取了传统旅程叙事模式精髓的同时，也在现实的社会文化氛围中吸收新的养料，这使得他的作品具有鲜明的时代特征。麦卡锡正是通过人物的旅程这一媒介来反映他的后现代主义世界观。首先，麦卡锡凭借小说人物的旅程这个媒介来探讨人与自然、命运与自由意志的关系，体现了混沌理论思维范式对他的世界观的影响。众所周知，每一个时代居于统治地位的自然科学理论影响着人们观察自然和解释现实世界的视角。混沌理论不仅是一次技术革命，更是思想观念上的一次革命。在混沌理论出现后，人们已经不能再用传统的眼光和简单的因果关系去理解这个世界了。无疑，混沌理论潜移默化地影响着作家的创作，为文学创作与评论提供了一个新的思路和方法，它在文学中成了一种隐喻。麦卡锡在小说中不仅直接提到混沌理论，还将这种观念运用到对人与自然的关系以及个体与人类命运的思考。其次，麦卡锡通过其笔下出行者所需的地图深刻地阐述了他的后现代主义世界观。地图如语言一样是人类用来表征世界的符号系统，麦卡锡通过地图与客观世界的关系揭示了人类认识世界的困境。此外，麦卡锡小说的主人公在旅途中遇到不同社会阶层的人们，他们偶然相遇到一起，不同的命运相互交织，道路为他们提供了对话与交流的平台。麦卡锡通过笔下主人公与其旅途中所遇人物的对话分析了存在与讲述、历史与讲述以及人与世界的关系。总之，麦卡锡凭借小说人物的旅程和空间历险探讨了盛行于 20 世纪 70—80 年代的后现代主义哲学所关注的一些重要问题，赋予其小说旅程叙事"旧瓶装新酒"的特色。

结　语

美国麦卡锡研究专家阿诺德指出："麦卡锡的小说构成了一个持续不断的旅程。"① 诚如他所言，从旅程视角对麦卡锡的小说进行整体观照与审视，我们能够看出，麦卡锡在人物"旅程"的框架上构建起的表现人与人、人与自然、人与世界的多维关系，暗示了人物的生活历程与社会的发展历程相互依存。旅程在其小说中已成为人类生存状态的隐喻，具有丰富的象征意义、文化意蕴与哲理蕴涵。麦卡锡小说中的旅程在主题和构架上起着的作用，是一个含有意义、评价和阐释的结构，涉及的主题意义深广。麦卡锡将史诗、《圣经》、骑士文学、流浪汉小说、游历冒险小说、成长小说、美国西部小说与公路小说等多种涵盖旅程叙事的文学类型综合运用到其创作之中，集旅程叙事模式之大成——负罪流浪之旅、朝圣救赎之旅、追寻、漂泊与成长之旅、殖民冒险之旅等，充分利用它们所提供的旅程模式作为表现当代社会的艺术手段，丰富了作品的含义和形式。

在后现代主义思潮风起云涌的时代，为何麦卡锡对看似简单的旅程叙事模式情有独钟？旅程在他的整体艺术构思中又有着怎样的功能？麦卡锡如何利用旅程叙事这种独特的叙事方式来表达他对人生、存在、社会与历史等诸多主题的独特见解和深入思考？对于麦卡锡而言，阐述及反思人与世界、自然、社会、他人之间的关系，旅程无疑是个相当不错的载体，显示出难以比拟的张力与灵活性。旅程在麦卡锡小说中起着规范并决定内容的重要作用，小说的中心依赖这个结

---

① Edwin T. Arnold, "Blood and Grace: The Fiction of Cormac McCarthy," in Deborah A. Schmitt (ed) *Contemporary Literary Criticism*, Vol. 101, Detroit: Gale Research, 1997, p. 201.

构。从旅程叙事这个麦卡锡小说独特的表现形式，我们可以窥见他赋予人物的旅程以个体的、历史的或现实的意义。他以路途为载体反映人生观、世界观与价值观。关于人与世界的关系，昆德拉曾作出这样的评论："海德格尔有一个极为著名的说法，指出了存在的特点：世界中的存在（in-der-Welt-sein）。人跟世界的关系不像主体跟客体、眼睛与画幅的关系，甚至都不像一个演员跟舞台布景的关系。人与世界连在一起，就像蜗牛与它的壳：世界是人的一部分，世界是人的状态。随着世界的变化，存在（世界中的存在）也在变化。"① 诚然，麦卡锡小说中的人物无论是因何种原因踏上漂泊、冒险、流浪、逃亡或追寻的旅程，无论是主动的还是被动的选择，都与美国特定时期社会、历史的变化息息相关。麦卡锡小说的主题如对人性的拷问、对存在的思考和对美国社会历史的反思正是通过人物的旅程故事展现出来。麦卡锡小说中主人公的旅程是他们与世界、与自然、与他人独特的对话方式。人与人、人与社会历史、人与自然之间的多维关系都在人物的旅程中生动而真情地展现出来。战争与暴力、工业化道路与环境的恶化、道德的沦丧和西方文明的衰落，还有无数其他的社会变迁，都浓缩在个人生命的轨迹之中。总之，麦卡锡以人物的旅程烛照人类生活的方方面面，集纳了他对人生、自然、人性、战争和历史等的哲理性思考。

麦卡锡将人物的旅程同深广的社会历史与哲学思考的紧密结合增强了小说的思想深度，揭示了具有普遍意义的人生哲理，反映了美国的社会历史问题。人物的旅程形成了小说主题的形象内涵，具有丰赡的象征意义和哲学意义：人生之路、心灵之路、追寻之路、救赎之路、帝国之路与人类历史之路。通过人物的旅程，麦卡锡对人类诸多问题进行了深刻的哲学探讨，旅程涉及的主题意义宽泛而深入，具有丰富的内涵。旅程作为形式与主题在麦卡锡小说中得到了完美结合。因此，从旅程的视角切入，探讨麦卡锡小说的丰富主题与永恒魅力，

---

① ［法］米兰·昆德拉：《小说的艺术》，董强译，上海译文出版社 2004 年版，第 45 页。

有助于我们避免批评中常犯的两样错误：要么完全关注形式，胶柱鼓瑟于句下；要么完全无视形式，将文学当作社会实况的副本进行解读。从旅程叙事视角审视麦卡锡的小说，更有助于展现麦卡锡的创作图景，揭示文本的内在结构和深层内涵，为整体观照和解读麦卡锡的作品打开一扇窗。

　　作为经典旅程叙事的传承者与集大成者，麦卡锡在其小说创作中继承了旅程叙事文学传统的叙事模式，自古希腊罗马以来的传统旅程叙事模式对他有不小的影响。因此，读麦卡锡的作品很容易让人产生如遇故人的感觉。有人赞誉他是海明威、福克纳的唯一继承人和"小说之王"，但也有人认为麦卡锡的作品是美国小说史上最大的赝品，认为他是靠模仿和拼凑重述了陀思妥耶夫斯基、康拉德、海明威、福克纳等伟大作家的文本。米兰·昆德拉认为："小说的精神是持续性的精神：每一部小说都是对以前的作品的回应，每个作品都包含着小说以往的全部精神。"① 从旅程叙事的角度对麦卡锡的小说进行整体观照，我们不难发现其小说互文性地涉及了以往多部经典旅程叙事文本，不可避免地有着经典旅程叙事作品斑驳的身影，我们能看到《圣经》《奥德赛》《埃涅阿斯纪》《天路历程》《黑暗的心》《白鲸》等诸多经典前文本的痕迹，但他对这些经典旅程文本和主题进行了重述、重构并改写，其伟大之处是在传统的光华和现实的明暗间发掘出了新的形式和内容，具有鲜明的时代特征和很强的现实意义，有着独特的魅力。麦卡锡的小说是欧洲文学旅程叙事与美国本土文学旅程叙事传统的结合，在继承传统模式的基础上进行了创新，拓展了旅程叙事的发展空间。可以说，麦卡锡小说的旅程叙事既古老又新颖，既汲取了传统的精华，流溢着古典的光辉，又从现实的文化氛围中吸收新鲜的养料，有着鲜明的时代烙印。麦卡锡在沿用与发展传统旅程叙事模式之间孕育了他独特的艺术魅力与美学追求。

　　旅程叙事是一个影响广泛、持续发展的叙事传统，总有一种把新

---

① ［法］米兰·昆德拉：《小说的艺术》，董强译，上海译文出版社 2004 年版，第24 页。

事物纳入其中的"整合能力"，是一种非常灵活且具有强大生命力的叙事模式。旅程叙事在麦卡锡笔下不断吸收、容纳美国本土特色，从而形成了一种不断发展、不断丰富和充实的颇具特色的叙事类型，是具有兼容调适结构功能的叙事模式，具有随社会时代的变迁不断自我更新的能力。它体现了旅程叙事在后现代语境下的发展，具有明显的时代特征、文风特征，在内容、写作技巧上表现出了对传统的突破与革新。因此，麦卡锡小说的旅程叙事实际上是对传统旅程叙事的一种继承性的衍化发展。麦卡锡对旅程叙事的传承与创新说明了旅程叙事是一种蕴涵极大开放性、包容性与灵活性的叙事模式，不愧为各种叙事模式中的一朵奇葩，这也是它能够永葆生机的原因所在。

20世纪60年代，许多作家和评论家认为传统小说已走向困境，失去了生命力，传统小说在形式、体裁和技巧等方面已经不可能有什么突破，约翰·巴思称为"枯竭的文学"，许多人甚至发出了"小说已经死亡"的叹息。在这种情况下作家纷纷寻求对传统小说的突破，形成一股文学后现代潮流。[1] 麦卡锡虽然置身20世纪后期后现代主义风潮中，但却不是无视文学传统、刻意标新立异的作家。他从不随波逐流，并未像同时代许多典型的后现代主义作家那样热情拥抱后现代主义，而是对其保持着不冷亦不热的态度，独辟蹊径地将传统性与后现代性有效地结合起来，形成了自己独特的创作风格。这在与他同时代的美国作家中并不多见。因此，可以毫不夸张地说，麦卡锡的创作风格包孕着美国小说发展新方向的种子。这也正是一向挑剔的文学评论家哈罗德·布鲁姆对麦卡锡赞誉有加的原因之一。

无论麦卡锡将旅程叙事绵延的传统当作"灵光"来瞻仰，还是视为"阴影"而涤荡，他始终摆脱不了这一传统潜移默化的影响，其创作无不受之启迪、规范与塑造。麦卡锡将过去的传统发扬光大，使其在后现代语境下焕发出新的生命和活力，让这个古老的叙事模式产生了新的艺术魅力。因此，麦卡锡小说的旅程叙事既呈现出显而易见的传统性，又有清晰可辨的后现代性。麦卡锡小说的旅程叙事是源于传

---

① 杨仁敬等：《美国后现代派小说论》，青岛出版社2005年版，第243页。

统与原创的巧妙结合。麦卡锡是一位具有强烈历史意识的作家。他的小说不仅与荷马以来欧洲整个的旅程叙事文学经典有着不可割裂的亲缘关系，还承载了美国当代历史的厚重。前者令我们意识到旅程叙事艺术本身的继承性和不变的结构性因素，后者使我们敏感于麦卡锡作品所蕴含的历史的具体性。

　　麦卡锡的小说虽然也沿用了经典旅程叙事的旧模式，但又将其重写、延伸与问题化。由于形式、观念、主题上的创新，在传统旅程情节模式的外衣下，其艺术构成却焕然一新。他的小说创作为旅程叙事这个古老的文学叙事传统不断开疆拓土，注入新的活力，实现了和文学前辈的对话，拓展了旅程叙事文学作品的创作手法和主题。对于麦卡锡这样一位特立独行的大师，任何标签都显得狭隘。借用塞斯·伯纳德特（Seth Benardete）的专著《弓弦与竖琴：从柏拉图解读〈奥德赛〉》（*The Bow and the Lyre: A Platonic Reading of the Odyssey*, 2003）中的比喻，传统性与后现代性对麦卡锡而言就犹如一张弓琴的两端，而他将自己变成了连接着两端绷紧的琴弦，运用旅程叙事这部大竖琴奏出了精彩、美妙、华丽而又独具匠心的乐章，将旅程叙事模式推向新的艺术高度，为这个经久不衰的文学传统做出了新的贡献。

参考文献

一 科马克·麦卡锡主要作品

英文部分

Novels

The Orchard Keeper. New York：Vintage Books, 1993.［First Edition Random House, 1965.］

Outer Dark. New York：Vintage Books, 1993.［First Edition Random House, 1968.］

Child of God. New York：Vintage Books, 1993.［First Edition Random House, 1973.］

Suttree. New York：Vintage Books, 1992.［First Edition Random House, 1979.］

Blood Meridian or The Evening Redness in the West. London：Picador, 1990.［First Edition Random House, 1985.］

All the Pretty Horses. New York：Knopf, 1992.

The Crossing. New York：Knopf, 1994.

Cities of the Plain. New York：Knopf, 1998.

No Country for Old Men. London：Picador, 2005.

The Road. New York：Vintage Books, 2006.

Interviews

"Cormac McCarthy's Venomous Fiction" By Richard B. Woodward. *The New York Times Magazine*, 19 April 1992. 2 March 2009. < http：//www. nytimes. com/1992/04/19/magazine/ cormac-mccarthy-s-venomous-fiction. html >.

"Cormac McCarthy; Cormac McCarthy Would Rather Hang Out with Physicists than with Writers," By Richard B. Woodward. *Vanity Fair*, 1 August 2005.

"Oprah's Exclusive Interview with Cormac McCarthy," By Oprah Winfrey. *Oprah's Book Club*, 5 June 2007. 20 March 2009. < http：//www. oprah. com/ obc-classic/ obc-main. jhtml >.

"Cormac McCarthy's Apocalypse," By David Kushner. *Rolling Stone*, 27 December 2007. 2 March 2009. < http.//www. members. authorsguild. net/dkushner/work3. htm >.

"What Happened When a Very Private Writer Met Two Very Idiosyncratic Filmmaking Brothers," By Lev Grossman. *Time* 170. 18：61 – 63.

中文部分

《骏马》，尚玉明、魏铁汉译，上海译文出版社 2001 年版。

《穿越》，尚玉明译，上海译文出版社 2002 年版。

《平原上的城市》，李笃译，上海译文出版社 2002 年版。

《长路》，毛雅芬译，台北麦田出版社 2008 年版。

《路》，杨博译，重庆出版社 2009 年版。

《血色子午线》，冯伟译，重庆出版社 2010 年版。

《老无所依》，曹元勇译，上海译文出版社 2012 年版。

二　科马克·麦卡锡研究著作

工具书类

Contemporary Literary Criticism, Gale (Detroit), Volume 4, 1975, Volume 57, 1990, Volume 101, 1997, Volume 204, 2005.

书籍类

Arnold, Edwin T., and Dianne C. Luce, eds. *A Cormac McCarthy Companion：The Border Trilogy*. Jackson：University Press of Mississippi, 2001.

_____. *Perspectives on Cormac McCarthy*. Jackson：University Press of Mississippi, 1999.

Bell, Vereen M. *The Achievement of Cormac McCarthy*. Baton Rouge: Louisiana State University Press, 1988.

Bloom, Harold. *Harold Bloom's Modern Critical Views: Cormac McCarthy*. New York: Infobase Publishing, 2009.

Cant, John. *Cormac McCarthy and the Myth of American Exceptionalism*. New York: Routledge, 2008.

Ellis, Jay. *No Place for Home: Spatial Constraint and Character Flight in the Novels of Cormac McCarthy*. New York and London: Routledge, 2006.

Frye, Steven. *Understanding Cormac McCarthy*, Columbia: The University of South Carolina Press, 2009.

Guillemin, Georg. *The Pastoral Vision of Cormac McCarthy*. College Station: Texas A &M University Press, 2004.

Hall, Wade, and Rick Wallach, eds. *Sacred Violence: A Reader's Companion to Cormac McCarthy*. El Paso: Texas Western Press, 1995.

Halloway, David. *The Late Modernism of Cormac McCarthy*. Westport CT: Greenwood Press, 2002.

Jarrett, Robert L. *Cormac McCarthy*. New York: Twayne, 1997.

Lilley, James D. , ed. *Cormac McCarthy: New Directions*. Albuquerque: University of New Mexico Press, 2007.

Lincoln, Kenneth. *Cormac McCarthy: American Canticles*. New York: Palgarave Macmillan, 2009.

Owens, Barcley. *Cormac McCarthy's Western Novels*. Tucson: University of Arizona Press, 2000.

Sanborn, Wallis Remsen, Ⅲ. *Animals in the Fiction of Cormac McCarthy*. Jefferson, N. C. : McFarland & Co. Publishers, 2006.

Sepich, John Emil. *Notes on "Blood Meridian": Revised and Expanded Edition*. Austin, Texas: University of Texas Press, 2008.

Schimpf, Shane, ed. *A Reader's Guide to "Blood Meridian"*. Seattle: BonMot Publishing, 2006.

Wallach, Rick, ed. *Myth*, *Legend*, *Dust*: *Critical Response to Cormac McCarthy*. Manchester: Manchester University Press, 2000.

期刊及文集内的文章

Arnold, Edwin T. "Naming, Knowing and Nothingness: McCarthy's Moral Parables", In Edwin T. Arnold et al. eds., *Perspectives on Cormac McCarthy*, pp. 43 – 67.

——. "Blood and Grace: The Fiction of Cormac McCarthy", In Deborah A. Schmitt, ed., *Contemporary Literary Criticism*, Vol. 101, pp. 201 – 204.

Bell, Madison Smart. "A Writer's View of Cormac McCarthy", In Rich Wallach, ed., *Myth*, *Legend*, *Dust*: *Critical Responses to Cormac McCarthy*, pp. 1 – 11.

——. "The Man Who Understood Horses", *The New York Times Book Review* 19.20, 17 May, 1992, p. 9, p. 11.

Bloom, Harold. "Introduction", In Harold Bloom, ed., *Harold Bloom's Modern Critical Views*: *Cormac McCarthy*, pp. 1 – 8.

Cobb, William J. "No Country for Old Men", *The Houston Chronicle*, 17 July 2005, p. 17.

Cooper, Lydia R. " 'He's a Psychopathic Killer, but So What?': Folklore and Morality in Cormac McCarthy's No Country for Old Men", *Papers on Language and Literature* 45.1 (Winter 2009), pp. 37 – 59.

——. "Cormac McCarthy's The Road as Apocalyptic Grail Narrative." *Studies in the Novel* 43.2 (Summer 2011), pp. 218 – 236.

Cruttwell, Patrick. "Plumbless Recrements", *Washington Post Book World*, 24 November 1968, p. 18.

Donoghue, Denis. "Dream Work", In Deborah A. Schmitt, ed., *Contemporary Literary Criticism*, Vol. 101, pp. 176 – 183.

Ellis, Jay. "McCarthy Music", In Rick Wallach, ed., *Myth*, *Legend*, *Dust*: *Critical Responses to Cormac McCarthy*, pp. 157 – 170

Fisher-Mirth, Ann. "Abjection and 'the Feminine' in Outer Dark",

In James D. Lilley, ed. , *Cormac McCarthy: New Direction*, pp. 125 – 140.

Hall, Michael. "Desperately Seeking Cormac", *Texas Monthly* 26. 7 (1998), pp. 76 – 79.

Harrison, Carey. "The Sun Sets on McCarthy's Border Trilogy", *The San Francisco Sunday Examiner & Chronicle*, 10 May 1998. 2 March 2009. < http://www. sfgate. com/cgi-bin/ article. cgi? f = /c/a/ 1998/ 05/10/RV55969. DTL&ao = all#ixzz1 sDLDXg9c >.

Josyph, Peter. "Tragic Ecstasy: A Conversation [with Harold Bloom] about McCarthy's *Blood Meridian*", In Wade Hall and Rick Wallach, eds. , *Sacred Violence: A Reader's Companion to Cormac McCarthy*, pp. 205 – 221.

Kirn, Walter. "No Country for Old Men: Texas Noir", *New York Times Book Review*, 24 July 2005. 2 March 2009. < http://www. nytimes. com/2005/07/24/books/review/24KIRNL. html >.

Mills, Jerry Leath. "Cormac McCarthy (1933—)", In Joseph M. Flora and Robert Bain, eds. , *Contemporary Fiction Writers of the South*, p. 287.

Morrison, Gall Moore. "All the Pretty Horses: John Grady Cole's Expulsion from Paradise", In Edwin T. Arnold and Dianne C. Luce, eds. , *Perspectives on Cormac McCarthy*, pp. 173 – 193.

Parrish, Tim and Elizabeth A. Spiller. "A Flute Made of Human Bone: Blood Meridian and the Survivors of American History", *Prospects* 23 (1998), pp. 461 – 481.

Philips, Dana. "History and the Ugly Facts of Cormac McCarthy's Blood Meridian", *American Literature* 68. 2 (June 1996), pp. 433 – 460.

Schopen, Bernard A. "'They Rode on': Blood Meridian and the Art of Narrative", *Western American Literature* 30. 2 (Summer 1995), pp. 179 – 194.

Shaviro, Steven. "'The Very Life of the Darkness': A Reading of

Blood Meridian", In Edwin T. Arnold and Dianne C. Luce eds. , *Perspectives on Cormac McCarthy*, pp. 143 – 156.

Wood, James. "Red Planet: The Sanguinary Sublime of Cormac McCarthy", *The New Yorker*, 25 July 2005, pp. 88 – 90, 92 – 93.

Yardley, Jonathan. "In All Its Gory", *The Washington Post*, 13 March 1985, p. B2.

三　其他相关文献

英文部分

Allott, Farris Miriam, ed. *Novelists on the Novel*. London: Routledge & Regan Paul, 1959.

Auerbach, Erich. *Mimesis: Representation of Reality in Western Literature*. Tran. Willard R. Trask. Princeton, N. J. : Princeton University Press, 1953.

Bakhtin, M. M. *The Dialogic Imagination: Four Essays*. Ed. Michael Holquist. Trans. Caryl Emerson and Michael Holquist. Austin: University of Texas Press, 1988.

_____. "Discourse in the Novel", In Michael Holquist, ed. , Caryl Emerson and Michael Holquist, trans. , *The Dialogic Imagination: Four Essays*, pp. 259 – 422.

Barth, John. *Further Fridays: Essays, Lectures, and Other Nonfiction 1984-1994*. Boston: Little, Brown and Co. , 1995.

Barbara, Hardy. *Tellers and Listeners*. London: Athlone Press, 1975.

Briggs, John and F. David Peat. *Seven Life Lessons of Chaos: Timeless Wisdom from the Science of Change*. New York: Harper Collins Publishers, 1999.

Cohn, Steven and Ina Rae Hark, eds. *The Road Movie Book*. New York: Routledge, 1997.

Conte, Joseph M. *Design and Debris: A Chaotics of Postmodern American Fiction*. Tuscaloosa: The University of Alabama Press, 2002.

Compton-Bernett, Ivy. "Plot the Support of a Novel", In Miriam Farris Allott, ed. , *Novelists on the Novel*, p. 249.

Cooper, Lydia R. Cormac McCarthy's Heroes: Narrative Perspective and Morality in McCarthy's Novels, Ph. D. diss. , Baylor University, 2008.

Conrad, Joseph. *Heart of Darkness*. New York: Penguin Books, 1995.

Crane, R. S. , ed. *Critics and Criticism*. Chicago: The University of Chicago Press, 1960.

_____. "The Concept of Plot and the Plot of *Tom Jones*", In R. S. Crane, ed. , *Critics and Criticism*, pp. 62 – 93.

Dannenberg, Hilary P. *Coincidence and Counterfactuality: Plotting Time and Space in Narrative Fiction*. Lincoln: University of Nebraska Press, 2008.

Delillo, Don. *White Noise*. New York: Penguin Books, 1999.

Flora, Joseph M. and Robert Bain, eds. *Contemporary Fiction Writers of the South: A Bio-Biographical Sourcebook*. Westport: Greenwood Press, 1993.

Foucault, Michel. *Power/ Knowledge: Selected Interviews and Other Writings*, 1972 – 1977. Ed. Colin Gordon, Trans. Colin Gordon, et al. New York: Pantheon Books, 1980.

_____. "Questions on Geography", In Colin Gordon, ed. , Colin Gordon, et al. , trans. , *Power/ Knowledge: Selected Interviews and Other Writings*, 1972 – 1977, pp. 63 – 77.

Kamminga, Harmke. "What Is This Thing Called Chaos?" *New Left Review* 181 (May/June 1990), pp. 49 – 59.

King, Stephen. *Stephen King's Danse Macabre*. New York: Everest House, 1981.

Lackey, Kris. *RoadFrames: The American Highway Narrative*. Lincoln: University of Nebraska Press, 1999.

Lasco, Mary McBride. Writing Against the Empire: McCarthy, Erdrich, Welch and McMurtry, Ph. D. diss. , Texas A&M University, 2002.

Lewis, R. W. B. *The American Adam*. Chicago: University of Chicago Press, 1955.

LeClair, Tom, at al. eds. *Anything Can Happen: Interviews with Contemporary American Novelists*. Urbana: University of Illinois Press, 1988.

Lefebvre, Henri. *The Production of Space*. Trans. Donald Nicholson-Smith. Cambridge, Massachusetts: Basil Blackwell, 1991.

McLeod, Bruce. *The Geography of Empire in English Literature*, 1580 – 1745. Cambridge: Cambridge University Press, 1999.

Mills, Katie. *The Road Story and the Rebel: Moving through Film, Fiction, and Television*. Carbondale: Southern Illinois University, 2006.

Muir, Edwin. *The Structure of the Novel*. London: L. & V. Woolf, 1928.

"100 Notable Books of the Year," *The New York Book Review*, 4 December 2005. 20 August 2011. < http: //www. nytimes. com/.../books/review/20061203notable-books. html >.

Milton, John R. *The Novel of the American West*. Lincoln: Univ. of Nebraska Press, 1980.

Nietzsche, Friedrich. *The Will to Power*. Ed. Walter Kaufmann. Trans. Walter Kaufmann and R. J. Hollingdale. New York: Vintage Books, 1968.

Plater, W. M. , ed. *The Grim Phoenix: Reconstructing Thomas Pynchon*. Bloomington & London: Indiana University, 1979.

Primeau, Ronald. *Romance of the Road: The Literature of the American Highway*. Bowling Green, OH: Bowling Green State University Popular Press, 1996.

Quinn, Daniel. *Ishmael: An Adventure of the Mind and Spirit*. New York: Bantam, 1992.

Rabkin, Eric S. "Spatial Form and Plot", In Jeffrey R. Smitten and Ann Daghistany, eds. , *Spatial Form in Narrative*, pp. 90 – 98.

Rice, Philip and Patricia Waugh, eds. *Modern Literary Theory: A Reader*. London: E. Arnold, 1996.

Scholes, Robert, et al. *The Nature of Narrative* (Fortieth Anniversary Edition). London：Oxford University Press, 2006.

Sherrill, Rowland A. *Road-Book America：Contemporary Culture and the New Picaresque*. Urbana：University of Illinois Press, 2000.

Smitten, Jeffrey R. and Ann Daghistany, eds. *Spatial Form in Narrative*. Ethaca：Cornell University Press, 1981.

Slethaug, Gordon E. *Beautiful Chaos：Chaos Theory and Metachaotics in Recent American Fiction*. New York：State University of New York Press, 2000.

Solomon, Jack. "Huckleberry Finn and the Tradition of *The Odyssey*", *South Atlantic Bulletin* 33. 2 (1968), pp. 11 – 13.

Stout, Janis P. *The Journey Narrative in American Literature*. Connecticut：Greenwood Press, 1983.

Weber, Max. *Max Weber's Complete Writings on Academic and Political Vocations*. Ed. John Dreijmanis. Tran. Gordon C. Wells. New York：Algora Publishing, 2008.

Williams, C. T. , ed. *Travel Culture：Essays on What Makes Us Go*, Westport：Praeger, 1998.

White, Heyden. *Metahistory：The Historical Imagination in Nineteenth-Century Europe*. Baltimore：The Johns Hopkins University Press, 1973.

Wishart, David J. *Encyclopedia of the Great Plains*. Lincoln：University of Nebraska Press, 2007.

Zoran, Gabriel. "Towards a Theory of Space in Narrative", *Poetics Today* 5. 2, pp. 309 – 335.

中文部分

［英］艾略特：《艾略特诗学文集》，王恩衷译，国际文化出版公司 1989 年版。

［美］爱德华·W. 萨义德：《文化与帝国主义》，李琨译，生活·读书·新知三联书店 2003 年版。

［南非］安德烈·布林克：《小说的语言和叙事：从塞万提斯到卡

尔维诺》，汪洪章等译，上海人民出版社 2010 年版。

　　［俄］巴赫金：《巴赫金全集》第三卷，钱中文主编，白春仁、晓河译，河北教育出版社 1998 年版。

　　［俄］鲍列夫：《美学》，乔修业等译，中国文联出版公司 1986 年版。

　　［美］伯克霍福：《超越伟大的故事：作为文本和话语的历史》，邢立军译，北京师范大学出版社 2008 年版。

　　陈许：《美国西部小说研究》，北京大学出版社 2004 年版。

　　陈众议、王留栓：《西班牙文学简史》，上海外语教育出版社 2006 年版。

　　陈榕：《〈血色子午线〉中的哥特式边疆与男性空间》，《外国文学》2014 年第 4 期。

　　［法］蒂费纳·萨莫瓦：《互文性研究》，邵炜译，天津人民出版社 2003 年版。

　　［美］丹尼尔·霍夫曼主编：《美国当代文学》，《世界文学》编辑部译，中国文联出版公司 1985 年版。

　　［英］戴维·洛奇：《小说的艺术》，卢丽安译，上海译文出版社 2010 年版。

　　［意］但丁：《神曲》，王维克译，人民文学出版社 2000 年版。

　　［法］德里达：《声音与现象》，杜小真译，商务印书馆 1999 年版。

　　［美］丹尼斯·伍德：《地图的力量》，王志弘等译，中国社会科学出版社 2000 年版。

　　［西］德·塞万提斯：《堂吉诃德》，董燕生译，长江文艺出版社 2011 年版。

　　［美］大卫·格里芬编：《后现代科学——科学魅力的再现》，马季方译，中央编译局出版社 1995 年版。

　　［英］E. M. 福斯特：《小说面面观》，苏炳文译，花城出版社 1984 年版。

　　［美］E. N. 洛伦兹：《混沌的本质》，刘式达等译，气象出版社

1997 年版。

［德］恩斯特·卡西尔：《人论》，甘阳译，上海译文出版社 1985 年版。

［美］弗拉基米尔·纳博科夫：《〈堂吉诃德〉讲稿》，金绍禹译，上海三联书店 2007 年版。

［美］菲尔·柯西诺主编：《英雄的旅程》，梁永安译，金城出版社 2011 年版。

裴钰：《列维纳斯"他者的伦理学"视角下的〈路〉》，硕士学位论文，兰州大学，2012 年。

方凡：《绝望与希望：麦卡锡小说〈路〉中的末日世界》，《外国文学》2012 年第 2 期。

付成双：《从环境史的角度重新审视美国西部开发》，《史学月刊》2009 年第 2 期。

郭继德等编译：《当代美国文学词典》，江苏人民出版社 1987 年版。

［德］歌德：《歌德谈话录》，爱克曼辑录，朱光潜译，人民文学出版社 1982 年版。

郝永华：《罗兰·巴特文学文化批评中的"神话学"方法》，《江西社会科学》2009 年第 2 期。

［德］黑格尔：《美学》第三卷（下），朱光潜译，商务印书馆 1981 年版。

［德］海德格尔：《路标》，孙周兴译，商务印书馆 2001 年版。

［美］海登·怀特：《后现代历史叙事学》，陈永国、张万娟译，中国社会科学出版社 2003 年版。

［英］I. 埃文斯：《英国文学简史》，蔡文显译，人民文学出版社 1984 年版。

［比］I. 普利戈津：《不稳定的哲学》，亦舟译，《国外社会科学》1992 年第 4 期。

［澳］简妮·格里森·怀特：《一生必读经典》，沈睿译，新世界出版社 2009 年版。

江宁康：《美国当代文学与美利坚民族认同》，南京大学出版社2008年版。

江宁康：《当代小说的叙事美学与经典建构——论C.麦卡锡小说的审美特征及银幕再现》，《当代外国文学》2010年第2期。

［美］杰拉德·吉列斯比：《欧洲小说的演化》，胡家峦、冯国忠译，生活·读书·新知三联书店1987年版。

［美］利兰·莱肯：《圣经文学导论》，黄宗英译，北京大学出版社2007年版。

黎皓智：《俄罗斯小说文体论》，百花洲文艺出版社2000年版。

梁工：《圣经叙事艺术研究》，商务印书馆2006年版。

梁欣琢：《文学伦理学批评视角下科马克·麦卡锡〈路〉中的道德自我重塑》，硕士学位论文，南京大学，2012年。

李志斌：《漂泊与流浪：欧美流浪汉小说研究》，中国社会科学出版社2008年版。

李扬：《美国南方文学后现代时期的嬗变》，山东大学出版社2006年版。

李维屏、邹娟：《冲突·磨合·超越：论麦卡锡〈路〉中的父子伦理关系建构》，《当代外国文学》2013年第4期。

罗小云：《美国西部小说》，安徽教育出版社2009年版。

［美］利奥·马克斯：《花园里的机器——美国的技术与田园理想》，马海良、雷月梅译，北京大学出版社2011年版。

［德］莱辛：《拉奥孔》，朱光潜译，人民文学出版社1982年版。

［法］罗兰·巴尔特：《罗兰·巴尔特文集》，李幼蒸译，中国人民大学出版社2008年版。

［美］雷·艾伦、比林顿：《向西部扩展：美国边疆史》（下），商务印书馆1991年版。

［加］琳达·哈琴：《后现代主义诗学：历史·理论·小说》，李杨、李锋译，南京大学出版社2009年版。

［美］马克·吐温：《哈克贝里·芬历险记》，张万里译，上海译文出版社1979年版。

〔法〕米兰·昆德拉：《小说的艺术》，董强译，上海译文出版社2004年版。

〔法〕米歇尔·福柯：《词与物——人文科学考古学》，莫伟民译，上海三联书店2001年版。

〔英〕弥尔顿：《失乐园》，刘捷译，上海译文出版社2012年版。

彭饮冰：《从社会化角度对科马克·麦卡锡小说〈骏马〉中主人公成长与命运的分析》，硕士学位论文，南京理工大学，2007年。

〔法〕让-伊夫·塔迪埃：《普鲁斯特和小说》，桂裕芳、王森译，上海译文出版社1992年版。

芮渝萍：《美国成长小说研究》，中国社会科学出版社2004年版。

申丹：《叙述学与小说文体学研究》，北京大学出版社2001年版。

申丹：《有关小说中人物话语表达形式的几点思考》，《外语与外语教学》1999年第1期。

申丹、王丽亚：《西方叙事学：经典与后经典》，北京大学出版社2010年版。

申丹、韩加明、王丽亚：《英美小说叙事理论研究》，北京大学出版社2005年版。

史志康：《美国文学背景概观》，上海外语教育出版社1998年版。

盛宁：《二十世纪美国文论》，北京大学出版社1993年版。

〔英〕史蒂芬·霍金：《时间简史》，许明贤、吴忠超译，湖南科学技术出版社1996年版。

《圣经》（简化字与现代标点和合本），中国基督教三自爱国运动委员会，中国基督教协会，2002年。

〔美〕苏珊·桑塔格：《反对阐释》，程巍译，上海译文出版社2003年版。

〔美〕斯蒂芬·贝斯特、道格拉斯·科尔纳：《后现代转向》，陈刚等译，南京大学出版社2002年版。

〔美〕塞斯·伯纳德特：《弓弦与竖琴：从柏拉图解读〈奥德赛〉》，程志敏译，华夏出版社2003年版。

〔西〕塞万提斯：《堂吉诃德》，董燕生译，长江文艺出版社1995

年版。

［美］唐·霍顿等：《酷狼：美国西部拓荒传奇》，章士法编译，中国国际广播出版社 2004 年版。

王守仁主撰：《新编美国文学史》（第四卷），上海外语教育出版社 2002 年版。

王家新编选：《叶芝文集》，东方出版社 1996 年版。

［美］韦勒克、沃伦：《文学原理》，刘象愚译，三联书店 1986 年版。

吴晓东：《从卡夫卡到昆德拉：20 世纪的小说和小说家》，生活·读书·新知三联书店 2003 年版。

［德］瓦尔特·本雅明：《启迪：本雅明文选》，阿伦特编，张旭东、王斑译，生活·读书·新知三联书店 2008 年版。

［美］W. J. T. 米歇尔：《图像理论》，陈永国、胡文征译，北京大学出版社 2006 年版。

［加］谢大卫：《圣书的子民：基督教的特质和文本传统》，李毅译，中国人民文学出版社 2005 年版。

［以］西蒙·巴埃弗拉特：《圣经的叙事艺术》，李锋译，上海华东师范大学出版社 2007 年版。

［美］约瑟夫·坎贝尔：《千面英雄》，张承谟译，上海文艺出版社 2000 年版。

［希］亚里士多德：《诗学》，罗念生译，人民文学出版社 2000 年版。

岳西宽、张卫星编译：《美国历届总统就职演说》，中央编译出版社 1995 年版。

叶舒宪选编：《神话——原型批评》，陕西师范大学出版社 1989 年版。

杨仁敬等：《美国后现代派小说论》，青岛出版社 2005 年版。

于鑫：《后现代主义背景下的语言符号研究——读福柯的〈词与物〉有感》，《解放军外国语学院学报》2004 年第 2 期。

章安祺编订：《缪灵珠美学译文集》（第一卷），中国人民出版社

1998 年版。

　　［美］詹姆斯·格雷克：《混沌：开创新科学》，张淑誉译，高等教育出版社 2004 年版。

　　［英］朱利安·沃尔弗雷斯编著：《21 世纪批评述介》，张琼、张冲译，南京大学出版社 2009 年版。

　　［英］扎奥尔·萨德尔、艾沃纳·艾布拉姆斯：《视读混沌学》，孙文龙译，安徽文艺出版社 2007 年版。

　　赵一凡等主编：《西方文论关键词》，外语教学与研究出版社 2006 年版。

　　张健然：《科马克·麦卡锡西部小说中的边疆意识形态研究》，博士学位论文，上海外国语大学，2014 年。

　　张健然：《科马克·麦卡锡〈血色子午线〉中越战政治意蕴论析》，《当代外国文学》2013 年第 3 期。

后　记

　　本著作是在我博士论文基础上修改而成。

　　人生如旅，岁月如歌。六年前，怀着忐忑与憧憬的心情，我从武汉踏上了西行的求学之旅，因为我有幸成为四川大学程锡麟教授的一名博士生。其间，"邂逅"了素有"沉默的文坛巨人"之称的美国当代小说家科马克·麦卡锡。面对多条可以探寻他的小说幽深世界的道路，我选择了"旅程叙事"这条鲜有人涉足的小径。明知前面的道路艰辛，但希望能看到别样风景的信念还是令我磕磕绊绊地完成了这段发现之旅。

　　这一旅程充满了太多的惊喜与期盼，当然还有无数的痛苦与挣扎，我甚至一度怀疑自己能否渡过这心灵的煎熬。幸运的是，在这个艰难的旅程中，我亦如麦卡锡小说的主人公一样遇到了良师益友。是他们的鼓励和帮助，让我有了坚持走下去的信心，终于有了现在呈现在大家面前的这本拙著。

　　首先感谢我的导师程锡麟教授。从论文选题、写作、修改到定稿的整个过程，全赖先生的悉心指导。先生的睿智常常为我打开一扇扇窗，让我总能看到新的风景并有新的发现，从而找到进一步调整、修改的方向。在论文的定稿期间，先生从整体结构到文字规范多方面批阅论文、修改多个版本。只是由于学生不才，知识积累与时间有限，论文仍有诸多不足之处，有负先生的苦心与厚望，深感惶恐。我从内心感谢先生和师母在我人生低谷时给予的无私关爱，先生的学术修养和人格魅力是我前行路上的灯塔。

　　感谢袁德成教授和王晓路教授在我论文开题时提出的宝贵建议，他们高屋建瓴式的点拨为我指点了迷津。感谢石坚教授、朱徽教授、王晓路教授、袁德成教授、冯川教授、冯宪光教授和赵毅衡教授，他们的授课为我完成论文所需要的理论打下了基础，并拓展了我的视野。他们的为人、治学是我学习的榜样。感谢博士论文外审专家郭继德、王蓬振、马海良、乔国强、张龙海对我论文给予的肯定性评价和提出的宝贵意见。感谢师姐秦苏珏、师兄王安、师妹张黎、师弟肖旭的热心帮助，他们不辞辛劳帮我在国外购书、收集资料。感谢师姐郝桂莲，她在百忙之中托朋友在深圳大学为我复印急需的文献资料。感谢师妹胡晓军对我论文的仔细校读。感谢同窗好友盛丽、龚静、李长亭等的帮助与鼓励，我们一路同行，学业上相互扶持，生活上相互关照。特别感谢挚友谭玮，她如同阳光照亮我前进的道路，温暖我的心。

本书的部分内容曾在《国外社会科学》《解放军外国语学院学报》《山东外语教学》《东北师范大学学报》（哲学社会科学版）等核心刊物上发表，在此感谢上述刊物的支持和编辑们的仔细审阅。

此外，我要特别感谢文中所有提及和引用到的中外作家与学者们。"站在巨人的肩膀上才能看得更远"，做学术研究亦是如此。特别感谢美国教授贾尼丝·P. 斯托特的专著《美国文学中的旅程叙事》（*The Journey Narrative in American Literature*）对我的启发，坚定了我从旅程叙事视角对麦卡锡小说进行整体观照的信心。感谢四川大学图书馆和学院资料室丰富的藏书和电子资源。感谢教育部人文社科基金青年项目（批准号 10YJC752003）的资助。感谢华中科技大学外国语学院领导和同事的关心和支持。最后，还要感谢我的家人，是他们的理解与支持，让我专心完成这部著作。

麦卡锡研究在国外开展已久，成果丰赡，要在前人研究的基础上有所突破并非易事。我有幸选择了"旅程叙事"这个鲜有人涉及的视角，以期能为丰富麦卡锡研究贡献一份绵薄之力。在深感欣慰之余，我也深知，因学术视野和学术功力有限，书中多有不尽如人意之处，敬请学界同人批评指正。